식탐정 허균

현찬양 장편소설

식탐정 허균

화왕계
살인 사건

래빗홀
RABBIT H●LE

차례

1장   탐할 탐(貪)에 바를 정(正)
       나주곰탕   11
       작은년   41

2장   분신사바하
       모란은 화중왕이라   79

3장   우금령
       난로회   121
       유밀과   149
       건추밥   169

4장   야광귀
       존재하지 않는 가게의 효종갱   185
       귀신날   205
       현장 점검   227
       검험   232

5장   가짜와 진짜
       탐문 수사   245
       두 그릇의 승기야기   262
       모란의 진실   282

6장   새로운 명
       목숨의 무게   305

작가의 말   328   추천의 말   330

❈

여인(汝仁)*에게

모친의 삼년상이 이제야 끝났다지. 세상으로 다시 나오게 된 것을 축하하이.

내게도 축하할 일이 생겼네. 이번에 큰 고을의 수령을 맡게 되었거든. 그러니 괜찮다면 나와 함께 지내지 않겠나?

자네는 구암 허준 선생의 신묘한 의술을 전수받았으니 단언컨대 조선 땅에 자네만큼 뛰어난 의원은 없어. 물론 사람이 완벽할 수는 없는 노릇이라 자네에게도 단점이 있다는 건 알고 있네. 자네는 살아 있는 사람을 진료하는 것을 다소 꺼려하지. 하지만 만약 내게로 온다면 그 단점이 장점이 될 수도 있을 걸세.

이번에 내가 발령받은 곳은 큰 고을이니만큼 사건과 사고가 많아 혼자 힘으로는 감당할 수 없고 관아에 소속된 오작**들

---

* 이재영의 자(字).
** 시신 검시와 형옥의 잡일을 담당하는 관노.

은 토호 세력들과 결탁하여 믿을 수 없네. 내가 믿을 수 있는 것은 오로지 재영이 자네뿐이야. 청하건대 부디 죽은 이들을 살피는 의생*이 되어주지 않겠나. 죽은 자들은 두 번 죽지 않으니 자네의 손길을 받을 자격이 충분할 걸세. 당연히 내 봉급의 반을 덜어줄 테니, 양식 걱정은 하지 말게.

자네만 생각하면 밥상 앞에 앉아도 얼굴에 땀이 흐르고 음식이 넘어가지 않으니 어서 나를 안심시켜주길 바라네.

교산 허균

---

* 조선 시대에 사람이 죽으면 시신을 검시했는데 의학적으로 조언하는 의생, 법률적으로 조언하는 율생, 시신을 직접 만지는 오작인 등이 수령과 함께 일했다.

1장

탐할 탐(貪)에 바를 정(正)

나주곰탕

서신을 받아 든 순간 나도 모르게 긴 탄식이 흘렀다.

하인이 가져온 서찰은 쪽빛으로 염색한 봉투에 담겨 있었는데 겉봉에 이름 같은 것은 어디에도 적혀 있지 않았지만 허형이 보낸 것이라는 것을 나는 바로 알 수 있었다. 정인에게나 하듯이 공들여 염색한 종이에다 서신을 써서 보내는 것은 우리 사이의 오랜 장난이었으니 알아보지 못할 수가 없다. 화려하고 아름다운 것을 좋아하는 그 성미는 전혀 변하지 않은 모양이다.

봉투를 열기 전까지만 해도 나는 허형에게 돌아갈 마음이라곤 전혀 없었으나 서신을 읽는 동안 마음이 조금 동했으며 몇 번이고 서신을 반복하여 읽을 때마다 '자네만 생각하면 밥상 앞에 앉아도 얼굴에 땀이 흐르고 음식이 넘어가지 않는다'는 대목에서는 나 역시 목이 턱 막히는 것을 어찌할 수가 없었다.

내가 알기로 허균이란 사람은 한 번도 밥상을 앞에 두고 망설여본 일이 없다. 그런 사람이 이런 문장을 써 보냈다면 분명 곤란한 일을 겪고 있는 것이다. 사람들은 그를 두고 무례하고 경솔하다며 그의 노력을 폄하하기를 좋아했으나 나는 그가 어떤 사람인지 잘 알았다.

허균은 무례하고 경솔하며 엄살이 심한 데다 약삭빠르기까지 하지만 내가 아는 이들 중에 가장 똑똑하며 또한 솔직한 사람이다. 그가 나를 필요로 한다면 빈말이 아니라 정말 그런 것이다.

나는 그의 부름에 응답하려 여막*을 모두 정리하고 덥수룩해진 수염을 잘라냈으며 초라한 방립 대신 먼지 쌓인 흑립을 털어내어 머리 위에 얹었다. 오늘 저녁에 사용하기 위해 참나무 가지에 매어두었던 명주 천을 끌어 내리고 모친의 산소에 마지막으로 절을 올리고 나니 3년이나 머무른 이곳에 미련이라곤 한 톨도 남지 않았다. 이런 나라도 필요로 한다면 가지 않을 이유가 없다.

내가 한참을 꾸물거리다 밖으로 나오자 떡갈나무 아래에

---

* 시묘살이할 때 사용하는 움막.

서 햇빛을 피하던 하인이 손을 내밀었다. 답장을 기다리는 모양이었으나 나는 그의 손에 종이 따위를 쥐여줄 생각은 추호도 없었다.

"답장은 없네."

그러자 하인이 손사래를 쳤다.

"안 됩니다. 나리께서 반드시 답을 받아 오라 하셨습니다."

"내가 답장일세. 같이 가세."

나는 그길로 허형에게로 돌아왔다. 내가 그를 떠나기로 마음먹은 지 꼬박 4년이 지난 다음이었다.

*

허형이 발령받은 곳은 전라도 나주목의 관청이다. 큰 고을이라 하긴 했지만 이렇게나 요직을 맡았을 줄이야. 감탄하던 것도 잠시뿐, 허형은 나와 재회한 이후로 한 번도 등청하지 않았다. 도리어 부엌에 틀어박혔는데 하루 네 번 자신의 사랑방에 들어와 함께 식사할 것을 요구했을 뿐, 내게 그 어떤 부담도 주지 않았기에 도리어 나는 불편해졌다. 내가 필요해서 부른 것이 아닌가. 그렇게 사흘쯤 되었을 때 나는 불안함을 더 참지 못하고 이제 그만 일거리를 달라 요구했지만 허형의 고집을 꺾을 수는 없었다.

1장 탐할 탐(貪)에 바를 정(正)

"네 몰골을 봐라. 넌 지금 일할 상태가 아니야."

시묘살이 하던 곳에 면경이 없어 비춰 보진 못했어도 3년간 쌀도 고기도 먹지 않고 거친 곡식과 나물로만 겨우 연명했으니 꼴이 좋을 리는 없을 것이다. 나는 까슬한 얼굴을 만지작거렸다. 볼이 약간 파인 것도 같고.

"애초에 왜 네가 시묘살이를 했는지도 나는 모르겠다. 본래 시묘살이라는 것은 부모가 너를 길렀던 시간만큼 그들을 떠올리며 은혜에 보답하라는 것 아니냐. 한데 네 어미는 너를 기르지도 않았거늘 어째서 네가 그리 고생을 해야 했지?"

허형은 약간 화가 난 것 같았다. 하긴, 그의 말에 틀린 것이 없기는 하다.

아버지 날 낳으시고 어머니가 날 기르셨으니 두 분이 아니시면 어찌 이 몸이 살았으랴. 이 하늘 같은 은혜를 어떻게 다 갚사오리,* 하는 시조를 송강 정철 선생이 읊은 적이 있으나 나는 그 시의 모든 문장을 한순간도 이해해본 일이 없다. 아버지는 물론 나를 낳지 않았으며 어머니는 나를 기르지 않으셨다. 그러니 송강 선생의 말대로라면 나는 부모의 은혜를 입지 않은 셈이다. 태어나 여태 살아 있는 것이 하늘의 은혜라면 그것은 그럴지도 모르겠지만.

* 〈훈민가(訓民歌)〉의 16수(首) 중 첫 번째 시조.

나는 이씨 성을 가진 재영이라 하지만 어디의 이씨인지 누구를 시조로 둔 몇 대손인지는 대답할 수가 없다. 누구도 내게 그런 것을 알려주지 않았기 때문이다.

우선 나를 낳은 모친께서는 이조판서를 역임하신 분의 작은 마님이셨다 하는데 내 친부는 그분이 아니다. 내가 이판댁 서자기만 했더라면 정말로 지금보다는 나았을 것이다. 본처의 아들이라면 과거에 합격하여 입신양명을 해야 겨우 본전치기지만 서자 아들이란 그야말로 덤에 불과하니 비단옷 입고 고기반찬 먹으며 마음껏 게으르게 살아도 공부하라고 닦달하는 사람 하나 없었을 것이 아닌가. 하지만 안타깝게도 어머님의 남편께서 내 친부가 아니었던 고로 모든 것이 꼬이고 말았다.

내 친부께서는 병판댁 서자로 태어난 기인으로 이름하여 손곡 이달이라. 시를 잘 짓기로는 조선 최고라고 하는데 그분께선 아버지도 남편도 아니셨으며 심지어는 평범한 사람처럼 살 생각도 없으셨던 모양이다. 친구의 첩을 범하여 그래 결국 나를 만들어내고 말았으니.

서자의 아들인 서자라는 것만으로도 고달팠을 내 인생에 사생아란 딱지까지 얹어준 것이 바로 내 아버지란 작자가 되시겠다. 시인들이란, 정말이지 자기밖에 생각하지 않는다.

돈을 버는 일도 평판을 지키는 일도, 아내를 두거나 아들

1장 탐할 탐(貪)에 바를 정(正)   **15**

을 기르는 것마저도 할 줄 몰랐던 아버지였으나 인복은 있었는지 강릉 사시는 초당 허엽 선생께서 당신의 집으로 불러주신 일만이 그 인생 최고의 행운이었다. 초당 선생께서는 일평생 직업이 없던 부친께 일을 주시고 허씨 남매의 선생이 되도록 해주셨으나 그는 죽을 때까지도 그 은혜에는 그다지 보답하지 않았다. 도리어 '나'라는 짐까지 덤으로 얹어주었을 뿐.

나는 초당 선생의 배려로 다섯 살 어린 나이에 허씨 집안에 들어와 허씨 남매와 같은 것을 먹고 같은 지붕 아래에서 자며 아버지의 강론까지도 허씨들과 나누어 들으며 성장했다. 그러니 어쩌면 내가 시묘살이를 해야 했을 사람은 내 모친이 아니라 초당 선생이었는지도 모르겠다. 하지만 그에겐 여러 자식이 있되 내 모친에겐 오직 나 하나뿐이었으니 어쩌겠는가.

내가 모친을 만난 것은 겨우 4년 전인데 그때 이미 죽을병에 걸려 있었다. 아무도 자신을 돌봐주지 않을 때가 되어서야 스스로 버린 아들을 찾아오다니 그 인생은 내가 상상하지 못할 만큼 고달팠으리라. 함께 산 지 고작 1년 만에 모친께서는 한 많은 눈을 감았고 나는 그의 죽은 몸조차 내치지 못해 결국은 3년간의 시묘살이까지 떠안았다. 허형은 그것이 못마땅한 것이다.

"불쌍한 사람입니다."

내 변명에 허형은 그 말이 옳다 그르다 평가하지는 않았다.

"하지만 네 수명을 깎아 먹을 필요까진 없었어. 시묘살이를 하다 죽은 사람이 얼마나 많은지 아느냐?"

"유학자라면 응당 해야 할 일이 아닙니까."

"유학자들 모두가 시묘살이를 했다면 조선 관리들 중 절반은 이미 죽었을 게다. 금상께서도 선왕께서 돌아가신 지 일주일 만에 왕위를 이었는데 대체 네가 뭐라고."

"하지만 그분껜 저뿐이었습니다. 제가 필요하다고 하셨어요."

"나도 그래."

나의 두 가지 발언 중 그가 어떤 것에 동의한 것인지도 알지 못한 채 나는 묵묵히 국물을 떠먹었다. 몸을 보해주겠다면서 허형이 며칠 전부터 기름기를 걷어내며 끓이던 곰탕이었다. 고깃국을 먹은 첫날에는 몸이 받아들이지 못하는지 속앓이를 했으나 이제 조금 적응이 됐는지 국물이 입에 달았다.

"난 너를 정말 이해할 수가 없다."

허형은 하고 싶은 말이 더 있는 듯했지만 내뱉지는 않고 입을 다물었다. 대신 밥그릇에서 밥 한 숟갈을 크게 떠서 내 쪽으로 옮겨주었다. 그렇지 않아도 고봉밥으로 볼록하게 솟은 내 주발 위에 남산만 한 것이 하나 더 생겼다.

"더 먹어."

"많습니다."

"내 잔소리가 듣기 싫거들랑 잠자코 먹어라."

정말로 잔소리는 더 듣고 싶지 않았기 때문에 나는 그가 주는 것을 꾸역꾸역 입에 넣었다. 많다고는 했으나 넣으니 또 들어가는 맛이라 밥그릇도 깨끗이 비워냈고 국도 한 그릇 더 먹었더니 허형의 입꼬리가 슬쩍 올라갔다.

곰탕을 고아내던 며칠간을 제외하고 허형은 항상 내 시야가 닿는 곳에 붙어 있었다. 이제 갓 수령이 되었으면서도 등청을 하기는커녕 낙향한 선비처럼 내가 먹고 자는 것을 지켜보며 혼자 책을 읽거나 꾸벅꾸벅 졸기도 했는데 며칠간을 같은 책만 보기에 내가 물었더니 그는 싱글거리며 대답했다.

"탐정서야. 요전에 명나라에 사신으로 다녀오는 길에 산 책들 중 하나인데 참으로 희한한 이야기가 가득하더군."

"제가 한번 봐도 되겠습니까."

"나중에. 자네가 책을 읽을 만치 기력을 차린다면 그때 보여주지."

그리고 또 며칠이 지나 내가 뒹굴뒹굴 굴러가는 공처럼 되지나 않을까 염려되기 시작할 때 즈음 그제야 허형은 나를 집 밖으로 내보내주었다. 드디어 등청을 하려는가 싶었지만, 웬걸, 그가 걸음한 곳은 시장이었다. 닷새에 한 번 서는 오일장이라고 했다.

"여기 요즘 아주 끝내주는 곰탕집이 서거든."

곰탕이라니. 나는 말만 들었는데도 벌써 물리고 말았다.

"이제까지 먹은 것은 곰탕이 아니란 말입니까?"

"그것은 내가 얼렁뚱땅 만든 것이고. 나주에 왔으면 나주 곰탕을 먹어봐야지."

"나주곰탕이라고 뭐 다르겠습니까. 사실 저는 설렁탕과 곰탕의 차이도 모르겠습니다."

그 말이 허형의 폐부를 찌른 모양이다. 허형은 전에 없이 날카로운 목소리로 외쳤다.

"자네는 지금 양명학과 주자학이 같다는 이야기를 하고 있는 것이나 마찬가지야! 뿌리가 같아도 해석이 다르면 다른 학파가 되듯이 같은 소고기라도 들어가는 재료가 다른데 어찌 같은 음식이 될 수 있는가."

아아. 하도 오랜만에 허형을 만난 탓에 그가 무엇에 발작하는지 잊고 있었으나 그래, 그는 이런 사람이었지. 허형은 거기서 말을 멈추지 않았다.

"설렁탕은 뼈를 주로 사용하고 부산물은 조금 사용하여 국물을 내기에 뼈의 영양분이 물에 녹아 뽀얀 색을 내지. 하지만 곰탕을 끓일 때는 고기와 내장을 주로 사용하거든. 뼈가 들어가지 않는 것은 아니지만 도가니 등을 사용하는 대신 꼬리뼈 같은 것을 사용하니 국물 색이 옅어져. 게다가 나주에서는 더욱 특별하다네. 양지머리나 사태, 머릿고기 같은 살코기만 사용하여 고아내니 그 색이 마치 아침에 떠온 샘물처럼 맑아지거든."

"결국 다 같은 소고깃국이란 말이잖습니까."

"이제까지 뭘 들은 겐가. 어느 부위를 사용하여 육수를 내느냐에 따라 맛이 달라진다니까! 게다가 내가 맛보여주고 싶은 가게의 숙수는 이전에 임금님의 대령숙수로 일한 적도 있는 인물이라네. 그래서 일찍 가지 않으면 줄이 하도 길어 먹을 수가 없어. 하도 사람이 몰리다 보니 양반이고 상놈이고 직접 줄을 서서는 골목골목까지 길게 이어지는데 그 꼴도 무척 장관이라 할 수 있지. 하지만 무엇보다 좋은 것은 그곳에서 곰탕을 사서 바로 앞 정자에 앉아 연못을 보며 먹는 풍류라고나 할까."

어릴 적부터 같은 음식을 먹고 자랐음에도 불구하고 나와 허형의 입맛은 아주 다르다. 허형은 먹은 음식의 재료는 물론 향신료까지 구분해내는 미각을 가졌으나 나는 이 맛도 저 맛도 잘 모르는 미맹인지라 사실 맛이 없는 음식을 먹어도 맛이 없는 줄을 모른다. 입으로 들어가고 소화가 되면 그만이라 욕심도 없다. 허형은 그것이 그렇게나 못마땅한지 맛있는 음식이 생기면 무엇이든 내 입에 넣어주고 싶어 안달이다. 어떻게든 내 입에서 '맛있다'는 말이 나오는 것을 듣고 싶은 모양이다.

 이번에도 허형은 내게 맛있는 곰탕을 먹일 생각으로 먼 길을 걸어 나를 골목으로 이끌었으나 장황했던 설명과는 달리 가게 앞에는 누구도 줄을 서 있지 않았다. 그렇게 자랑하던 연못은 바짝 얼었으며 추운 날씨 때문인지 정자에조차 사람이 하나도 없어 스산한 분위기마저 감돌았다. 허형도 이 상황은 예상치 못했는지 다소 쑥스러운 얼굴로 내 옷을 잡아끌었다.

 "우리 여인이 굶을까 봐 다들 양보해주는 모양이군."

 가게에 들어가 앉자마자 주문도 하기 전에 뚝배기가 우리 앞에 하나씩 놓였는데 이것이 그 유명한 나주곰탕인가, 하여 나는 숟가락을 들어 국물의 색을 먼저 보았다.

 "유명한 집이라 다르긴 다른 것 같습니다. 색깔이 굉장히……"

 아침에 떠온 샘물은커녕 저녁에 방을 닦은 걸레를 빤 것 같은 색이었다. 하지만 사실대로 말한다면 허형이 상처를 받겠지. 이걸 어떻게 돌려 말해야 하나. 그렇게 자랑하던 나주곰탕에 대고 나쁜 말을 하고 싶지 않아 단어를 고르는 동안 허형 역시 당황스러운 듯 국물을 빤히 바라보았다.

 "이게 색은 이래도 맛은 분명……"

 허형은 기미를 하듯 얼른 국물을 한 숟가락 떠먹었다. 그

맛이 어떤지는 표정만으로도 충분히 알 수 있었다. 임금님께 올릴 수는 없는 맛인 모양이었다.

"어찌 된 영문인지 모르겠군."

허형이 실망하여 고개를 내젓자 옆 좌탁에서 한 사람이 얼굴을 알아보곤 얼른 일어나 허리를 숙였다.

"아이고. 사또 나리. 여기는 어쩐 일로다가 오셨소."

빳빳하게 풀을 먹인 도포를 입은 중인이었는데 키가 크고 눈은 처졌으며 콧수염에는 동백기름을 발라 얌전히 정리했다. 얼굴빛이 기름지면서도 허형을 알아보는 것으로 보아 관청에서 일하는 사람인 듯하였다. 구리 관자에 국화를 섬세하게 새겨 넣은 것이 중인치고 취향이 퍽 세련되었다. 확실히 이 고을에는 돈이 도는 모양이다. 허형은 오만하게 턱을 들어올려 고개를 까딱하여 인사를 받더니만 눈을 치켜떴다.

"고을의 풍속을 살피는 것도 수령의 중요한 임무 중 하나니라."

"알지라. 근디 부임허고 영 등청을 안 허싱께 저는 고만 한양으로 돌아가부신 줄 알았소. 어쨌든 잘 오셨어라."

얼굴이 시뻘개져서 변명할 말을 찾는 형님의 얼굴을 보는 것은 아우에겐 부끄러운 일이다. 나는 되도록 그쪽을 보지 않으려 노력했으나 일행인 것이 벌써 티가 난 모양인지 콧수염 난 중인은 나를 흘끔흘끔 쳐다보았다.

"아. 내 아직 이 친구를 소개하지 않았군. 인사하게. 재영이, 이쪽은 나주 형방 허창욱이고 형방, 이쪽은 내 형제나 다름없는 의원 이재영일세. 구암 허준 선생의 수제자라네."

"여인 이재영입니다."

내가 인사하자 형방은 잘됐다는 듯이 손뼉을 쳤다.

"의원이시오! 잘됐소. 내가 요즘 신경통이 도졌는디 어디 진맥이라두……."

인사하는 것도 잊고 형방이 자기 증세를 토로하는 것을 보고 나는 얼른 한마디를 덧붙였다.

"전 죽은 사람 전문입니다."

그게 무슨 말이냐며 되물을 줄 알았는데 역시 형방은 형방인지 외려 그 사실을 반기는 듯 입꼬리를 올려 슬그머니 웃었다.

"어따. 그라믄 인자 실력 좀 보것소."

"그게 무슨 말씀입니까?"

형방은 담 너머 어드메를 손가락으로 가리켰다.

"쩌그 시신이 있응께 실력 함 보것다고요. 어젯밤에 살인사건이 나부렀응께."

그 말에 허형의 눈이 반질반질하니 빛났다.

"살인?"

모르는 사람들이 저 표정을 봤다면 당황할 것이다. 사람이 죽었다는데 입가에 미소부터 돌지 않는가. 이상한 사람이거나 혹 그가 살인자가 아닌가 의심한다 해도 어쩔 수 없을 모양새다. 마치 맛있는 음식을 앞에 두었을 때처럼 그는 동공이 확장되었으며 이마에선 살짝 땀이 배어 나왔고 뺨이 발그레해졌는데 심장이 몹시도 두근거리는 모양이었다.

매일 반복되는 일상처럼 보이면서도 조금씩 달라지는 사람과 사람들. 그리고 그 사이에 필연적으로 일어나는 갈등과 그 갈등을 없애기 위해 일어나는 모든 헛된 시도들. 그것은 눈을 크게 뜨고 귀를 활짝 열어야만 보이고 들리는 것이다. 일상과 같은 옷을 입으려 노력하는 그것들을 우리는 어쩌면 사건이라 불러도 좋으리라. 사소하고 작은 일들이 겹쳐져 중요하고 커다란 '사건'이 되는 그 연쇄 작용을 역순으로 풀어 진상을 알아내는 일에 그는 조금은 미쳐 있었다.

"야. 사또 나리께서 좋아허시는 살인 사건이오. 지난 고을에서두 유명허셨담서요. 헌디 이번 사건은 영 까다로워설라무네 아무리 사또 나리라 혀도 풀기는 어려울 것이어라."

형방의 말에 허형은 도리어 더 즐거워졌다.

"호오. 그렇단 말이지. 그래, 그럼 자네 말이 맞는지 시험해 볼까. 사건에 대해 이야기를 좀 듣고 싶은데."

형방은 어려울 것 없다는 듯 자신이 보고 들은 것을 가감 없이 설명했다. 그는 허형보다 나이가 많아 보였는데 그것이 허투루 먹은 관록은 아닌지 사건을 다루는 말이 더하거나 뺄 것도 없이 간결하고 알아듣기 쉬웠다.

어제 새벽, 이 거리에서 살인 사건이 일어났다. 죽은 자는 기녀 애생이며 이를 맨 먼저 신고하여 전한 자는 당시에 깨어 있던 이 가게의 숙수 고태성이었다.

본래 인정*에서 파루**까지는 야간 통행금지 시간이므로 밤새 책을 읽는 선비가 아니고서야 깨어 있는 이가 있을 리 만무하나, 다음 날 이곳에선 오일장이 서는 터라 곰탕을 끓이는 숙수만은 깨어 있었다.

한 손엔 불쏘시개를, 한 손엔 장작을 들고 눈물을 줄줄 흘리며 불을 지키던 숙수는 아무래도 졸음을 이길 수 없어 몇 번이나 고비를 넘기던 차 남녀가 다투는 소리에 잠이 깼노라고 했다. 담장 밖 골목에서 싸우는 소리가 들렸는데 처음에는 무시하려 했으나 그 소리는 커지기만 할 뿐 사그라들지 않았기에 한참 듣다 보니 어떤 내용으로 싸우는지도 알게 되었다.

여자는 기생이고 남자는 양반인데 둘 사이는 꽤나 깊어 보였다. 여자는 다른 마을의 잔치에 다녀오는 길인 듯했는데 그곳에서 밤늦게까지 남자들의 술 시중을 들었던지 남자는 여

---

* 밤 10시경.
** 새벽 4시경.

자에게 질투 비슷한 것을 하는 것 같았다.

"네가 어찌 이럴 수 있느냐" 하는 남자의 말에 여자가 화가 났는지 "내가 누구를 만난들 무슨 상관입니까" 하고 앙칼지게 쏘아붙였다. 한데 갑자기 비명 소리가 들리기에 무슨 일이 생겼나, 하고 담 너머를 흘깃 보자 쓰러진 여자와 도망치는 남자가 있었다는 것이다. 죄를 지은 놈만 도망치는 법이니 범인은 두말할 것도 없다. 숙수는 숨어 있다가 해가 뜨자마자 관아에 이 일을 신고했다.

형방은 직접 출동해 시신을 확보했는데 피해자의 후두부에는 상처가 있었으나 다른 곳은 깨끗했다. 근처에서 흉기 역시 발견되지 않았다. 오작인이나 의원을 불러야 할까 고민하던 차에 마침 허형을 만났다는 것까지가 형방의 설명이었다.

"그래. 목격자인 숙수는 범인의 얼굴을 보았다던가?"

허형이 묻자 형방이 고개를 끄덕였다.

"야. 똑똑히 봤답디다."

"누구라던가?"

"남록 유희서 영감이라고 허던디요."

"누구?"

허형이 믿기지 않는다는 듯이 눈을 크게 치켜떴다.

"남록 선생이 나주의 샛별 애생이를 죽였다고?"

'나주의 샛별 애생이?' 힐난하고 싶은 것도 참고 허형 쪽을 노려보았는데 그는 내가 보고 있다는 것도 눈치채지 못할 정도로 깊게 상심하고 있었다. 나중에 허형에게 들어 알게 된 사실이지만 애생은 이 근방에서는 모르는 이가 없을 정도로 유명한 기생이라 했다. 여성 편력으로 유명한 임해군 대감마저도 애생을 한번 보겠다고 전라도까지 내려와 나흘을 내리 매달렸다는 소문까지 있으니 대단하긴 한 모양이었다.

그런 애생을 독점한 것은 일전에 도승지까지 역임한 남록 유희서라는 사람인데 열일곱 한창때의 기생을 독점하는 대가로 행수 기생에게 북촌의 기와집 한 채는 줬다는 소문이 있었다. 한데 남록 선생이 그런 애생을 죽였다고?

"사람의 인생이란 한 치 앞도 알 수가 없구나."

허형은 정말 속상한 얼굴이었다. 저래 봬도 마음이 약한 데가 있다니까.

"나주로 발령받았으니 애생이 얼굴이나 한번 보겠다 싶어 들떠 있었건만. 시체가 되어서야 만나다니!"

그쪽이 아쉬웠던 게로군. 나는 미간을 엄지로 눌렀다. 미간의 중심에 있는 혈을 인당혈이라 하는데 두통을 없애는 데 도움을 준다.

"한데 형방의 말을 이해할 수가 없네. 시체도 있고 목격자도 있겠다, 범인도 확실하니 잡아 오기만 하면 될 것이 아닌가. 이런 쉬운 사건을 가지고 어째서 내가 풀기 어려울 것이라 했는고?"

허형의 물음에 형방은 우물쭈물하며 대답했다.

"그야…… 남록 선생은 이 세상 사람이 아닝게요……."

"그게 무슨 소린가?"

"남록 선생은 메칠 전에 도적 떼에게 화를 당해 돌아가시지 않았소."

허형은 지난 열흘간 나와 함께 지내느라 바깥소식을 거의 듣지 않고 지냈다. 그랬기에 남록 선생의 부음도 듣지 못한 것이다. 형방의 말대로라면 죽은 남록 선생이 산 애생을 죽였다는 소리인데……. 귀신이 사람을 해친다니. 그것은 사건이라기보다는 괴담이 아닌가.

"질투에 눈이 먼 남록 선생이 귀신이 되어서 산 사람을 데불고 갔다고 벌써부터 소문이 나기 시작했소. 헌디 워찌 나리께서만 모르시오."

"죽은 사람이 산 사람을 죽였다라……."

형방의 보고를 들은 허형이 입을 크게 벌려 웃었다. 세상에 그런 우스운 일은 들은 적이 없다는 듯이.

"참말이랑께요! 웃을 일이 아녀라."

형방이 허형을 말렸으나 영 부질없는 일이었다. 허형은 눈물을 흘려가며 웃었다.

"애생이의 머리에 상처가 있다지 않았느냐. 어느 귀신이 사람 머리를 때려 죽게 한다더냐. 정말 그런 귀신이 있으면 얼굴이라도 보고 싶군."

그제야 형방의 얼굴이 붉게 물들었다.

"그라지만 귀신 때민에 놀라 넘어지는 수도 있지 않아요."

"의식을 잃은 사람이 아니라면 넘어졌을 때에 손이나 무릎부터 땅에 닿게 된다. 한데 자네는 애생이의 몸이 깨끗했으며 후두부에만 상처가 있다 하였어. 그럼 그 상처는 넘어져서 생긴 상처가 아니라 맞아 생긴 상처일 터. 귀신이 사람을 때릴 수는 없으니 범인은 필시 산 사람일 것이다. 우선 유일한 목격자인 숙수를 추포하고 사건을 면밀히 조사해보도록 하는 게 좋겠군."

말을 마친 허형의 시선이 나를 향했다. 마치 이 순간만을 기다려온 것처럼 그는 조금 행복해 보였다.

"여인. 그대의 시간이 왔네. 검험을 할 것이니 준비하게."

그리하여 칼자루는 나에게로 넘어왔다. 나는 이러기 위해 그에게로 온 것이다.

*

허형의 말대로 내가 한때 구암 허준 선생의 사사를 받은 것은 사실이나 그분의 수제자는 아니며 도리어 파문당한 제자라는 것을 말해둘 필요가 있겠다.

　내 자랑 같아서 말하지 않으려 했으나 사실 나는 열일곱에 임진왜란에 의병으로 출전하여 왜적들의 목을 벤 공로로 스무 살이 되던 해에 과거를 볼 자격을 얻었다. 서자임에도 이러한 자격을 얻은 것은 매우 드문 일이었고 문과에 입시하여 장원 급제까지 한 것은 더욱 드문 일이었음에도 출신 문벌이 천하다 보니 관직을 갖지는 못했다. 전쟁 통에 사람이 없을 때야 서자도 등용시켜줄 듯하였으나 전쟁이 끝나고 인구가 안정된 다음부터 다시 나는 필요 없는 사람이 된 것이다. 몇 년씩이나 대기 발령 상태에 있다가 끝내 어디에도 배속되지 못했으니 매일 해가 뜨는 것이 지겨울 지경이었다.

　살아 있는 것이 지겨우나 죽을 용기는 없다면 삶을 망치면 되는 일이다. 내 아버지가 그것 하나만은 제대로 가르쳐주었으니 따라 하는 것은 쉬웠다. 술을 마시면 하루쯤, 아니 몇 달쯤은 순식간에 지나가버린다. 절망할 시간도 없다. 다시 술을 마시고 잊어버리면 그만이니.

　매일을 술과 벗하여 지낸 지 반년 정도 지났을 무렵인가, 허형이 어느 날은 밖에서 술을 마시자며 나를 데리고 나갔는데 그때 뵌 분이 그의 십촌 아저씨뻘이 되는 구암 허준 선생이셨다. 당시에도 그분은 거물이셨으니 내가 뵐 수 없는 분이었으나 혈연이란 것은 그토록 진한 모양인지 아니면 허형이 말을 잘하는 것인지 선생께서는 나를 제자로 받아들여주셨다.

"비록 늦게 시작했으나 재영이 너는 머리가 좋으니 금방 따라갈 수 있을 거다."

허형을 실망시키고 싶지 않았으므로 나는 당장 술을 끊고 의서를 읽기 시작했다. 이것만이 마지막이며 유일한 기회라고 생각한 나는 정말로 열심히 공부했다. 책장이 닳아 없어질 때까지 읽었으며 벼루의 바닥이 갈릴 때까지 먹을 갈았다. 그러한 정성으로 구암 선생의 제자로 들어간 지 5년 만에 보지 않은 의서가 없었으며 모르는 질병이 없게 되었다. 하지만 이런 똑똑한 나조차 간과한 것이 있었으니, 세상에 이론이 되는데 실기가 안 될 줄이야!

의술이란 결국은 손재간이다. 손끝으로 맥을 짚고 혈자리에 침을 꽂아 넣어 기를 통하게 하고 약재를 달여 몸을 보하는 것이 의원의 역할이다. 한데 내 손은 대체 사람의 것이 아니라 곰 발이라도 얹어놓은 것인지 상대의 맥이 어떻게 뛰는지 영 느끼지 못하는 것이 첫 번째 문제요, 사람마다 각기 다른 혈자리를 얼마만큼 찔러 넣어야 하는지를 도저히 익히지 못한다는 점이 두 번째 문제였다. 가볍게 찔렀다 빼야 하는데도 '그 얕고 가벼운 정도'를 영 익히지 못해 결국 뼈와 근육을 상하게 하는 일이 부지기수였으니 나라는 놈은 의원을 하면 안 되는 부류였던 것이다. 이런 내게 연습용이라며 제 손바닥을 내어준 허형은 왼쪽 새끼손가락을 끝까지 구부리지 못하는 지경에 이르렀으니 변명할 생각도 없다. 모두 내 탓이다. 완벽한 머리에 허수아비 같은 손가락을 가진 내가 누구를 진료하겠는가. 나도 내게 진료받고 싶지 않다.

이렇게 내버려뒀다가는 멀쩡한 사람도 죽이겠다는 스승님의 적절한 판단하에 나는 파문되었고 살아 있는 사람이라면 그 누구라도 진찰하지 말 것을 명받았으니 그때부터 죽은 자들을 위한 의원, 즉 의생이 된 것은 운명이라 하겠다. 죽은 자는 두 번 죽지 않으니 누구도 내 손끝이 무딘 것을 원망하지 못하리라는 아주 당연한 이유였다.

내가 시신을 검험할 재료를 숙수의 부엌에서 찾느라 분주하자 허형이 멀리서 소리쳤다.

"내가 떡을 구울 테니 자네는 술을 준비하게."

언뜻 들으면 먹고 마시며 놀자는 이야기 같지만 우리 일을 시작하기 전 반드시 필요한 작업이다. 술이 없다면 시신은 죽음의 비밀을 한 톨도 털어놓지 않는다. 검험이 필요한 시신들은 대개는 특수하고 일반적이지 않은 상황 속에서 발견되므로 우선 몸을 깨끗이 닦아 살피는 것이 무엇보다 중요한데 그때 술이 큰 역할을 한다.

깨끗한 시신이라면 술로 몸을 닦는 것만으로도 충분하지만 술지게미나 끓인 식초가 필요할 때도 있다. 종이를 시신

위에 덮고 식초와 술지게미 등을 덮은 다음 한참 있다가 닦아내면 시신의 상흔을 볼 수 있다. 물론 이것만으로 시신이 죽음의 비밀을 드러내는 일은 드물다.

상흔이 드러나지 않았음에도 정황으로 보아 의심스러운 부분이 있다면 그 부분에 물을 뿌린 뒤 총백, 즉 파의 흰 뿌리를 찧어 넓게 펴 바르고 식초에 담가두었던 종이를 위에 덮어준다. 그래도 상처가 잘 보이지 않는다면 백매실을 찧어 짓이긴 후 덮어두면 상흔이 드러난다. 혹 그래도 보이지 않는다면 그때부터는 떡이 필요하다. 살아 있는 이들이 음식을 만들어 먹어야만 생을 이어갈 수 있듯 죽음의 흔적을 찾는 데에도 음식이 필요하다는 것은 재미있는 일이다.

다만 시신들을 위한 떡은 산 사람이 먹는 것과는 조금 다르다. 백매실의 과육을 파와 산초, 소금, 술지게미 등과 함께 갈아 떡을 만드는데 이것은 절대로 식어서는 안 된다. 불 위에서 구운 다음 바로 손상 부위를 지지는 용도로 사용하기 때문이다. 허형이 지금 굽고 있는 것이 바로 그것인데 내가 시신을 닦아내는 동안 창문 너머로 떡을 굽는 냄새가 넘어왔지만 식욕 같은 것은 조금도 일지 않았다.

나는 우선 애생의 옷을 벗겼다. 노란빛 비단으로 된 저고리와 붉은 치마를 가위로 잘라 벗겼더니 속곳이 드러났는데 이상하게도 안쪽에 노리개를 달고 있었다. 그것은 투박하게 생긴 매듭 노리개였는데 은행으로 장식되어 있어 화려하고 비싼 물건만 걸치는 최고의 기생 같지 않아 다소간에 의아했다.

다음으로 나는 안색을 확인했다. 질식하여 죽은 시신과 독살당한 시신은 푸른 안색을 띠지만 그는 얼굴에 붉은빛을 띠었으니 맞아 죽은 것이 분명했다.

애생의 동공은 열려 있었고 손은 흐트러져 있었으며 두발은 산만하게 풀려 있었다. 비녀가 있어야 할 곳에 아무것도 없었는데 누가 훔쳐간 모양이었다. 머리부터 시작하여 상흔을 찾았는데 형방이 말했던 후두부의 상흔이 붉게 부풀어 올라 있었으므로 쉽게 찾을 수 있었다. 상처를 보니 경추 쪽 부딪힌 부위가 검붉게 부어올랐고 손으로 눌렀더니 힘줄과 뼈가 손상된 것을 알 수 있었다. 사방의 둥근 부위가 3촌 내지 4촌 정도였으며 살갗이 벗겨져 있었으니 분명 그곳이 요해처였다. 날이 추워 시신의 상태가 매우 좋았으므로 의심할 여지가 없었다.

"시신의 상태가 좋아 떡은 사용할 필요가 없겠습니다."

"그래?"

내 말이 끝나자마자 허형은 화로 위에서 떡을 꺼냈다. 으뜨뜨, 하는 소리가 같이 나는 걸 보니 아무래도 먹을 모양이다. 그리 맛은 없을 텐데.

"형방의 말대로 기녀 애생이는 머리를 맞아 즉사했습니다."

"흉기가 어떤 모양인 것 같은가?"

여기서 나는 조금 고민했다.

방망이? 아니다. 방망이라면 아마 가로로 균일하게 상처가 났을 것이며 도리어 상처 표면은 매끈했을 것이다. 하지만 애생의 상처는 표면에 우둘투둘하게 생채기가 있었다. 표면이 균일하지 않은 것으로 맞은 것이다. 이를테면…….

"일반적인 몽둥이는 아닙니다. 이거…… 아무래도 바위 같은 것으로 맞은 것 같은데요. 이 정도 되는."

내가 손으로 크기를 어림잡아 보이자 허형은 고개를 끄덕거리더니 다시 제 손에 쥔 떡을 먹었다. 시신에게 주려던 것을 먹으면서도 거리낌이 없다니 정말 못 말리겠군.

"한데 주변에 흉기로 쓸 만한 물건이 전혀 보이지 않습니다. 바위로 사람을 때려 죽였다면 어디서 가져온 것이 아니라 근처에 있는 것을 쓰는 것이 자연스러운데 이상한 일입니다. 도로 가져간 걸까요?"

허형은 대답 대신 입을 열심히 오물거렸다. 저거 정말로 맛없는데 저걸 저리 맛있게 먹네. 형방 역시 질린다는 얼굴로 형님을 쳐다보았다.

"그게 맛이 있소?"

"없네."

"그라믄 고만 드셔요."

1장 탐할 탐(貪)에 바를 정(正)

"나도 그만 먹고 싶지. 하지만 배가 고픈 것을 어쩌나!"

"배가 고프시믄 차라리 곰탕을 드시제. 뭔 놈의 양반이 가리는 음식도 없소."

형방이 손을 뻗어 식어가는 곰탕 그릇을 가리켰다. 하지만 허형은 고개를 단호하게 저었다.

"사람 죽인 곰탕을 어찌 먹겠나. 맛없는 떡을 먹는 게 낫지."

"그게 무슨……"

"범인은 바로 저 곰탕을 만든 숙수일세."

그 말에 형방의 얼굴이 굳었다. 어쩌면 나 역시 같은 표정을 지었으리라.

"숙수가 애생이를 죽였다고요? 뭐더러 그랬단 말이오? 둘은 아무 접점이 없는디."

"글쎄. 그건 이제부터 알아봐야지."

허형의 말에 형방은 영 미덥지 않다는 듯이 결정적인 질문을 했다. 내가 가장 묻고 싶던 말이었다.

"증좌가 있소?"

"있네."

"증좌가 뭐디요."

"곰탕이 더럽게 맛이 없다! 그것이 증좌야!"

아……. 뭐라는 거야.

형방과 나는 서로 눈을 잠시 마주쳤다. 귀를 의심하지 않을 수 없었던 것이다.

지금 내가 들은 것이 맞나. 저것이 조선 최고의 천재라 불리는 교산 허균이 살인 사건에 대해 내놓은 답이란 말인가.

하지만 허형은 당당했으니 형방과 내가 말을 잃고 헤매는 동안에도 그 잘나고 가벼운 혓바닥을 가만두지 않았다.

"자네도 아까 국물 색을 보았지? 나주곰탕은 맑은 국물로 유명한데 저것은 꼭 까마귀 삶은 물처럼 시커멓지 않았는가."

"……."

내가 뭐라 대답해야 할지 몰라 입을 다물었음에도 허형은 실망하지 않았으며 말을 멈추지도 않았다.

"생고기를 삶았을 때 저런 빛깔은 나오지 않네. 해동하지 않고 꽁꽁 언 고기를 그대로 끓는 물에 넣어 삶아야만 저리 되는 것이야. 고기의 핏물이 그대로 엉겨 붙으니 육수라고 제대로 나겠는가. 당연히 잡내가 나고 국물의 색은 탁해지겠지. 나도 아는 것을 솜씨 있기로 유명한 숙수가 어찌 몰랐을까. 그는 알고도 그리한 것이야."

"어째서요?"

내가 좋지 못한 질문을 했는지 그가 짧게 한숨을 쉬고는 차근차근 설명했다.

"여인 자네가 아까 뭐라고 했나. 시신의 머리를 내리친 것이 이만한 크기의 바윗덩어리라 했지? 한데 흉기는 발견되지 않았어."

"그랬지요."

"여기 이 곰탕을 끓이려면 고기가 많이 필요할 걸세. 이 추위에 꽁꽁 언 고기는 바윗덩어리보다 단단할 것이고."

"아……!"

그제야 허형의 추리가 이해되었다. 형방도 마찬가지였는지 거꾸로 된 여덟 팔(八)자였던 눈썹이 이제야 한일(一)자 모양으로 되돌아왔다. 그리고 그는 아직 해소되지 못한 의문을 풀기 위해 입을 열었다.

"그라믄은 죽은 남록이 산 애생이를 죽였다는 괴담은 뭐여요?"

"괜히 퍼뜨린 게지."

"어째서 괜히 퍼뜨렸단 말이오?"

그러게. 왜 그랬을까. 나는 그에 대해 생각해본 적이 없었다. 그저 어렴풋이 사건을 복잡하게 만들기 위한 수였나, 했을 따름이다. 하지만 허형은 역시 탐정이라 그런지 내가 생각했던 것을 조금 더 또렷하고 구체적인 말로 읊어주었다.

"그야 진범을 묻히게 하기 위해서지. 남록 선생과 애생이가 아무 이유 없이 차례로 죽었다는 것이 알려지면 누구나 제삼의 인물을 떠올릴 것이다. 애생이를 사랑하는 어떤 인물이 질투심에 미쳐 남록 선생과 애생이를 둘 다 살해한 사건이라 여겼을 게야. 하지만 죽은 남록 선생이 산 애생이를 죽였다는 괴담이 돈다면 어떻겠는가. 마치 애생이가 바람이라도 피워서 남록 선생에게 살해당한 것처럼 보이지 않아? 아무리 기생이라고는 하나 첩실이 되기로 했다는 것은 정절을 지켜야 함을 의미하지. 한데 정절을 지키지 않은 죄로 죽었다고 하면 죽음의 원인이 제삼자에게 있는 것이 아니라 애생 자신에게로 돌아가는 것이야. 그러면 누구도 제삼자를 궁금해하지 않게 된다. 형사 사건에선 초동 수사가 거의 전부라고 할 수 있어. 하루가 지체되면 범인을 잡을 확률이 절반으로 뚝 떨어지니 어쩌면 범인은 그것을 노린 것이 아니겠느냐?"

나는 그럴 수도 있군, 하고 납득하고 만족하였는데 이야기를 듣는 형방의 표정은 영 시큰둥했다. 그는 허형의 해석이 마음에 들지 않는 것 같았다. 그럼 그의 해석은 무엇인가. 허형이 말을 해보라고 권하자 그는 한두 번 거절하더니만 결국 못 이기는 척 입을 열었다.

"그런 실용적인 목적이라기보다는…… 아무래도 미학이 아니겠소?"

미학? 허형의 표정이 일그러졌다. 아마 나도 비슷한 표정이었으리라. 살인자에게 무슨 놈의 미학이 있단 말인가. 하지만 형방은 진지했다.

"그저 그런 살인 사건이 괴담 하나로 애생이의 삶을 재구성하는 연극이 되지 않았소. 애생이를 죽인 사람은 그런 것까지 생각한 모양이지라. 아름다운 여인에게 걸맞은, 그럴싸한 최후의 이야기 말이어라."

나는 애생을 검험한 의원이다. 애생의 후두부를 강타하여 생을 빼앗은 것은 고작 고기 한 덩이였다. 한데 죽은 이를 다시 죽일 수 있는 것은 혓바닥 하나로구나.

"너는 숙수가 아니라 다른 범인이 있을 것이라 판단하는구나. 그 까닭은 무엇이냐?"

허형은 형방의 말에서 무언가를 눈치챈 모양이었는데 정곡을 찔렸는지 형방의 얼굴이 순식간에 달아올랐다. 무언가 이놈이 아는 것이 있구나. 허형은 직접 형방의 손목을 잡아 뒤로 꺾더니 관원들을 높은 소리로 불렀다.

"여봐라. 형방을 주요 참고인으로 하여 조사해야겠다. 숙수와 다른 옥에 넣고 서로 말을 맞출 수 없도록 밤낮으로 감시하라."

하지만 허형의 체포가 무색하게도 우리는 숙수가 어째서 애생을 죽였는지, 형방이 숙수와 무슨 관계인지에 대해서 알아낼 수 없었다. 다음 날 아침, 숙수는 형옥에서 시신으로 발견되었으며 형방은 행방이 묘연해졌기 때문이다.

옥졸이 몇 명이나 지키고 서 있는 데다 출입구는 자물쇠로 잠겨져 있었고 그 열쇠는 오로지 허형에게만 있었는데 용의자는 살해되고 주요 참고인은 도망쳤으니 일어날 수 없는 사건이 일어나고 말았다. 이는 두말할 것 없이 허형의 책임이다.

그렇게 나는 두 번째 검험을 해야 할 처지에 이르렀다.

작은년

남록 선생의 저주로 사람이 여럿 죽었다는 흉흉한 소문이 온 마을에 파다했으나 허형은 그런 말에는 신경도 쓰지 않는 듯했다.

그는 평소와 다를 바 없이 하루에 네 번 식사하고 세 번의 다과를 받았으며 두 번의 야참과 한 번의 주안상을 받았다. 그렇게나 먹으면서도 그 나이의 다른 양반들보다 배 둘레가 넉넉하지 않은 것은 허씨 집안의 체질인 모양이다.

허형의 부친이신 초당 허엽 선생 역시 '초당두부'라는 것을 개발하셨을 정도로 미식가였다. 또한 엄청난 먹보이기도 하셨는데 돌아가실 때까지 평생 108근[*]의 몸무게를 유지하셨으니 허형 역시 그 피를 물려받은 것이 확실하다.

---

[*] 약 65킬로그램.

그런 그가 아쉬워한 것은 나주에 급히 발령받아 내려오느라 손맛 좋은 찬모를 찾아 데려오지 못한 것이었다. 매주 한두 명의 찬모가 들어와 면접을 보았지만 아직도 그 입맛에 맞는 사람은 찾지 못했는지 허형의 근심은 커져만 갔다. 그는 직접 식칼을 잡는 것도 싫어하지는 않았으나 역시 취미란 것은 이따금 해야 즐거운 법이니 매일 자신이 먹을 엄청난 양의 음식을 몇 번이고 만드는 것이 귀찮지 않았을 리가 없다.

하지만 찬모가 있건 없건 간에 밥은 먹어야 하며 해야 할 일은 해야 하는 법이다. 우리는 허형이 만든 음식으로 간단히 조식을 먹고 나서 죽은 숙수를 검험하기로 하였다.

두 번째 검험은 첫 번째와 다르게 조금 더 좋은 환경에서 이루어졌다.

나주 관청의 검험실은 이제껏 내가 일해본 어떤 곳보다 깔끔했으며 장비도 제대로 갖추어져 있었다. 검험에 쓸 술이며 술지게미도 충분했고 태울 쑥도 곰팡이가 핀 곳 없이 잘 건조되어 있었으니 정말로 검험할 맛이 나야만…… 할 것인데 내 입에서 나온 소리는 영 좋지 못했다.

"저는 이대로는 검험 못 합니다."

"왜!"

"몰라서 하시는 말씀입니까? 조수도 오작인도 하나 없이 어찌 저 혼자 검험을 하란 말씀예요?"

"왜 못 해! 지난번엔 했잖은가!"

"지난번엔 급하여 어쩔 수 없이 한 것이지요."

"한 번 했으면 두 번도 할 수 있는 법이야. 일단 해보고 말해."

"그럼 형님이 좀 도와주십시오."

"탐정은 그런 일 하는 사람이 아닐세."

탐정이 뭔지는 몰라도 좋은 사람이 아닌 것은 알겠다. 공자께서도 말씀하시길 '임금이 신하를 예에 맞게 부려야만 신하가 진정을 다하여 임금을 섬긴다' 하였거늘 형님이 나를 이리 대우하시면 나도 함께 돼먹지 못하는 소리나 하는 수밖에는 없다.

"무서워서 그러십니까?"

그 말에 허형의 얼굴이 순식간에 붉어졌다. 화가 난 모양이었다. 아마 내 얼굴도 똑같은 색깔이겠지만.

"사내대장부가 무서운 게 어디 있어?"

"그럼 형님 뒤에 보이는 저 소복 입은 여자도 두렵지 않으십니까?"

'소복 입은 여자'라는 말에 허형의 불콰한 얼굴이 순식간에 하얗게 질렸다. 저 형은 저래 뵈도 겁이 많아 어렸을 때부터 괴담은 질색을 했다. 함께 〈장화홍련전〉에 대한 이야기를 읽었을 때 혼자 변소에 가지 못해 밤마다 나를 깨웠던 것을 기억한다. 다 큰 줄로만 알았더니 아직도 새가슴이로군. 허형은 내 말이 거짓인 줄 알면서도 뒤를 돌아보는 것이 껄끄러웠는지 눈알만 또르르 굴리고 있었다.

"왜요. 뒤를 돌아볼 용기까지는 없으신가 봅니다?"

내가 속 긁는 소리를 한 번 더 하자 그제야 허형은 그런 것 따위 없다는 것을 보이기 위해 몸을 돌렸는데…….

"으악!"

마침 허형에게 말을 전하기 위해 서 있던 하인을 보고 까무러치듯 놀라 엉덩방아를 찧고 말았다. 양반의 체통도 없이 말이다.

"하하하하하."

덕분에 나는 4년 만에 처음으로 웃음을 터뜨렸다. 저렇게 똑똑하고 멍청한 사람이 다 있나. 역시 나의 허형이 없이는 아무래도 웃을 일 같은 것은 이 세상에 없는 것이다. 나는 그야말로 세상에 나와 처음 울음을 터뜨린 아기처럼 목청껏 실컷 웃었다. 배를 잡고 눈물을 흘리면서 엉덩방아 찧은 형님처럼 나 역시 바닥에 주저앉아 웃었다. 그렇게 실컷 웃고 나니 그제야 허형의 표정이 보였다. 그 사람 역시 빙그레 미소를 띠며 웃고 있었다.

하인이 들어온 이유는 새로운 찬모의 면접을 위해서였다.

이제 열 살이나 겨우 넘었을까 싶은 작고 어린 여자아이였는데 오래 여행한 모양이었다. 닳아빠진 가죽신에 산에서 주운 듯한 기다란 지팡이를 짚고 몸에 안 맞는 도롱이를 입고서는 커다란 봇짐을 등에 졌다. 비가 오지 않으니 삿갓을 줄에 꿰어 목에 걸고 있었는데 하도 깡말라서 사람으로 보이지도 않았다. 마치 젖을 떼지도 못한 채로 어미 잃고 비 맞아 눈곱이 끼어 빽빽 우는 아기 고양이를 보는 것만 같은 기분이 들었다. 이런 어린애를 어찌 부리나 싶은데도 머리에는 쪽을 졌으니 가여운지고. 허형이 소녀의 머리부터 발끝까지를 몇 번이나 눈으로 훑더니 겨우 하는 말은 이랬다.

"너 꼭 보름 전의 재영이 꼴 같구나."

무슨 그런 말씀을! 내가 저랬다고? 뭐라 반박하고 싶었으나 허형은 내 의견 따위 중요하지 않다는 듯 벌써 다음 화제로 넘어가버렸다.

"키가 작고 손이 거친 것을 보니 안 해본 고생이 없겠다. 발이 큰데도 키가 작은 것을 보니 어려서부터 굶는 것을 밥 먹는 것보다 많이 해서 키가 안 큰 모양이군. 키가 작고 눈이 크니 동안이라 흘끗 보기에야 충년*은 넘었을까 싶지만 햇빛을 봐서 생긴 주근깨를 보니 사실 나이가 좀 있구나. 파과지년

---

* 열 살 안팎의 나이.

1장 탐할 탐(貪)에 바를 정(正)

(破瓜之年)*은 넘었을 터. 머리를 올렸으니 시집은 갔겠고. 박복한 신세를 고쳐보겠다고 일찍이 혼인을 했는데 여기까지 온 것은 남편이 없는 것이나 마찬가지기 때문이겠지. 그런데도 손톱은 매일 정돈하는구나. 요리에 대한 기본은 된 찬모로군. 꼴만 보면 한 달은 여행한 것 같지만 들고 있는 봇짐 크기를 보아하니 겨우 나흘 남짓 걸었을 뿐이다. 그런데 그 저고리는 물려 입은 것이냐?"

허형의 말에 내내 얼굴이 붉던 소녀가 입을 열었다.

"이번에 새로 지은 것이오!"

"새로 지었는데도 그리 길단 말이냐. 그 저고리 길이는 유행이 20년은 지났으니 전주 같은 대도시에서 오진 않았을 터. 아직도 그런 식으로 옷을 짓는 곳이라면 부윤이나 목사가 다스리는 고을일 리가 없고 군수나 현령이 다스리는 마을조차 아닐 것이다. 기껏해야 현감이 다스리는 곳일 테지. 그러면 보자……. 나흘 거리에 있는 현이라면 만경, 홍산, 함열 정도가 남는데 떠돌이 여행객 주제에 귀한 진목(참나무)을 주워 지팡이 삼은 것을 보니 진목이 발에 채이도록 많이 나는 함열에서 왔구나."

허형의 말에 소녀는 물론이고 나 역시도 어안이 벙벙해졌

---

* 오이[瓜]를 반으로 나누면 여덟[八]이 두 개가 된다. 8을 두 번 더하면 16이므로 열여섯 정도의 나이를 말한다.

다. 소녀는 할 말을 잃은 듯 한참 허형을 보더니만 겨우 입을 열었다.

"시상에. 오래 살다 봉께 양반이 선무당 행세허는 것을 다 보네."

그 말에 허형이 발끈한 것은 물론이다.

"선무당이라니! 탐정이니라."

"탐…… 뭐여?"

그런 말은 처음 들어본다는 듯 소녀가 되물었다. 사실 나 역시 그간 허형으로부터 탐정이란 단어를 들어는 봤으나 그것이 무슨 의미인가는 몰랐다. 소녀와 내가 허형을 주목하자 그는 흠흠, 하고 목소리를 가다듬더니 다소 연극적인 목소리로 대답했다.

"탐할 탐(貪)에 바를 정(正)! 정의를 바로 세우고 하나뿐인 정답을 탐하는 것이 바로 탐정이라 할 수 있느니라."

그게 뭐야. 나는 그가 무슨 소리를 하는지 하나도 알아듣지 못했다. 소녀도 마찬가지였는지 큰 눈을 끔뻑이더니만 문득 물었다.

"그라믄 한번 맞혀보시오. 지 이름이 머시다요?"

그 말에 허형은 정말 화가 난 듯이 보였다.

"네 하찮은 이름이 무언지 내가 어찌 알아?"

"흥. 탐정이 뭐 그런 것도 모른디야."

입이 툭 튀어나온 소녀의 말에 허형은 속이 뒤집어지는 모양이었다.

"이봐. 탐정이란 그런 것이 아니다. 탐정이란 좀 더 찾아야 할 가치가 있는 수수께끼를 풀어내는……."

　이대로 가다가는 영영 시답잖은 대화가 끊어지지 않을 것만 같아 나는 적당히 중간에서 끊어주기로 했다.

"네 이름은 작은년이다. 임진년 생이고 함열 동백각에서 추천하여 온 찬모로구나. 그렇지?"

　작은년은 내 말에 놀라 본래도 큰 눈을 더 크게 떴다.

"이야. 진짜 탐정은 여기 있었구면요."

　나는 고개를 저으며 소매에서 서찰을 꺼내 보여주었다.

"그런 것이 아니다. 네가 온다는 연락을 먼저 받은 것뿐이야. 며칠 늦었구나."

"야. 지가 걸음이 느려설랑은."

　작은년은 그렇게 덧붙이더니 허형을 보고 피식, 하고 코웃음을 쳤다.

"그라믄 그렇지."

"아니라니까!"

　허형은 어린애가 속 긁는 소리에도 금방 발끈하여 고함을 쳤다. 허형이 속이 상해 소리 지르는 모습을 하루에 두 번이나 봤으니 역시 그 옆에 있어야만 웃을 일이 있다.

작은년이 찬모로서 적합한지를 알기 위해 허형은 그를 부엌에 세웠다. 조반을 먹고 한참 지났으니 우리 둘 다 이미 배가 고플 대로 고파 사실 나는 어떤 음식이라도 맛있게 먹을 자신이 있었으나 허형은 그렇지 않으리라. 그는 아무리 배가 고프더라도 맛없는 것을 맛있다고 하는 법이 없었다.

나는 작은년에게 음식을 할 수 있게 부엌을 내주고 창고에 있는 재료들은 무엇이든 사용해도 좋으니 가장 자신 있는 음식을 만들라고 지시해두었다. 작은년은 걱정 말라는 듯이 입을 크게 벌려 웃었다.

허형과 나는 부엌이 훤히 내다보이는 2층 난간에 기대어 작은년이 요리하는 모습을 지켜보았다. 한 번 집는 재료의 양이 많은 걸 보니 손이 크다. 하지만 움직임이 단호하고 허둥대지 않는다. 칼을 쓰는 모양새를 보니 대범하고 불을 두려워하지 않으며 재료를 손질할 때도 몹시 호쾌하다. 하지만 허형은 그 모든 것이 마음에 들지 않는다는 듯이 찡그리며 그를 내려다보았다.

"이번 찬모도 마음에 안 드십니까?"

"하나도."

"무엇이 그리 마음에 안 드십니까?"

"네가 볼 때는 저 아이가 요리를 잘하는 것 같으냐?"

처음 보는 부엌에서 요리하는 것은 쉽지 않은 일이다. 하지만 그는 처음에 꼼꼼하게 화로를 확인하고 주방 도구와 조미료들의 위치를 숙지했는지 군더더기 없이 움직였다. 당연히 요리를 잘하지 않겠는가. 나는 고개를 끄덕였으나 허형의 표정은 여전히 좋지 않았다.

"보고도 모르겠느냐? 저 아이는 칼을 쓰는 방법부터 잘못되었어."

"칼질에도 방법이 있습니까?"

내가 잘못된 질문을 한 것인지 허형이 이런 것도 설명해야 하냐는 듯 답답한 표정으로 바뀌었다가 짧게 한숨을 쉬더니 "이래서 조선 남자들이란" 하고 중얼거렸다. 저도 조선 남자면서 내가 음식에 대해 무지함을 드러낼 때마다 진절머리를 낸다.

"칼날을 바깥으로 밀어서 써는 것을 '밀어 썰기'라고 한다네. 체중을 실어서 써는 것이야. 그러면 단단한 것을 쉽게 자를 수 있지. 그리고 안으로 당겨서 써는 것을 '당겨 썰기'라고 하네. 힘을 주기가 힘들지만 섬세하게 잘라야 할 때는 오히려 낫지. 가령 작은 생선을 손질할 때는 당겨 써는 것이 좋을 걸세. 그런데 저 멍청이는 커다란 호박을 자를 때는 당겨 썰고 홍어를 자를 때는 밀어 썰지 않느냐. 밀어 썰기를 해야 할 때 당겨 썰기를 하고, 당겨 썰기를 해야 할 때 밀어 썰기를 하니 도리어 손목에 무리가 가고 재료의 굵기가 불규칙해졌다."

그러고 보니 작은년이 썬 호박의 모양이 그다지 고르지는 못했다. 속도는 무척 빨랐는데.

"긴장해서 그런 게야. 남의 부엌에서 요리하는 게 드문 일인 듯하다. 솜씨 있는 찬모들이란 이곳저곳 불려 가기 마련이니 별로 실력이 없는 것 아니겠느냐?"

"칼질이 서툴러도 맛은 좋을 수 있지요."

"여인. 자네는《논어》를 봤다는 사람이 잘도 그런 소릴 하는군. 네모반듯하게 자르지 않은 음식이나 빛깔이 좋지 않은 음식은 공자께서도 드시지 않았어."

"그리고 공자님께서는 식욕을 경계하셨어요. 누구와는 다르게."

그 말에 허형은 키득거렸다.

"맞아. 나는 공자님이 아니지. 그래도 공자님의 편식에는 동의하네. 각각의 재료를 동일하게 썰어야 볶거나 삶을 때 일정하게 익는 것은 사실이거든. 어느 것은 무르고 어느 것은 과하게 익는다면 맛이 좋을 수가 없어. 게다가 입에 들어갔을 때 모양이 단정해야 씹는 맛이 좋아진다네."

작은년은 우리가 보고 있는 것을 아는지 모르는지 이번에는 돼지고기를 꺼내어 칼로 다지기 시작했다. 적이라도 만들려는 모양이었다. 칼을 양손에 들고 박자감 있게 도마를 내리치는 작은년의 모습은 마치 장군처럼 결연한 데가 있었는데 그때, 작은년의 입술이 달싹였다. 무슨 단어 같은 것을 속삭이고 있었는데 그 입 모양을 보고 나는 경악할 수밖에 없었다. 그는 내가 아는 사람의 이름을 외우고 있었다. '정철정철정철.' 10년도 더 전에 죽은 그 이름을 외우면서 고기를 다지다니. 무슨 의식이라도 되는 것인가. 작은년은 더없이 진지해 보였다.

작은년이 다진 고기로 만든 음식은 소금에 절인 배춧잎으로 싼 만두였다. 그리고 조기죽과 된장국, 침백채(백김치), 간장에 조린 무, 손가락만 한 생선구이와 냄새가 지독한 생선찜이 올랐는데 어쩌면 저것이 허형이 말했던 '홍어'인가 보았다.
"저 아이가 어디서 왔다고?"
나는 추천서를 꺼내 다시 읽어주었다.
"함열에서 왔습니다. 행수 기생이 추천했고요."
"얼마나 일했는지 같은 것은 써 있지 않지?"
"네. 그저 '손맛 좋은 찬모를 찾으신다기에 보냅니다'라고만……."
허형은 맨 먼저 지독한 냄새를 풍기는 생선찜에 젓가락을 댔다. 내게도 권했으나 냄새만으로도 식욕이 달아나 사양했다.
"홍. 요리 잘하는 찬모를 보내랬더니 갈 곳 없는 기별녀(이

혼녀)를 보냈군. 남도 출신이니 찬모쯤은 할 수 있으리라 생각한 건가."

"남도가 아니라 함열에서 왔당께요."

"그래. 함열에서 온 남도 출신 기별녀지. 소박을 맞았을 테고."

허형의 말에 작은년의 얼굴이 붉어졌다. 허형은 음식만 보고도 많은 것을 알아낸 모양이었다. 나는 홍어가 어떻게 생겼는지도 몰랐는데 말이다.

"워찌 아셨소?"

작은년의 말에 허형은 생선찜 접시에 젓가락을 대고 말했다.

"홍어는 바다에서 잡아서 내륙까지 이동하면서 발효되는 음식이다. 함열같이 바닷가에 사는 사람들이야 생것을 먹지 굳이 상하기 직전까지 발효시켜 먹을 이유가 없어. 하지만 바다에서 먼 지역 사람일수록 삭혀서 먹는 것을 좋아한다. 내 집에 푹 삭힌 홍어가 마침 들어오긴 했지만 진짜 함열 출신이라면 이 정도는 상했다고 생각하여 사용하지 않았을 게야. 한데 너는 제일 자신 있는 요리를 만들라는 내 말에 주저 없이 이 삭힌 홍어를 골랐어. 그런 사람이 함열 사람일 리 없지."

"기별녀라는 것을 워치케 알았느냐는 말이어요."

허형은 그런 말에는 대답하지 않고 생선 살을 한 번 더 입에 넣더니 눈을 감고 음미하고는 몇 마디 덧붙였다.

"너무 쪄서 살이 물러졌다. 그래도 양념장은 괜찮구나."

그리고 그가 다음으로 먹은 것은 손가락만 한 생선구이였다.

"짱뚱어구이로군. 남도 중에서도 나주 출신이냐?"

작은년은 이제 믿을 수 없다는 눈으로 허형을 바라보았다.

"남도에서도 짱뚱어를 먹는 지역은 따로 있다. 갯벌이 있어야만 잡을 수 있으니 다른 지역에서는 도랑탕(추어탕)은 먹어도 짱뚱어는 잘 먹질 않아. 소금 간은 잘했다만 조금 태웠구나."

그리고 조기죽을 먹어보더니 "조금 되다"라는 평을 남겼다. 음식을 먹을 때마다 평이 박하니 작은년의 얼굴은 점점 더 어두워졌고 허형의 표정 역시 그다지 밝지는 않았다. 이번 아이도 불합격인가 하던 차에 허형은 마지막으로 호박고지를 넣어 끓인 된장국을 먹더니만 한숨 쉬듯 물었다.

"된장은 모친에게 배웠는가?"

"된장국을 배워서 맹그는 사람도 있소? 기양 지 엄니가 그리 끓였응께 지도 기양 그리 끓이는 것이제요."

박한 평가에 작은년의 목소리가 거칠어졌으나 허형은 그런 것 따위는 신경도 쓰지 않는다는 듯 먼 곳을 바라보며 기억을 되새기는 듯했다.

"그대의 조모께서는 물이 끓을 때 된장을 넣어 오래 끓이시고 마지막에 마늘을 넣으셨는데 너는 여기 마지막에 된장을 풀고 마늘은 아예 넣지 않았다. 그래서 호박고지의 단맛이 더욱 두드러지고 맛은 깔끔해졌어. 모친께 배웠다고? 세대가 바뀌었는데 이전보다 나아졌으니 광산 이씨 집안도 언젠가는 살아나겠구나."

허형의 말에 작은년이 놀라 입을 벌리고는 말을 잊었다. 나 역시 당황했다.

광산 이씨 집안이라면 몇 년 전, 기축옥사 때 연루되어 멸문지화를 당한 가문이 아닌가. 팔순이 넘은 노모부터 세 살 난 아들에 이르기까지 태형을 당하거나 압슬형을 당해 무릎이 부서져 죽었으니 이제 후손은 하나도 없는 줄로만 알았다. 한데 이 꼬맹이가 그 후손이라고? 허형의 대담한 발언에 작은년은 한참을 말이 없었는데 순간 그의 반질반질한 눈알에 눈물이 한 꺼풀 싸여 빛이 났다. 어쩌면 오랜 옛일을 떠올리는 모양이었다.

"지는 이씨가 아녀요. 광산 이씨는 우리 외할아버지의 가문이고 지가 태어나기 전의 일이니 지는 그런 집안은 알지도 모답니다."

작은년이 굳이 자신의 뿌리를 부정했으나 허형은 귓등으로도 듣지 않았다.

"말도 안 되는 소리. 성씨는 아비를 따라 이어지지만 손맛은 어미를 닮아 외가로 이어지는 법이야. 성이 다르다 하여 후손이 아니겠는가. 작은년이라는 찬모가 광산 이씨의 핏줄이라는 것은 이 된장도 알고 있어."

 작은년의 눈시울이 붉어졌다. 역모 사건이 일어나면 삼대를 멸하라는 법이 있으나 혼인한 여인들은 출가외인이라 하여 살려두기도 한다. 하지만 딸의 후손을 누가 광산 이씨라고 하겠는가. 아들이 죽었으니 광산 이씨는 멸문되었다고 누구나 그렇게 말했다. 그럼에도 광산 이씨의 외손녀는 고기를 다질 때마다 원수의 이름을 칼로 끊어내고 가문의 된장국 맛을 끊임없이 발전시키고 있었다. 핏줄이란 어쩌면 남자를 통해서만이 아니라 여자를 통해 이어지기도 하는 것인가. 허형은 다시 국물을 떠먹어보더니 고개를 끄덕였다.

 "역시 훌륭하군. 나중에 장을 빚는 법도 알려다오."

 "그 말씀은……."

 "여기에 있어도 좋다."

 생각지 못한 결론에 작은년의 눈이 커졌다.

 "참말이오? 참말로 지가 인제부텀 나주 관아에 소속된 찬모란 말여요?"

 기쁨에 찬 작은년의 표정에 허형은 찬물을 끼얹었다.

 "아니. 넌 나주 관아의 찬모가 아니라 내 전담 찬모다."

 "그게 뭔 소리여요. 관청 사람들 밥혀줄 찬모를 구헌 것이 아니었어라?"

"대량 조리는 해본 적도 없는 손으로 잘도 관청 찬모를 할 생각을 했구나. 너는 나와 재영이의 음식만 만들면 충분해. 된장 말고는 엉망진창이니 찬모로 계속 있으려면 나에게 요리도 배워야 할 것이다."

이것이 좋은 일인지 나쁜 일인지 알 수 없어 작은년의 표정은 웃어야 할지 말아야 할지 망설이는 듯해 보였다.

"지는 잔소리는 딱 질색인디……."

"배우는 시간도 일하는 시간으로 쳐서 삯을 주마."

작은년의 희멀건 눈빛이 순식간에 단단하게 반짝였다.

"사람이 배워야 살지라."

그 대답이 마음에 들었는지 허형은 기분 좋게 웃더니만 한마디를 더 덧붙였다.

"그런데 너 비위는 좋은 편이냐?"

*

우리는 시신을 앞에 두고 둥글게 서서 서로의 눈치를 보고 있었다.

아니, 정정하겠다. 눈치를 본 것은 나와 작은년뿐이고 허형은 만면에 웃음을 띠며 작은년의 표정을 살폈다. 작은년의 미간에 주름이 내 천(川) 자로 잡혔으며 입은 한 자나 나와 있어 마치 오리 부리 같았다.

"지는 찬모로 왔는디 왜 이것을 지가……."

나 역시 같은 의견이다.

"맞습니다. 저 아이는 찬모로 왔는데 왜……."

하지만 우리의 불평은 허형 앞에선 큰 의미가 없는 듯했다. 허형은 이런 것쯤 뭐 어떠냐는 듯이 허허실실로 일관했다.

"도와줄 사람이 필요하다지 않았느냐."

"찬모를 어찌 다모로 씁니까!"

"왜 못 써? 찬모나 다모나 다루는 재료는 엇비슷하구먼."

말도 안 되는 소리다. 소고깃국은 그렇게나 다양하게 비교하는 양반이 찬모와 다모를 같이 묶어버리다니. 내가 뭐라고 불평하려 했으나 작은년이 더욱 빨랐다.

"지도 다모는 싫어라. 그랄라고 이 먼 길을 온 것두 아니고."

하지만 허형은 이미 작은년 다루는 법을 터득한 모양이었다.

"찬모 일만 하면 쌀 한 섬, 다모 일까지 하면 두 섬."

허형의 말에 작은년은 입이 벌어지더니만 눈을 반짝이며 대답했다.

"지는 어릴 때부팀 다모가 되는 것이 소원이었소."

사람이 셋인데 둘이 좋다는 사안에 대해 남은 사람이 무슨 이야기를 할 수 있겠는가. 나는 하는 수 없이 고개를 끄덕였다. 사실 고양이 손이라도 빌릴 수 있으면 빌려야 할 판이었으니 작은년이 아니라 더 작은년이 왔다고 해도 나는 못이긴 척 허락했을 것이다.

검시를 하기 전 나는 향진을 태워 주변을 정화했다. 허형은 소매에서 비단 주머니를 꺼내더니 그 안에 있던 작은 솜 뭉치를 코에 밀어 넣었다. 작은년이 그것을 부럽다는 듯이 바라보기에 마유를 손가락으로 찍어 그 애의 인중에 발라주고 나도 발랐다. 시취로 인해 구역질을 하지 않으려면 더 지독한 냄새를 맡는 수밖에 없었다.

시신을 덮고 있던 천을 걷자 용의자이자 주요 참고인이었던 숙수의 시신이 드러났다. 그는 눕지도 못하고 앉아 있었는데 죄인인지라 칼을 쓰고 앉은 상태에서 죽었다가 차가운 온도에 온몸이 굳었기 때문이었다.

작은년이 토하거나 얼굴을 찡그릴까 봐 걱정했는데 의외로 표정의 변화가 별로 없어서 안심했다. 비위가 강하다고 하더니 정말 틀린 말은 아니었다. 괜찮으냐고 슬쩍 물어보았더니 돼지나 소 잡는 것을 몇 번 본 적이 있는데 그것은 생명을 앗는 것을 보았기에 끔찍했으나 본래부터 죽은 시신은 도리어 볼 만하다고 했다.

"검험하다 피를 보더라도 쓰러지지 않을 자신이 있겠느

냐?"

작은년은 코웃음을 쳤다. 뭘 그런 것을 묻느냐는 듯이.

"지는 달거리를 허는 몸이요. 한 달에 일주일은 피를 바가지로 쏟아내는디 그때마다 기절혔다가는 속 시끄라워서 워찌 살것소."

달거리라니. 어린 계집이 그런 말을 부끄럼도 없이! 그가 부끄러워하지 않으니 도리어 내 얼굴이 화끈거려 도와달라는 눈으로 허형을 바라보았지만 허형은 즐겁다는 듯 입꼬리가 씰룩 올라가 있었다.

"숫총각을 놀리면 쓰나."

내용과는 달리 명백히 놀리는 말투였다.

"엥? 안즉두 혼인 안 허셨어요?"

"그래. 저게 그 드물다는 건상투* 아니냐."

뭐라 말을 더 하려 하길래 나는 얼른 손뼉을 두 번 쳐서 주위를 환기했다.

"일합시다, 일. 시신을 앞에 두고 이 무슨 망발들입니까."

만난 지 얼마 되지도 않았으면서 저렇게 죽이 잘 맞다니 기가 막힐 노릇이었다. 그리 생각하며 나는 일하던 습관대로 손을 내밀었는데 작은년이 얼른 가위를 건네주었다. 내가 가

* 혼인 절차를 밟지 않고 상투를 트는 것. 조선에서 상투는 혼인한 성인 남자라는 상징이므로 간혹 혼인한 것처럼 보이려고 상투를 틀기도 했다.

위를 달라고 했던가? 빤히 보았더니 작은년이 약간 고개를 갸웃하며 물었다.

"가위 아녀요? 검험을 헐라믄 옷을 잘라야 헐 것 같응께 드린 것인디."

"가위 맞다. 눈치가 빠르니 일을 금방 배우겠다."

이런 칭찬을 기대한 것이 아니었는지 작은년은 잠시 멈칫하더니만 곧 환하게 웃었다. 깡마르고 못생긴 아이인 줄 알았더니 해사하게 웃는 얼굴은 나이답게 보기 좋았다.

그래. 찬모, 아니 다모가 부끄러움을 알아서 무엇 하며 고분고분하게 말 잘 듣는 것을 어디다 쓰겠는가. 화통하고 호쾌하고 웬만한 것으론 눌리지 않는 단단한 신경을 가져야 실수를 해도 기죽지 않고 검험 일을 잘할 수 있는 것이다. 나는 속으로 그를 기꺼이 여겼다.

"검험하기 전에 유력한 용의자, 형방 허창욱의 행방에 대해 알아낸 것이 있으면 말해주게."

"그게 말입니다……"

형방이 사라지고 나서 관원들을 동원해 그를 찾았는데 나주 형방 허창욱이라는 사람은 애초에 존재하지도 않았다. 그 이름을 들어본 사람도 없었는데 용모파기까지 그려 사람을 찾으려 했으나 제보자는 없었으니 귀신이 곡할 노릇이었다. 그러니까 우리가 만난 그 '허창욱'은 처음부터 형방도 뭣도 아니었으니 정말로 그 이름이 맞는지조차 알 수가 없다는 소리다.

"형방은 분명 제삼의 범인이 있다는 것을 알고 있었네. 그것을 알아내려 하니 사라진 것만 봐도 제삼의 범인이 있다는 것만은 확실해. 그럼 대체 형방은 누구고 애생이를 살인하도록 사주한 놈은 또 누구란 말이야."

"그 답을 망자가 갖고 있기를 바라야지요."

망자께서 부디 내게 당신 죽음의 실마리를 알려주시기를. 나는 그리 기도했다.

오늘 검험할 망자의 이름은 고태성이라 하며 기녀 애생 살인 사건의 주요 참고인이자 용의자였다. 나이는 38세로 한때 사옹원에 소속되어 선왕의 음식을 만든 적도 있다 하는데 선왕께서 승하하시고 무슨 이유에선지 낙향하여 곰탕집을 열었다고 한다.

고태성은 2월 3일 새벽 애생을 죽인 혐의로 같은 날 오후에 투옥되었으나 수령의 질책에도 아무 자백을 하지 않았다. 그리고 다음 날인 4일 아침에 사망한 채로 발견되었다.

칼을 쓰고 앉아 있어 군졸 등은 처음에 자고 있는 것으로 여겼다고 한다. 하지만 아침에 식사를 주러 갔는데도 반응이 없어 살펴보니 죽어 있더라는 것이다. 언제 죽은 것인지 밤새 추위에 몸이 꼿꼿하게 굳어서 몸에서 칼을 제거하고 죽은 시신을 옮기는 데에도 힘이 들었다.

이렇게 몸이 굳은 시신을 살필 때에는 우선 몸을 녹여주는 것이 필요하다.

먼저 구덩이를 파고 안에 탄과 장작을 넣어 불을 질러 달군 후에 식초를 뿌린다. 그러면 식초가 증발하면서 증기가 구덩이 안에 가득 차는데 그때 두꺼운 자리 등으로 덮어두고 시신을 구덩이 안에 놓는다. 옷이나 이불을 사용해 시신을 다시 덮은 다음 뜨거운 식초를 다시 구덩이 안에 부은 후 구덩이 주변에서 다시 불을 지펴 시신을 데워야 한다. 시신이 녹아 굳은 몸이 펴지면 그제야 몸의 상흔을 살필 준비가 된 것이다.

나는 부드러워진 망자의 몸을 제대로 누인 후 자를 통해 신장을 먼저 측정했다. 그의 신장은 5척 3촌*이며 얼굴과 몸의 살빛은 붉었다. 우선 몸을 닦아내야 했기에 몸 위에 종이를 덮어 술지게미와 식초를 발라야 했는데 이 일이야말로 조수가 해야 할 일이었다.

"이제 술지게미를 망자의 몸 위에 발라다오."

내 말에 작은년이 당황한 듯했다.

---

*   160센티미터가량.

"술지게미를요? 발라요? 여그다요?"

"그래. 바르거라."

작은년은 시체를 보는 것은 꺼리지 않았으나 그 위에 술지게미를 바르는 것에는 거부감이 들었는지 약간 머뭇거렸다. 그 모습을 보자 허형이 답답하다는 듯 한마디 거들었다.

"거 답답하군. 열무김치 만들 때 풀 바르듯이 팍팍 좀 묻혀 보거라."

"아!"

어떻게 해야 하는지 깨달은 작은년이 조금 더 편해진 손놀림으로 시신 위에 술지게미를 발랐다. 혼자 했으면 정말로 시간이 오래 걸렸을 터인데 작은년은 손이 빨라 정말로 도움이 되었다.

"다 했으면 이제 식초를 바를 것이다."

이번에도 작은년이 허형을 쳐다보았다. 허형은 허허, 하고 웃더니 작은년이 알아들을 법하게 지시했다.

"김 위에 참기름 발라 굽는 것처럼 싹싹 발라라."

"예!"

작은년은 넙적한 붓에 식초를 듬뿍 발라 술지게미 바른 곳 위에 발랐다. 그리고 잠시 살성이 부드러워지고 상처가 드러날 때까지 기다렸다. 이제 닦아내기만 하면 되는 일인데 이번에도 작은년은 내가 아니라 허형을 빤히 바라보았다. 이래서야 누가 누구의 조수인지 모를 지경이었다. 허형은 그런 작은년이 귀여웠는지 장단을 맞춰주었다.

"이번엔 행주에 술을 묻혀다가 더덕 껍질을 벗겨내듯이 잘 훔쳐내거라."

"걱정 마셔라! 나리 말씀대로 헝께 부엌일허는 것 같어가지구 심들지가 않어브러요."

작은년은 정말 하나도 힘들지 않다는 듯이 얼른 시신을 닦아냈다. 술은 조금 아까운 모양이었지만.

"코를 잘도 벌름거리는구나. 끝나면 한잔 줄 테니 아까워 말고 닦아내거라."

"예예."

작은년의 도움으로 시신을 닦는 일이 무척 빨리 끝났다. 거짓말을 조금 보태자면 시신은 방금 목욕이라도 마치고 나온 사람처럼 깔끔해 상처를 보기 쉬웠다.

"망자는 입과 눈을 모두 벌리고 있습니다. 두발과 상투는 흐트러졌으며 양손을 살짝 쥐고 있습니다. 복부에 상처가 있는 것으로 보아 사인은 칼날에 의한 상해입니다. 통상 이런 경우에는 자신을 상해하려고 오는 것을 보면서 대비를 하기 때문에 손으로 칼날을 막으려다 상처를 입게 되는데……."

나는 그렇게 말하며 망자의 손바닥을 살폈으나 아무런 상처도 보이지 않았다.

"이상하군. 감초즙을 써야겠습니다."

나는 작은년으로부터 감초즙을 받아 의심 가는 곳에 발라보았으나 역시 아무런 상흔도 드러나지 않았다. 어째서지? 이럴 리가 없는데. 설마 누군가 상처가 보이지 않도록 시신에 미리 전처리를 해놓은 것은 아닌가. 본래 죽지 않아야 할 사람이 죽지 않아야 할 곳에서 살해당한 것이니 범인이 자신의 죄를 감추기 위해 수를 썼다 해도 이상하지 않았다.

우리는 시신의 안색을 주요한 지표로 사용하는데 가령 질식사 혹은 독살이면 시신의 안색이나 시반이 푸른빛을 띠고 자상으로 죽는다면 상흔의 색이 붉다. 이미 죽은 뒤에 몸에 상흔을 내면 흰색을 띠는데 그것을 아는 자들이 간혹 달군 쇠꼬챙이로 흰 상흔을 붉게 만들어 시신의 상태를 조작하기도 한다. 그뿐이랴. 타물로 사람을 구타하거나 살해한 경우 상흔이 붉게 나타나는데 갯버들나무의 껍질을 상처에 붙여두면 상흔 안이 짓무르고 상하여 검은색이 되기에 구타 흔적을 가릴 수 있다. 하나 무뢰배들이 꾀를 쓴다 하여 그것에 맞설 방법이 없는 것은 아니다. 나는 작은년을 쳐다보았다.

"총백을 다오."

작은년이 잠시 고민하자 허형이 정정하여 다시 말해주었다.

"대파의 흰 부분 말이다. 밑동."

"아아. 그렇소."

작은년은 얼른 총백을 가져다 내 손바닥 위에 올려주었다.
"방금 우리가 사용한 술과 술지게미, 감초즙, 총백 등은 사람이 먹을 수 있는 음식으로 되어 있으나 우리들 사이에서는 법물이라 부른단다. 앞으로 내가 법물 가져오너라, 하면 검험할 재료들을 가져오라는 뜻이다. 알겠니?"
"예."
처음에는 키 작은 찬모 계집이 얼마나 도움이 될까, 하고 생각했으나 작은년은 웬만한 남자 하인들보다 눈치 있고 잘못 배운 오작보다 똑똑한 데다 배울 자세가 되어 있었으므로 이대로 몇 번만 더 검험을 한다면 정말로 필요한 일손이 될 만하였다.

나는 작은년이 건네준 총백으로 의심 가는 부분을 문질렀다. 그러자 보이지 않던 상처가 곧 붉게 드러났고 작은년의 눈에는 별이 내려앉았다. 그는 세상에서 그렇게 신기한 것은 처음 본다는 듯이 나를 대단한 사람인 양 올려다보았다.
"워…… 워찌 헌 거요?"
"상처에 버드나무 껍질을 덮어주면 환부가 검어지거든. 그래서 그걸 이용하여 시신의 상처를 가리는 용의자들이 간혹 있다. 그때 총백을 사용하면 원래대로 돌아온단다."
설명을 들었으면서도 마술의 세계에서 빠져나오지 못한 작은년의 눈에는 여전히 별이 박혀 있었다.

"신기하니?"

내가 묻자 작은년은 참말로 그래요, 하고 대답했다.

"사람이 죽으면 아무 말도 못 한다고 생각하지만 사실이 아니다. 산 사람은 입만 열면 거짓말을 하지만 도리어 죽은 사람은 진실만을 말하는 법이야. 이 시신을 봐라. 산 사람이 버드나무 껍질을 붙여 상처를 가리려고 했지만 결국은 백일하에 모든 것이 드러나지 않았느냐."

허형이 잘난 척하며 하는 말에도 작은년은 고개를 끄덕였다. 저런 말을 새겨듣는가 했더니 작은년은 그 작은 머리로 생각이라는 것을 하는 모양인지 미간을 찌푸렸다.

"근디 희한허네요. 버드나무 껍질을 붙이면 상처가 가려진다는 것을 워치케 알았으까요. 사람을 많이 죽여봤능가."

그 말에 허형의 입꼬리가 올라갔다. 아무래도 대답이 마음에 든 모양이었다.

"나도 그렇게 생각한다. 범인은 상습적으로 사람을 해치는 자야. 흉기는 무엇인지 알겠느냐?"

이 질문에는 내가 대답할 수 있었다.

"도입니다. 적어도 두 자, 아니 석 자는 될 듯하니 일반인이 들고 다닐 만한 크기의 칼은 아닙니다. 아무래도 조선 검은 아닌 듯싶습니다."

조선 검은 한 손으로 휘두르므로 찌르는 상처가 생기기 쉽다. 하지만 이것은 아무리 봐도 양손을 사용하여 깊숙이 벤 상처가 아닌가. 등 뒤에서 폐부를 찌를 때만은 찌르기를 사용했으나 칼의 폭이 무척 좁고 날이 한쪽으로만 나 있는 것으로 보아 왜도임이 틀림없었다.

"시신의 겉을 보았으니 이제 속을 보겠습니다."

허형이 고개를 끄덕인 것을 신호로 나는 손을 내밀었다. 작은년이 눈치껏 작은 칼을 넘겨주었고 나는 우선 시신의 배를 갈랐다. 시신의 위장을 보고 소화된 음식의 정도를 확인하면 사망 시간을 추적할 수 있기 때문이다. 형방의 말로는 어제저녁 유시*에 그에게 마지막으로 식사를 주었다는데 그 말이 맞는지도 확인해야 했다.

나는 우선 배의 피부를 열고 벽을 걷었다. 피부를 제외한 벽 여덟 개를 열어내야 겨우 장기를 볼 수 있다. 이번에야말로 작은년이 까무러치지는 않을까 하고 눈치를 보았으나 작은년은 여전히 그 뾰족한 얼굴로 내 손이 닿는 곳을 쏘아보고 있었다. 입으로 무어라 중얼중얼하기에 들어보았더니 이런 말을 하는 것이다.

"그니까 저짝에 있는 거이가 심장이고 이짝에 있는 것이 위장, 소장, 대장이구먼."

* 오후 6시.

어찌 이런 것을 다 아는가 하여 칭찬하는 말을 했더니 작은년은 씩 웃으며 덧붙였다.

"알지라. 지가 순대를 을매나 많이 맨들었는디."

대창과 소창 안에 피와 야채를 채워 쪄서 먹는 그…… 순대?

"우웩."

작은년의 말에 그것이 상상되어버렸는지 허형이 갑자기 뒤돌아서 구토했다. 정말 그렇게 안 생겨서는 도련님이라 비위가 약해빠졌다. 먹은 것을 다 게워냈느니 어쩌니 하는 허형을 내버려두고 나와 작은년은 검험을 이어갔다. 위장을 열었을 때 나는 그야말로 깜짝 놀라고 말았다.

"허형, 이것은 좀 보셔야겠습니다."

내 말에 허형이 굽힌 허리를 겨우 펴고는 내 쪽으로 목을 길게 내밀었다.

"이건…… 관자로구나."

"조선 사람이라면 싸움이 시작되는 순간부터 상투를 틀어쥐기 마련이라 싸움이 일어난 곳에서는 쉬이 관자가 발견되곤 합니다. 그러니 어쩌면 망자와 범인은 다소간 몸싸움을 했을지도 모르는 일이지마는…… 유력한 용의자인 형방은 구리 관자를 하고 있었어요. 이건 대체 어디서 난 걸까요?"

허형은 심각한 얼굴로 관자를 집어 들더니만 뚫어져라 쳐다보았다. 솜씨 좋은 장인이 모란 문양을 새겨 넣었으니 화려하고 아름다운 것을 좋아하는 눈이 이것을 놓칠 리가 없었다.

"이거…… 그냥 관자가 아니라 옥관자로구나. 그것도 도리옥이야."

"그렇습니다."

도리옥 관자는 종일품 이상의 관료들이나 왕족들만이 사용할 수 있다. 어쩌면 이 사건에는 거물이 연관되어 있는지도 모른다.

"자신이 죽게 되었을 때 어쩌면 숙수는 검험까지 생각했을지도 모릅니다. 그래서 범인의 증좌를 자신의 몸에 심어둔 것은 아니겠습니까?"

내가 의견을 말하자 허형이 즉각 물었다.

"어떤 범인 말이냐?"

"그야 당연히 자신을 죽인 범인이지요."

"애생이를 죽인 범인이 아니라?"

"그건……."

허형은 손가락으로 관자를 조심스럽게 잡더니만 선물이라도 받은 것처럼 함박웃음을 지었다.

"둘 다겠지. 어쩌면 이것이 제삼의 범인에 대한 증좌겠구나. 간도 크게 나주 관아에 가짜 형방을 넣고 애생이를 살해하도록 사주한 자의 물건이 틀림없네. 이런 놈들은 한 번으로 만족하지 않아. 그러니 증거품은 자네가 가지고 있게. 곧 필요해질 테니."

"범인이 연쇄적으로 사람을 죽일 수도 있다는 말씀입니까?"

"난 그렇게 생각하네. 그러니 다음 사건이 생길 때까지 이번 사건은 잠시 덮어두지."

그는 싱글싱글 웃더니만 식초를 들어 뿌렸다. 식초를 뿌리는 것은 검험이 끝날 때에나 하는 법이다. 이 사람은 지금 검험을 끝내려고 한다. 아직 다 보지도 않았는데. 이 불안한 기운은 뭐지? 나는 그의 싱글거리는 얼굴에서 빳빳한 어색함을 감지했다. 저 사람이 이렇게 분주하게 굴 때는 분명 거짓말이 섞여 있다. 나는 아니기를 바라며 물었다.

"설마 누군지 알아내셨습니까?"

내가 쏘아붙이자 허형은 그렇다고도 아니라고도 말하지 못하고 쭈뼛쭈뼛하며 어색하게 몸을 움직였다. 뻔뻔스러운 주제에 거짓말은 못하는군. 아무튼 저 몸뚱이에 달린 장기 중에 거짓말을 잘하는 것들은 하나도 달려 있지 않다.

"범인을 알아냈는데도 다음 희생자가 나올 때까지 입을 다물겠다는 말씀이신 겁니까?"

"의심 가는 사람은 있네. 하지만 아직 확언할 정도는 아니야."

"그래도……."

"경거망동할 수 없어 신중해지는 것뿐일세. 형옥에서 사람이 죽었다는 것이 정말로 무슨 의미인지 모르나?"

그야 알고 있다. 사람이 죽을 수 없도록 통제된 곳에서 사람이 죽었다는 것은 지금 이곳의 보안이 엉망진창이란 뜻이 아닌가. 이곳의 누군가, 어쩌면 문지기나 포졸이, 어쩌면 나주 관아의 모든 사람이 허형의 지시를 따르지 않고 있다. 분명히 어딘가 위에서 혹은 아래에서 명령하거나 조종하는 사람이 있으리라. 그 사람은 형옥에 수감된 사람마저 죽일 수 있을 정도로 위험하니 얼른 그를 잡아야 하지 않겠는가.

"저를 불러오실 때 토호 세력과 오작인이 결탁하는 것을 걱정하셨잖습니까. 하면……."

"아직 모른다니까. 확실한 증좌도 뭣도 없네. 그저 혼자 생각하고 추론한 것이 다야. 내 생각이 정말로 옳다 한들 증좌도 없이 사람을 잡을 수는 없는 노릇 아닌가."

"하지만 이렇게 손 놓고 다음 희생자를 기다리는 것이 정말로 옳습니까? 틀리더라도 일단 서둘러서……."

허형이 내 어깨를 굵은 손마디로 잡아 눌렀다.

"제발 진정하게. 사람들은 자네를 두고 냉철하고 이성적인 선비라 칭하지만 사실 자네는 아직도 성균관에 갓 입학한 약관의 청년들처럼 피가 끓고 혈기가 왕성하지. 나는 그런 자네를 높이 평가해. 하지만 말이야, 여인."

가마솥처럼 끓고 있는 내 뜨거운 두뇌에 찬물을 조금씩 끼얹듯이 허형은 나를 똑바로 보더니만 천천히 또박또박 말했다.

"살인범이 살인하는 것은 내 죄가 아닐세. 하나 성급한 판단으로 무고한 이를 살인자로 만드는 것은 내 죄야. 나는 내가 할 수 있는 일만을 하네. 그것이 지나치게 사후적인 일이라 마음이 아픈가? 그러면 마음 아파하게. 정이 깊고 도타운 것은 요즘 세상에는 대단한 장점이니까. 나는 그것까지 포함해서 자네를 좋아하네."

허형은 대체로 좋은 사람이다. 지식을 쌓고 변형시키고 이용하여 비밀을 파헤치는 것에도 재능이 있다. 하지만 어째서 그 둘을 한꺼번에 하지는 못하는 걸까. 그는 나보다 머리 회전이 빠르니 사람이 죽는 것을 기다리는 것 말고도 다른 수가 있을 텐데도. 이럴 때마다 나는 어째야 할지 모르겠다. 그의 거침없는 생각과 행동에 마냥 따라갈 수가 없다. 그를 싫어할 수도 없고 그의 행동을 마냥 긍정할 수도 없다.

"형님 말이 옳습니다. 하지만…… 형님은 정말 질색입니다."

그 말에 허형은 충격을 크게 받은 듯했다.

"아니, 나는, 그게 말일세, 재영이……" 하며 그가 몇 마디 더 덧붙인 것도 같지만 내 귀에는 그의 어떤 말도 제대로 문장이 되어 들리지 않았다. 그가 떠들거나 말거나 나는 온몸이 파헤쳐진 한 남자를 실로 꿰매어 다시 한 몸으로 만드느라 바빴으니 그의 말을 굳이 듣지 않아도 괜찮았으리라.

2장

분신사바 하

모란은 화중왕이라

그날 이후로 허형과 나 사이에는 약간의 변화가 있었으나 겉으로 보기에 우리는 예전과 조금도 다름이 없었다.

시신이 들어오면 허형이 나를 부른다. 그러면 나는 오작인이 오기 전에 먼저 시신을 건험*하고 오작인이 검험하는 동안 그를 감시하였으며 검험 이후의 시신 또한 다시 살펴 험장(검험 보고서)을 써서 올렸다. 본래가 시신을 지켜보는 의생의 자격으로 온 것이었으니 당연하다.

나는 뱀에 물려 죽은 농부, 수레에 치여 죽은 장돌뱅이, 강가에서 놀다가 물에 빠져 죽은 어린아이, 병환으로 죽은 늙은이, 산에서 발을 잘못 디뎌 죽은 심마니를 검험하였으나

* 법물을 사용하지 않고 육안으로 하는 검험.

이전처럼 이상한 칼자국이 낭자한 시신은 보지 못했다.

망자를 검험하면서 이런 말을 하긴 좀 그렇지만 최근에 내가 검험한 시신들은 다행히도 크게 인상적이지 않았으며 어떠한 특이점도 없는, 더할 나위 없이 확실한 사고사의 시신들이었다. 자살이나 타살이 의심되는 경우는 한 번도 없었다. 그 때문에 나는 곧 무료해졌고 허형은 무심해졌으며 오로지 작은년만이 실력이 늘어 이제는 웬만한 오작들보다 나을 정도로 일취월장했다. 이전과 다른 점이 있다면…… 더 이상 우리가 함께 식사하지 않는다는 것 정도일까.

"형님은 정말 질색입니다."

그런 말은 하지 않는 게 좋았을 뻔했나. 하지만 당시엔 진심이었고 지금도 어느 정도는 진심이다. 나는 그의 사람 좋은 무신경함에 이따금 숨이 막힌다. 그를 평생토록 봐왔으니 어쩌면 질릴 때가 된 것인지도 모른다. 허형도 슬슬 내게 신물이 나기 시작했겠지.

"나리. 소띠시오?"

생각에 잠겨 식사를 하던 중에 작은년이 나를 부르기에 겨우 제정신이 들었다. 나는 입에 있는 것을 얼른 삼키고 대답했다.

"돼지띠다. 왜 묻느냐?"

"위장이 네 개는 있는 사람처럼 오래도 씹으시기에 물어봤소."

싱거운 녀석. 나는 물을 입에 머금고 헹구어 넘겼다.

"나리라고 부르지 말거라."

"나리를 나리라 부르지 그라믄 뭐라고 불러요?"

나는 허형이 식사를 하고 있을 별당을 향해 턱짓을 했다.

"저기 계신 분이 네 주인이신 교산 나리시다. 나는 네 주인도 아니고 양빈도 이니며 굳이 따지자면 너와 비슷한 처지인데 나리라고 부른다면 도리어 형님께 실례가 되지 않겠느냐."

그러자 작은년은 커다란 눈동자를 한 바퀴 굴리더니 그 조그만 머리통으로 무슨 생각을 했는지 고개를 도리도리하더니 대답했다.

"허지만 나리의 친구분을 이놈 저놈 헐 수도 없는 노릇 아녀요."

"상관없다."

"지가 상관있어라."

작은년은 입을 비죽 내밀면서 잠시 생각하더니 말을 이었다.

"그라믄 도련님이라 헐라요."

웃음이 나왔다. 도련님이라니. 낼모레 불혹인 아저씨를 두고 별말을 다 하는군. 하지만 작은년은 딴엔 진지했다.

"장가도 안 가셨담서요. 그라믄 나이가 많든가 적든가 도련님이지 뭐것소."

2장 분신사바하

그래서 나는 식객 의원에서 도련님이 되었다. 별일도 다 있지. 작은년이 나를 그리 부르기 시작하니 허형의 집안 하인들도 나를 그렇게 부르게 되었는데 아무래도 그간은 나를 어찌 불러야 할지 몰라 부르지 못했던 모양이다. 그렇게 도련님이 된 내가 다시 허형과 마주한 것은 곡우가 다 되었을 무렵이었다.

아침부터 비가 내렸는데 웬일로 차를 마시자기에 별당에 들었더니 손님이 이미 한 분 와 있었다. 뒷모습만 보았는데도 하도 등이 넓어 손님이 입은 두루마기 한 벌이면 청년 두셋의 옷도 지을 만해 보였다.

"소개해드리겠습니다. 이번 기녀 애생이의 검험에 참여한 의생 여인 이재영입니다."

손님의 얼굴을 마주했더니 만만해 보이지 않는 선 굵은 인상에 위압감이 들 정도였다. 짙은 눈썹은 양미간이 닿아 있을 정도로 숱이 풍성하여 갈색으로 그을린 얼굴을 한일자로 가로질렀다. 약간 얽어 있는 곰보의 피부는 천연두도 빼앗지 못한 강인한 생명력을 오히려 돋보이게 할 뿐이라 마치 훈장 같았다. 관상을 모르는 이가 보아도 확연하게 알 수 있었다. 이 사람은 장군이다. 두꺼운 흉통과 두루마기 밖으로 나온 두툼한 손바닥에 굳은살이 잔뜩 박여 있었다.

"재영이, 이분은 한양서 오신 포도대장 변양걸 선생이시네.

인사하시게."

 내가 고개를 살짝 수그리자 상대도 고개를 까딱하여 인사를 받았다. 포도대장이라. 왜 이런 거물이 여기에? 내가 질문도 하기 전에 남자가 먼저 선수를 쳤다.

 "변양걸이오. 이번에 남록 유희서 선생의 사건을 담당하고 있는데 애생이가 죽었다는 소리를 듣고 부랴부랴 달려왔소. 두 사람은 예시 관계가 아니고 죽음에도 유사성이 많으니 서로 알아낸 바를 공유한다면 수사에 도움이 될 것이오."

 공조를 요청하러 온 것인가. 과연 두 사건은 함께 보는 것이 타당하다. 변양걸은 내가 앉기도 전에 솥뚜껑만 한 손으로 작은 찻잔을 들어 입에 한 번에 털어 넣더니만 영 마음에 차지 않는 듯 팔로 입을 닦았다.

 "빙빙 둘러말하는 것에는 소질이 없으니 단도직입적으로 말하리다. 애생이를 죽인 혐의가 있던 자가 나주 형옥에서 살해됐다는 소릴 들었소. 사실이오?"

 아. 벌써 들켰는가. 나는 허형을 살짝 올려보았는데 입꼬리가 굳어 있었다. 죄인을 간수하지 못한 것은 큰 죄다. 하지만 변양걸은 그것을 탓하려는 것은 아니라는 듯 손을 내저었다.

 "문제 삼으려고 하는 말이 아니오. 나도 비슷한 일을 겪었으니 하는 소리지. 나 역시 형옥에 가둬뒀던 용의자가 전부 살해당하는 일이 있었다오."

"전부라니…… 살해당한 이가 하나가 아니라 여러 명이었습니까?"

"자그마치 셋이나 되었소."

"사인은?"

"오작인에게 들으니 자상이라 하던데. 그런데 흉기의 모양이 좀 특이하다고. 석 자 이상의……."

"석 자 이상의 왜도?"

나와 허형이 동시에 그리 외치자 변양걸이 고개를 끄덕였다.

"역시 그랬군."

"역시라니?"

변양걸이 되묻자 허형이 대답했다.

"애생이를 죽인 용의자로 지목된 숙수에게서도 같은 상흔이 발견되었습니다."

변양걸의 시름이 깊어진 듯했다. 흔치 않은 무기로 살해당했으니 두 사건의 용의자는 같은 사람일 확률이 높다.

"남록 유희서도 그렇게 살해당했습니까?"

"아니오. 그는 화적 떼들에게 맞아 죽었소. 전신 타박과 후두부의 상처를 보면 살해 도구는 몽둥이였는데…… 아무래도 이상한 점이 많소."

"어떤 점이 말입니까?"

"우선 선생이 죽은 장소부터가 말이오."

남록 유희서. 그는 세자시강원 문학을 지낸 적도 있으며 도승지까지 오른 적 있는 거물이었다. 그는 평소 애첩인 애생이 사는 나주와 본가가 있는 함평을 자주 오갔는데 그가 발견된 장소는 영 생뚱맞은 장소였다.

"함열이라고 아시오? 남록 선생은 함열의 낮은 산자락에서 발견됐소. 근처에 해원사라는 작은 사찰이 있어 오가던 승려들이 빌견하여 신고히였지. 한데 대체 왜 남록 선생이 연고도 없는 함열까지 가서 화적 떼에 당했는지 나는 도무지 이해가 가지를 않소. 사건 이후 화적 떼들의 행보도 이상하오. 죽은 남록 선생의 바지춤에 돈주머니가 그대로 달려 있었거든. 값이 나가는 은장도나 옥구슬로 만든 갓끈도 그대로 있었고. 화적 떼라면 왜 그런 것들을 두고 갔단 말이오?"

금품 때문에 죽인 것이 아니라면 원한 관계를 의심해볼 수도 있다. 도승지까지 올라갈 정도의 거물급이라면 당연히 적도 많을 터. 변양걸은 그와 금전적으로 얽힌 이가 있는지 혹 원한 관계가 있는지 조사했으나 특별한 것은 찾을 수 없었다.

"그럼 남녀상열지사겠지요."

내가 말했다.

"포도대장으로 오래 계셨으니 아실 것 아닙니까. 사람을 죽이는 데 이유가 있다면 돈, 아니면 원한이지요. 그것도 아니면 치정밖에 없습니다. 원한 관계는 찾기 쉬우나 남녀 관계는 찾기 어려우니 이제까지도 밝혀지지 않았다면 아마 그것이 겠지요. 애생이는 남록 선생의 첩으로 들어가기로 했으니 그 둘의 사이를 질투한 남자가 하나 있다고 한다면 말이 되지 않습니까."

허형은 내 말에 가타부타 토를 다는 대신 변양걸에게 다시 질문했다.

"남록 선생 사건의 용의자는 어찌 찾았습니까?"

허형의 질문에 변양걸이 대답했다.

"마시장에서 찾았소."

"마시장이요? 갑자기 왜 마시장엘……."

내가 꽤나 멍청한 질문을 했던 모양인지 변양걸의 눈썹이 움찔거렸다.

"그야 함열까지 걸어갔을 리는 없잖소. 당연히 뭘 타고 갔겠지. 남록 선생의 집에 확인해보니 없어진 가마는 없어도 없어진 말은 있다기에 그 말을 찾으면 될 것이라 생각했소. 전임 도승지가 타던 말이라면 명마는 안 되더라도 준마는 될 텐데 금품은 포기하더라도 그만한 말을 포기할 수 있는 강도가 어디 있겠소."

"하지만 그 정도의 준마라면 틀림없이 들킬 텐데요. 자신이 들킬 것을 알고도 마시장에 말을 판다고요?"

내 질문에 변양걸은 씩 웃었다.

"선생은 정직한 사람이군. 하지만 세상엔 일단 저지른 다음에 수습하는 사람들이 더 많다오. 돈도 갖고 싶고 들킬 것도 걱정된다, 그러면 얄팍한 거짓말을 하여 모면하는 것이 범죄자들이지."

남록 선생 집에 가서 말의 생김새를 물었더니 말은 온통 갈색이면서도 엉덩이에 흰 점이 다섯 개 박힌 듯한 무늬가 있었다. 변양걸은 그린 말이 나오면 신고할 것을 마시장마다 당부해두었는데 생각해보니 눈에 띄는 모양의 말을 그대로 팔 것 같지 않아서…….

"엉덩이에 진흙이 묻은 갈색 말이 있거들랑 꼭 진흙을 솔로 털어보라고 일렀지."

역시 진흙을 이겨 엉덩이에 발라서 파는 놈이 있었다고 한다.

그렇게 잡아들인 범인은 세 명이었는데 근방에서 화적질을 하는 건달들이었다. 설수와 김덕윤, 황복이라는 이름을 가진 자들이었는데 우선 그들을 형옥에 가두고 조사를 했으나 제대로 되지 않았다. 무슨 질문을 해도 모른다는 말밖에 하지 않더라는 것이다.

"아무리 어르고 달래도 말을 않으니 별수 있겠소? 며칠 형옥에서 추이를 보면서 다시 대질 심문을 하려 했는데 구금한 지 나흘 만에 모두 죽어버렸소."

변양걸의 이야기를 들은 허형의 눈썹 근육이 미세하게 흔들렸다. 사건이 유사하다.

"감히 형옥에서 장난질이라니. 이거 관아를 얕잡아 보는 것이 아닌가 싶어 같은 형옥의 죄인들을 엄중히 조사했으나 아무에게도 증언을 받아낼 수 없었소."

'엄중히 조사했다'는 것은 고신을 했다는 뜻이다. 하지만 고신 도중에 죄인 하나가 장독으로 죽는 바람에 더 이상의 조사는 할 수 없었다고 한다.

"간수들도 조사하셨습니까?"

"그게 말이오……."

변양걸의 말에 따르면 형옥을 책임지던 간수 이동식이라는 자가 사라졌다. 그럼 당연히 이동식이라는 자가 죄수들을 살해했을 가능성이 있으니 그를 조사해보려 했는데 애초에 이동식이라는 이름은 명단에 없었다. 존재하지도 않는 자가 간수 자리에 있었던 것이다.

"그래서 당시 근무했던 관리들을 상대로 대질 심문을 했소. 이동식이 대체 누구냐. 언제부터 여기에 근무했느냐 했더니만, 한 달 전에 새로 들어온 사람이라는 거요. 이방이 자기 권한으로 꽂아주었다는데 또 이방을 심문해보니 자긴 돈을 받고 자리를 주었을 뿐이라는 거야. 정말 미치겠더군. 한데 그렇게 말하는 놈들의 관자놀이에 죄다 살구꽃이 박혀 있더란 말씀이야."

변양걸은 긴 소매에서 관자 하나를 꺼냈다. 나무로 만든 것이었다.

"이것은……."

나도 모르게 손을 뻗어 관자에 새겨진 무늬를 확인했다. 살구꽃이었다.

"요즘 계 모임을 할 때 관자놀이에 문양을 새기는 것이 유행이잖소. 이기 틀림없이 무슨 놈의 사조직이구나 싶었소. 알아보았더니 '화왕계'라고 하는데 요즘 전라도 일대에 젊은 사람들 사이에서 유행이라 하더군요. 자기들끼리 꽁꽁 뭉쳐서 범인을 숨겨주는데 알아낼 재간이 있어야지요."

"화왕계라면 설총입니까?"

화왕계라면 신라 시대 학자인 설총이 지은 이야기가 아닌가. 꽃 중의 왕인 모란이 아름다운 장미를 가까이 하려 하자 할미꽃이 와서 아첨하는 자를 조심하라 했다는 교훈이 전해진다. 하지만 허형은 고개를 저었다.

"그 화왕계 말고 요즘 유행하는 노래가 있지 않아. 그 모란이 어쩌고 하는……. 설마 몰라?"

내가 어벙한 눈을 하고 그를 멍청하게 바라보자 허형은 변양걸에게로 시선을 돌렸다. 당신은 알겠지, 하는 마음에서였겠으나 변양걸 역시 무슨 소리인지 모르겠다는 듯 나와 똑같이 멍청한 눈으로 허형을 보았다. 허형은 답답하다는 듯 주먹으로 가슴을 가볍게 쳤다.

"저자에서 한창 인기인 유행가도 모르는 사람들이랑 내가 무슨 이야기를 하겠다고. 자고로 소문과 유행가를 잘 알아야 민심을 파악할 수 있는 법입니다."

"그리 잘 아시면 한번 불러주면 어떻소. 대체 무슨 노래요?"

변양걸의 말에 허형의 눈이 반짝하고 빛났다. 그는 한번 사양하는 법도 없이 그 자리에서 흠흠, 하고 목을 가다듬고는 금방 흥얼흥얼 박자를 타더니만 목청을 열었다.

모란은 화중왕이요. 해바라기는 충신이로다
연꽃은 군자요, 살구꽃은 소인이라
국화는 숨어 사는 선비요, 매화는 뜻을 지키는 선비로다
박꽃은 노인이요, 패랭이꽃은 소년이라
접시꽃은 무당이요, 해당화는 기생이로다

명창까지는 아니어도 꽤나 들어줄 만한 음색이었다. 그는 흥이 오른 모양인지 한두 곡을 더 부르고 싶어 했으나 변양걸이 얼른 말려준 덕으로 다시 사건으로 돌아올 수 있었다.

"노래에 살구꽃이 들어가는군."

"그렇습니다. 모란도 들어가고요. 여인, 그것을 보여주게."

나는 소매 안에서 한지로 감싼 도리옥 관자를 꺼내어 보여주었다. 변양걸의 눈썹이 꿈틀거렸다.

"도리옥으로 만든 관자라. 꽤나 고급품이로군. 어디서 난 거요?"

"애생이를 죽인 혐의가 있던 숙수의 위장에서 발견되었습니다. 그리고 재밌는 것이 말입니다, 저희 관아의 육방들은 관자놀이에 죄다 연꽃을 새겨놓고 있답니다."

'연꽃은 군자, 살구꽃은 소인.' 모두 노랫말에 나오는 꽃들이다. 연꽃 관자는 구리로 만들어졌으며 살구 관자는 나무로 만들어졌다. 그리고 맨 위에는 모란이 있다. 도리옥으로 만들어진 모란이.

"이 나라에서는 신분에 따라 패용할 수 있는 물건도 정해집니다. 옥관자 중에서도 질이 좋은 도리옥 관자를 패용할 수 있는 자는 정일품뿐입니다. 그에 반해 구리 관자를 찰 수 있는 것은 중인이며 나무로 만든 것은 그 아랫사람이란 뜻이지요. 꽃을 기본으로 하되 신분에 따라 차등이 있다는 것인데 어쩌면 화왕계는 생각보다 큰 조직일지도 모르겠습니다."

맨 위에 도리옥으로 만든 모란이 있고 그 아래 해바라기가 있다. 그 아래가 연꽃, 그리고 살구꽃……. 이것은 사농공상으로 대표되는 조선의 신분 체계를 닮지 않았나.

"그 정도로 조직적인 계라니. 기축년의 대동계가 떠오르는군요."

변양걸은 '대동계'라는 말에 깜짝 놀라 순간 몸을 떨었다. 20여 년 전, 정여립은 사람은 모두 동등하다며 대동계를 조직하여 양반, 중인, 노비, 승려 들을 받아들여 경전을 읽히고 무술을 연마시켰다. 하지만 선조가 대동계를 역적으로 규정하면서 천여 명의 사람들이 목숨을 잃었고 전라도는 물론 전국이 발칵 뒤집히지 않았나. 화왕계라니. 이름부터가 불길하다. 꼭 새로운 왕을 세우려는 무리들 같지 않은가.

"그…… 그것이 사실이라면 일이 더 커지기 전에 얼른 계주를 찾아야 하오."

변양걸의 목소리가 떨렸다. 하지만 어떻게 한단 말인가.

"범인에 대한 단서라고는 왜도를 가지고 있다, 정도밖에 없군요. 왜도라……."

허형은 나지막하게 몇 번 왜도라는 말을 읊조렸다.

"왜인이 상륙했다는 소리는 듣지 못했습니다. 하지만 간혹 왜인의 도를 수집하는 호사가가 있다는 소리는 들었지요. 여인, 자네 생각은 어떤가. 범인이 무사 같았나?"

그의 말에 나는 다시 애생의 시신을 떠올렸다. 그의 상처는 어떠했던가.

"아닙니다. 벤 자국이 깔끔하지 못했으니 잡범입니다."

"칼을 모으기는 하되 제대로 쓰지는 않는 자일 수도 있겠구나. 왜도를 수집하는 호사가라면 돈이 많아야 될 테고 왜까지 줄을 닿게 하려면 돈 말고도 권력이 필요하지. 명기로 이름 높은 애생이를 차지하려는 마음까지 품었으나 거절당한 분노로 인해 남록 선생과 애생이를 차례로 없애버리고, 형옥에까지 영향력을 발휘하여 증인이자 자신의 심복들을 살해하기까지 하려면 조선에서 얼마나 손꼽히는 권세가의 아드님이이야 할까. 도리우 관자를 찰 정도여야 하니 사실 조선에 몇 명 없기는 한데."

허형의 추리를 들은 변양걸의 얼굴이 새하얗게 질렸다. 누군가 마음속에 떠오르는 이름이 있는 모양이었으나 그는 결국 그 말을 내뱉지는 못했다.

"만에 하나 그대가 틀렸다면 돌이킬 수 없는 일이 벌어질 거요."

"돌이킬 수 없는 일은 이미 벌어졌습니다. 사람이 죽었어요. 이 이상 어떻게 더 틀어진단 말입니까?"

"하지만……."

변양걸이 망설이는 동안 허형은 지루하다는 듯이 하품을 하더니 결국 말도 안 되는 소리를 늘어놓았다.

"'하지만 하지만.' 그런 말만 하실 거라면 차라리 남록 선생의 혼을 불러 정말로 그를 죽인 것이 누구인지 물어보시지요."

"당신 미쳤어?"

변양걸의 얼굴이 한껏 구겨졌다. 나 또한 이런 미친 소리는 처음 들어보았다. 하지만 허형은 그 어느 때보다 진지했다. 그것이 문제다. 이 사람은 미친 소리를 중간에 멈추지 않고 끝까지 하는 재주가 있다.

"세간에는 알려져 있지 않으나 사실 제가 귀신을 좀 부를 줄 압니다. 제게 한번 기회를 주시지요."

"나를 지금 놀리는 겐가!"

변양걸의 분노는 어마어마했다. 그는 마시던 찻잔을 던져 허형의 얼굴 바로 옆을 맞혔다. 뺨에 가는 생채기가 생겼고 선으로 그은 것처럼 피가 흘렀다.

"무슨 그런 꼴같잖은 소리를 하는 게야. 내가 그런 허무맹랑한 것들을 믿는 사람으로 보이는가? 유학자가 되어서 아녀자처럼 괴력난신이나 들먹이다니, 부끄러운 줄 알게!"

그 말대로 여느 유학자라도 부끄러워할 법하다. 하지만 허형은 유들유들한 혓바닥을 잘만 놀려댔다.

"살아 있는 사람에겐 혼백이 있으나 사람이 죽으면 양기와 음기가 나뉩니다. 양기인 혼은 하늘로 올라가 신명(神明)이 되고 음기인 백은 땅으로 돌아가는데 이때 원한이나 미련을 가지면 귀(鬼)가 되는 것입니다. 이것은 음양오행이며 만물의 이치인데 어찌 괴력난신이라 하겠습니까."

"혓바닥에 기름칠이라도 한 모양이군."

"돌아가신 남록 선생은 한음 선생*의 외사촌이시지요. 한음 선생은 토정 선생의 사위시고요. 토정 선생께서 점괘와 사주에 능하시어 《토정비결》을 쓰신 것은 아실 것입니다. 한음 선생의 절친하신 벗인 오성 부원군은 어떻습니까. 오성 대감이 귀신을 만나 수많은 사건을 해결한 일에 대해서 모른다고 하지는 않으시겠지요. 포도대장께서는 저뿐만 아니라 지금 오성 부원군 대감까지 모욕하고 계신 겁니다."

그제야 변양걸은 입을 다물었으나 여전히 불신에 가득 찬 표정이었다.

"오성 부원군이…… 귀신을 본다고?"

그는 여전히 화가 나 있었으나 그 눈에 호기심이 약간 깃드는 것을 나는 보았다. 그래. 괴력난신이 다 뭐냐, 그런 것에 관심 없다고 하는 사람들도 귀신 이야기를 싫어하는 것을 보지 못했다. 특히 오성 부원군처럼 유명한 학자가 관련되어 있다니 더욱 궁금할 것이다. 가장 궁금한 괴담이란 것은 결국 아는 사람의 아는 사람이 직접 겪은 이야기 아니겠는가.

"제가 오성 대감께 직접 들었는데 말입니다. 억울하게 죽은 복성군의 귀신을 본 적이 있다고 하더군요."

---

*   한음 이덕형. 조선 중기의 재상이며 '오성과 한음'으로 유명하다.

2장 분신사바하

"복성군……?"

　복성군은 중종 때 세자의 자리를 넘보았다는 죄목으로 살해된 후궁 소생의 왕자다. 중종은 왕위에 오르고 나서 후궁을 셋 들였는데 윤씨와 박씨, 그리고 홍씨였다. 중종은 그들 중 윤씨를 왕후로 삼았는데 그가 아들을 낳고 사망하면서 모든 문제가 시작되었다.

　윤씨가 죽었다는 소리는 중전의 자리가 공석이 되었다는 뜻이다. 국모의 자리를 비워둘 수는 없으니 처음에 중종은 박씨와 홍씨 중에 한 명을 중전으로 올리려 했다. 특히 중종은 박씨를 총애했다. 하지만 박씨에게는 아들 복성군이 있었다. 이것은 큰 문제다. 만약 박씨가 중전이 된다면 복성군은 서자에서 적자가 되고 윤씨가 낳은 적장자는 서자가 되고 만다. 본래의 상하 관계가 깨지고 마는 것이다.

　적서를 구별하는 것이 하늘과 땅의 구별보다 엄격해야 한다고 믿었던 신하들은 박씨의 왕후 추대를 반대했고 결국 원래 있던 후궁들 대신 새로운 여인을 들여 중전을 삼는다. 자신이 중전이 될 것이라 믿었던 박씨는 물론 실망했을 것이다. 하지만 더 무서운 것은 그 이후의 일이다.

　세자의 생일에 눈과 코가 지져지고 사지가 찢긴 쥐가 궁궐 곳곳에 있는 나무에서 발견되었다. 세자가 쥐띠였으므로 사람들은 이것이 누군가 세자를 저주한 것이라 생각했으며 그

주모자로 박씨와 복성군을 지목했다. 중전이 되지 못한 것에 대해 앙심을 품고 세자를 저주했다는 것이다. 물론 아무런 증거는 없었으나 워낙에 끔찍한 사건이었던지라 누군가는 책임을 져야만 했고 결국 박씨와 복성군은 참형을 당했다. 그들의 무고가 밝혀진 것은 그들을 기억하는 사람들이 모두 죽은 다음의 일이었다.

"복성군이 오성 대감을 왜 찾아간단 말이야. 둘 사이에는 아무 연도 없는데."

그렇게 말하는 변양걸의 목소리가 조금 누그러져 있었다. 벌써 홀리기 시작했구나. 허형과 말싸움을 하다가는 늘 이렇게 말리게 된다.

"귀신이 무당 찾는 데 연이 있어 가겠습니까? 말이 통하니까 가지요. 복성군이 궁금한 것이 있었던 모양인지 오성 대감에게 질문을 했다고 합니다."

"무슨 질문을?"

"세상 사람들이 자신을 어찌 기억하고 있느냐고 물었다는군요. 여전히 자기가 세자를 저주했다 생각하느냐고."

"그래서 뭐라 대답했소이까?"

"사실대로 대답했지요. 두 사람의 억울함이 밝혀져 왕실에선 제사도 다시 모시게 되었고 사람들도 복성군은 억울하게 죽었으니 가엾다 여긴다고 말입니다. 그랬더니 복성군이 무척 기뻐하면서 답례로 복숭아 하나를 주더랍니다. 오성 대감은 그 복숭아를 먹고 씨앗을 뒤뜰에 버렸는데 하루 만에 싹이 나서 울창하고 굵은 나무가 되었다지요. 반촌의 장인은 그 나무를 베어 탁자를 만들었는데 그것이 음기를 불러 모으는 성질이 있는지 그 탁자 근처에서 자꾸만 이상한 일이 생겼다는군요."

허형은 변양걸이 팔을 기대어 앉은 탁자를 손가락으로 툭툭 쳤다.

"그래서 여러 번 주인을 바꾸었는데 얼마 전에 제 손으로 들어왔습니다. 바로 여기에."

허형의 말에 변양걸은 깜짝 놀라 탁자로부터 서너 걸음 물러났다. 평범해 보이는 탁자에 그런 비밀이 숨겨져 있었다니! 변양걸은 손끝으로 조심스럽게 탁자의 상판 결을 만져보았다. 무슨 영험한 기운이라도 느끼려는 듯이 말이다. 하지만 금세 손을 뗐다. 여전히 인정할 수는 없는 모양이었으나 두렵기는 한 것 같았다.

"말도 안 돼."

"세상은 말도 안 되는 일들로 이루어져 있지요. 돈 때문에 사람을 죽이는 사람이 있는가 하면 천금을 주고라도 사람을 구하려는 이도 있어요. 그것은 말이 되는 일입니까?"

"암만 그래도 그렇지……."

말과는 달리 변양걸의 눈빛이 반질반질하게 빛이 났다. 불같이 화를 낼 때는 언제고 괴담이 어지간히 위력을 발휘한 모양이다. 하지만 허형은 변양걸을 흔들어놓는 것만으로는 만족하지 않았다. 그는 언제나 조금 더 바란다.

"'분신사바하'라는 것을 아십니까?"

분신사바하? 처음 듣는다. 변양걸도 어디서 그런 단어를 들어본 적은 없는지 송충이처럼 굵은 눈썹을 들썩였다.

"그게 뭐요?"

남들이 뭔가를 모른다는 소리를 하는 것만큼 허형을 기분 좋게 하는 것도 없다. 거들먹거리기 좋아하는 형님은 입꼬리 한쪽을 슬쩍 올리며 자신의 두뇌를 뽐낼 기회를 놓치지 않았다.

"제가 아까 뭐라 했습니까. 살아 있는 사람에겐 혼백이 있으나 죽은 뒤에 혼은 하늘로 올라가고 백은 땅으로 돌아간다 하였지요. 분신은 본래 하나였으나 여러 개로 나뉜 것입니다. 이렇게 나뉜 혼백을 다시 불러들이는 것이 분신사바하지요."

허형이 공을 들인 구라를 치는 것을 듣고 있자면 이게 진짜인지 아닌지 나조차 혼란스러울 때가 있는데 지금이 바로 그렇다. 분신사바하? 듣기에는 그럴싸한데 정말 있는 것인지 아니면 방금 만들어낸 말인지도 구분이 가지 않는다.

"정말로 남록 선생의 혼을 불러와서 범인의 이름을 묻겠다고?"

"그렇습니다. 밑져야 본전 아닙니까. 손해 보는 것도 없는데 한번 해보시지요."

변양걸의 눈동자가 흔들리기 시작했다. 그는 잠시 고민하는 듯 보였지만 결국은 덫에 걸린 장끼처럼 고개를 끄덕끄덕할 뿐이었다. 완전히 홀린 것이다.

반각이 지난 후 허형은 빳빳하게 풀을 먹인 모시옷을 입고서 변양걸을 맞이했다. 몸을 정화한다며 냉수마찰을 한 덕에 채 마르지 않아 촉촉한 머리카락과 안광이 형형한 눈동자가 제법 벽사를 할 법한 인물처럼 보였다. 실제로는 어떻든 간에.

"준비가 다 되었으니 오시지요."

허형은 우리를 예의 그 이상한 탁자에 앉게 했는데 그 모양새가 참으로 희한했다.

탁자 위에는 큼지막한 종이 한 장을 올려두었는데 마치 빗처럼 동그랗게 반호를 그리며 언문의 자음이 써 있었다. 탁자 아래에서 하인은 먹을 열심히 갈아댔고 허형은 자신의 검지 손가락 끝과 붓 사이를 명주실로 연결했다. 그리고 붓에 먹물을 푹 찍고는 종이 위에 붓이 약간 떠 있도록 하는 것이었다.

"뭐…… 하는 거요?"

가만히 지켜보기만 하던 변양걸이 입을 열자 허형이 기다렸다는 듯이 대답했다.

"혼령에겐 말할 수 있는 혀가 없으니 그의 대답을 들으려면 이런 것이 필요하지요. 혼이 들어왔다면 붓이 각 자음을 가리켜 알려줄 것입니다."

과연 기발한 방법이다. 하지만 변양걸은 미심쩍은 얼굴로 재차 물었다.

"하지만 그리하면 정확한 이름은 알 수 없는 것이잖소. 'ㅂㅇㄱ'이리고 하면 '변양걸'인지 '박양걸'이지 알 게 뭐요. 그리고 초혼이 되지 않았는데도 사또께서 붓을 움직일 수도 있는 것이고."

겉보기보다 신중한 성격인지 변양걸은 손가락으로 자신의 턱을 만지작거리며 깊게 생각하는 눈치였다. 허형은 그런 변양걸을 보며 웃었다.

"그리 의심스러우시다면 함께 붓을 쥐시지요. 그러면 제가 멋대로 붓을 휘두르는지 아닌지 아실 수 있을 게 아닙니까."

그래서 허형과 변양걸은 마주 보고서 붓 하나를 함께 쥐었다. 처음에는 조금 쑥스러워 보였으나 막상 잡고 나니 두 사람은 더없이 진지했다.

이날은 하필 달도 밝지 않았다. 방금 비가 그쳐 손톱만 한 달 아래 희뿌연 달무리가 끼었고 구름은 멀리 안개처럼 옅었다. 하늘은 오래된 옷장 안에 잊힌 옷처럼 곰팡이가 핀 것 같은 색이었다. 허형은 마치 평생토록 그 일을 해온 사람처럼 능숙하게 인광노*를 화로에 붙여 촛불을 밝혔다. 어둠 속에서 허형과 탁자, 그리고 흰 종이만이 비정상적으로 밝아 보였다. 이러려고 흰옷을 입은 모양이다. 나는 완전한 관객이 되어 뒤로 물러났다.

"지금 손에 힘주고 있는 것은 아니지요?"

변양걸이 의심 가득한 얼굴로 허형을 보자 허형은 내게 붓 위에 손을 대도록 했다. 내가 그들이 잡은 붓을 잡고 휘두르자 붓은 쉽게 흔들렸는데 아무도 붓을 힘주어 잡고 있지 않다는 뜻이었다.

"이제부터는 손을 원형으로 돌리면서 주문을 외울 것입니다."

허형이 붓을 든 손을 원형으로 여러 차례 돌렸다. 변양걸은 처음에는 힘을 너무 주고 붓을 쥐고 있어서 잘 따라가지 않았지만 허형이 슬쩍 눈을 떠서 그를 비난하는 듯 쳐다보자 그제야 어깨에 힘을 풀고 같이 팔을 원형으로 돌렸다.

"여기서부터는 같이 따라 하십시오."

허형이 나지막이 말했다.

"분신사바하 분신사바하 옴 서나미자 사바하."

그러자 변양걸도 허형을 따라 말했다. 처음에는 조금 더듬

---

* 조선 시대에 사용하던 성냥. 나무에 유황을 먹여 불을 옮기는 데 사용했다. 불이 없는 곳에서 스스로 불을 만들어내지는 못한다.

거렸으나 같은 주문을 여러 번 반복하다 보니 익숙해졌는지 얼마 지나지 않아 꽤 능숙해졌다.

"분신사바하 분신사바하 옴 서나미자 사바하."

몇 번을 불렀을까. 두 사람의 몸이 땀으로 젖었다. 약간의 황홀경 상태인 것 같았다. 변양걸의 눈이 살짝 풀려 보였다. 그리고 그때, 허형이 공중 어딘가에 시선을 고정하더니 말을 뱉었다.

"오셨습니까."

그러자 붓이 제멋대로 흔들렸다. 붓은 그 자리를 빙글빙글 돌아 동그라미를 만들어냈다. 왔다는 대답인 모양이었다. 이를 본 변양걸은 믿을 수 없다는 듯 눈동자를 이리저리 굴렸다. 어딘가 숨겨둔 장치라도 찾는 눈이었는데 허형은 헛기침을 한 번 하더니 변양걸을 매섭게 쏘아붙였다.

"믿지 못하겠거든 하지 마십시오. 혼을 불러놓고 어찌 이리 불경하십니까."

변양걸은 깜짝 놀라 얼른 고개를 숙여 작게 사과했다.

"미안하오. 계속하시오."

허형은 고개를 까딱하여 그의 사과를 받고는 의식을 이어갔다.

"지금 오신 분은 누구십니까?"

허형의 말이 끝나기가 무섭게 붓 끝이 미묘하게 흔들리더니 마치 누군가가 붓을 잡고 휘두르듯이 단호하게 획이 되어 움직였다. 허형의 팔이 움직이는 것이 아니었다. 허형의 팔은 위에 있으나 아래에 있는 붓 끝이 멋대로 움직이는 것을 내가 분명히 보았다. 변양걸은 숨을 깊게 들이쉬더니 호흡조차 제대로 내쉬지 못했다. 붓에 어떤 힘이 작용하고 있다는 것을 그도 느낀 것이다. 붓은 마치 누가 잡아끈 것처럼 크게 기울더니 'ㄴ'으로 향했다. 그것을 보자마자 변양걸 쪽에서 작은 신음 소리가 흘렀다.

"'ㄴ'이 나왔소."

하지만 길게 호들갑을 떨 수는 없었는데 허형이 세상 차가운 얼굴로 그를 노려보았기 때문이다. 붓은 다음 글자로 향했다. 이번엔 'ㄹ'이었다. 변양걸은 자신의 솥뚜껑같이 두꺼운 손으로 입을 틀어막았다.

ㄴㄹ

이것은 '남록'으로 읽을 수도 있을 것이다.

"어찌 이런 일이. 어찌 이런 일이. 세상에 어찌 이런 일이."

무관들이란 가지고 있는 어휘가 어찌나 한정적인지. 그는 이후에도 '어찌—' 하는 말을 반복하기만 할 뿐이었는데 저러다가 무슨 일이 나는 것은 아닐지 걱정이 될 정도로 얼굴에 피가 몰려 도깨비라고 해도 믿을 법한 모습이었다. 허형이 다시 한번 습, 하고 잇소리를 내자 변양걸은 "미안하오. 계속하시오" 하더니만 얼른 또 자신의 입을 틀어막았다.

"남록 선생이십니까?"

허형이 묻자 붓은 대답 대신 그 자리에서 뱅글뱅글 돌았다.

"남록 선생. 선생을 죽인 것이 누구입니까?"

허형이 묻지 변양걸은 잠시 얼굴을 찌푸렸다.

"살해당한 것이 맞느냐부터 물었어야지요. 질문에도 순서가 있는 법인데."

이렇게 말이 많은 사람이었나. 허형은 뾰족하게 날을 세우며 대답했다.

"그들은 살아 있는 것들이 아니니 집중력이 그리 길지 못합니다. 계속 방해하실 겁니까?"

변양걸은 미안하다는 듯이 고개를 다시 끄덕였다. 하던 거 계속하도록 허락한다는 뜻이다. 허형의 붓이 다시 움직이기 시작했다. 이번엔 'ㅇ'이다. 그리고 이어지는 글씨는…….

한겨울인데도 변양걸의 얼굴에서는 땀이 흘렀다. 마치 오랫동안 비라도 맞은 사람처럼 등 뒤가 흠뻑 젖었다. 그만큼 당황한 것이다. 그는 알고 싶지 않은 진실을 목도한 듯이 고개를 떨구고 몸을 부들부들 떨었다. 종이 위에 쓰인 글씨는 이러했다.

ㅇㅎㄱ

"으아악!"

변양걸의 손이 붓을 놓쳤다. 허형도 순간 붓을 놓았으나 붓은 바로 아래로 떨어지지 않고 몇 초간 공중에 머무르더니 끈 떨어진 연처럼 서서히 떨어졌다. 변양걸은 마치 뱀이라도 본 어린애처럼 몇 걸음 뒤로 물러서 두려움에 가득한 눈빛으로 허형을 올려다보았다. 그가 귀신이라 해도 그리 보지는 않으리라.

"바…… 방금 봤소? 봤냐고. 붓이 제멋대로……!"
"의식을 마무리해야 하니 잠시만 조용히 하십시오."

허형은 별일 아니라는 듯 침착하게 떨어진 붓을 주워 정돈하더니 다시 주문을 외웠다.

"옴 기리기리 바아라 불반다 훔 바탁."

허형이 마무리하는 동안에도 변양걸은 두려움에 떨었다. 하지만 오래도록 무서워하지는 않았다. 그에게 새로운 흥분이 다가왔기 때문이다. 이제 그들은 'ㅇㅎㄱ'이 누구인지를 찾아야 했다.

"내가 찾았던 화적 떼에 초성이 'ㅇㅎㄱ'인 사람은 없소. 형옥을 맡고 있는 포졸 중에 이호석이라는 자가 있고 또 화적 떼 두목 중에 임창갑이라는 자는 있는데 귀신이 한 글자를 틀릴 리는 없겠지?"

"틀리면 귀신이 아니겠지요."

허형은 꽤나 능숙한 무당처럼 변양걸을 대했다. 'ㅇㅎㄱ'이라니 대체 누구일까. 나도 머리를 굴려보았다.

"'ㅇ'으로 시작되는 성씨가 무엇이 있을는지요. 이씨, 오씨, 우씨, 어씨, 임씨 정도가 생각이 납니다만……."

"호나 자, 혹은 사는 지역이나 관직일지도 모르오."

변양걸이 얼른 덧붙였다. 귀신은 믿지 않는다더니 완전히 홀딱 빠져들었구먼. 두 사람은 머리를 맞대고 진지하게 고민을 이어갔다.

물론, 나는 이것들을 믿지 않는다. 하지만 1할 정도는 어쩌면 허균이라면, 하는 생각을 지울 수가 없었다. 허균이라면 무엇이든 해낼 수 있을 것이다. 심지어 귀신을 불러오는 일일지라도. 내가 그렇게 생각했을 무렵 변양걸이 침묵을 깨뜨렸다.

"만약에 말이오."

그는 말을 하기 싫다는 듯, 하지만 하지 않을 수 없다는 듯 무거운 입을 열었다.

"화왕계라는 것이 정말로 역적의 무리라면 내 떠오르는 이름이 있기는 하오마는……."

"누굽니까?"

변양걸은 이번에도 한참 머릿속에서 단어를 고르더니만

천천히 말했다.

"역적이라는 것은 임금을 갈아치우고 싶다는 것이지. 유교의 나라에서 임금을 갈아치우고도 무사하려면 임금과 맞먹을 만큼의 정통성이 있어야 하오. 그러려면 금상의 형제이거나 아니면 가까운 친척일 수밖에 없을 거요."

"그래서요?"

"이 나라에 그런 사람이 두 명은 없잖소. 'ㅇㅎㄱ'으로 갈음되는 이름이라면 단 한 명……"

"누구입니까?"

허형은 변양걸이 '그 이름'을 이야기할 때까지 영 모르쇠로 일관할 모양이었다. 변양걸은 몇 번이나 망설이더니만 결국 그 이름을 뱉었다.

"임해군."

임해군 이진은 조선의 서장자로 임금님의 형님이시다. 대비와 영창대군을 제외한다면 왕실의 가장 큰 어른이며 개인적인 감상을 덧붙이자면…… 인간쓰레기다.

어렸을 때에는 광대와 서역에서 온 마술사들을 좋아하여 변장하고 연극하는 것을 즐겨 했다 들었다. 하지만 언제부턴가 연극보다 사람 죽이는 것을 더 즐거워하게 되었다. 그는 사람들을 해치고 죽이고 보화와 땅을 빼앗는 것을 기껍게 생각한다. 군자는커녕 사람이라 할 수 있을지도 모르겠다. 임해군이라면 전임 도승지의 목숨도 가볍게 여겼을 법하다. 그러고 보니 애생 한번 보자고 3박 4일을 기다렸다던 소문이 있었지. 당시엔 가볍게 넘겼으나 그것이 사실이라면 임해군은 애생을 얌전히 기다리지만은 않았을 것이다. 억지로 취하려 했거나 그게 여의치 않을 시에는 감금하거나 고문해서라도 취했을 것이며 그래도 반항한다면 결국은 죽였을 것이다. 임해군은 그럴 만힌 사람이다. 어렸을 때는 곤충을 죽였고 조금 더 커서는 새나 고양이를 죽였으며 이후에는 개와 노비들을 죽였고 궁인들을 수도 없이 해쳤으니 말해 무엇 하랴.

난중에는 근왕병 모집을 위한 선왕의 명령으로 함경도로 갔는데 그는 왜놈들을 막거나 군사를 일으킬 생각은 하지 않고 백성들의 좋은 말이나 보화를 훔치고 수령들을 핍박하여 뇌물을 받아 챙기기에 급급했다. 여인들을 겁간하고 혼란을 틈타 땅을 빼앗고 자신의 말에 반하는 자들을 죽이고 괴롭혀서 백성들을 분노케 했다. 결국은 참다못한 회령 사람들이 그를 잡아다가 밧줄로 묶어서 왜군에게 넘겨버렸을 정도였는데 아쉽게도 살아 돌아왔으며 그 이후에는 횡포가 더욱 심해졌으니 말해 무엇 하겠는가. 결국 그 이름은 재앙의 다른 말일 뿐이다.

변양걸은 잠시 생각에 빠지더니만 두꺼운 손바닥으로 한번 짝, 하고 자신의 뺨을 때리더니 얼이 빠진 표정을 지었다.

"모란은 화중왕이라. 하늘 아래 임금은 오직 하나뿐인데 자신을 두고 왕이라 칭하는 역심을 가진 이는 임해군 정도일 테지."

하지만 시원시원한 목소리와는 달리 손은 떨리고 있었다. 아무리 백전노장이라도 한때 왕이 될 수도 있었던 왕자를 기소해야 하는 것은 부담일 터. 변양걸은 살짝 떨리는 손을 숨기기 위해 자신의 팔을 쥐었다.

"임해군은 금상이 세자였을 시기부터 그를 미워했소. 서장자인 자신을 제치고 서차자인 광해가 왕위를 빼앗아갔다면서 원망하는 것을 모르는 사람이 없을 것이오. 그런 자라면 의심스러운 계를 만들어 일정 세력과 결탁하는 것도 불가능한 일이 아니겠지. 하지만…… 아아. 살인 사건이 역모 사건이 되게 생겼으니 이를 어쩐다."

변양걸은 잠시 눈을 감아 분주한 마음을 달래더니 이윽고 결심한 듯 이글거리는 눈으로 나와 허형을 바라보았다.

"만약 내가 장계를 올린다면 그대가 가진 증좌들을 넘겨줄 수 있겠소? 애생이 검험한 험장이며 사건에 관련된 기록들을 내가 다시 점검하고 싶은데."

허형은 물론, 그의 말을 거절하지 않았다. 도리어 하는 수 없다는 듯 작게 한숨을 내쉬면서도 변양걸의 손을 꼭 잡았다.

"무얼 숨기겠습니까. 포도대장의 말대로 따르겠습니다."

변양걸은 그것을 쾌히 받아들여서는 그길로 자리를 떠났다. 새벽이니 머물렀다 내일 가라는 허형의 말도 그는 듣지 않았다. 얼른 무어라도 하고 싶은 마음에 피가 끓는 모양이었다.

변양걸이 떠나고 나는 심신이 완전히 지쳐버렸다. 음기를 빨아들인다는 탁자에 가슴을 대고 누워 아직도 흥분 때문에 뜨거운 뺨을 식히려는데 탁자 아래에서 무언가 움직이는 듯한 낌새가 있었다.

대체 이게 무엇인가. 혼령이 아직도 가지 않은 것인가. 나는 흠칫 놀라 몇 걸음 뒤로 물러섰다. 허형에게 이것을 보았는가, 물어보고 싶었으나 허형은 다른 생각에 집중하느라 나를 보지 못한 모양이었다.

아무래도 내가 너무 피곤하여 그런 것이겠지. 나는 조심스럽게 다시 탁자에 다가와 손을 올렸는데 그 순간 탁자 아래에서 쿵, 하는 소리와 진동이 느껴졌다. 분명하다. 아직 혼이 돌아가지 않았다. 손바닥에 땀이 솟아나는 것이 느껴졌다. 아래에 분명히 무언가…….

"무언가 있습니다."

내가 조용히 목소리를 낮추자 허형 역시 내게 집중했다. 상판 아래에서 뭔가 진동과 함께 소리가 들렸다. 끼익. 끼기긱. 마치 손톱으로 판을 긁는 것만 같다. 제대로 죽지 못한 사람이 관에 갇혀서 자신의 생사를 알리고자 할 때 그렇게 하는

2장 분신사바하

것처럼 탁자 아래에서 누군가가 긁고 있다. 내가 놀라 흠칫 뒤로 물러서자 허형은 나를 보고 거칠게 숨을 쉬었다. 저 사람이 왜 저러나. 귀신이 사람에게도 씐 것인가.

"왜 그러십니까?"

내가 물어도 허형은 대답도 하지 않는다. 왜 이러나 해서 가까이 다가가보았더니 잠깐만. 이 사람 웃고 있잖아?

이래 봬도 허형은 나를 꽤 많이 아끼고 있다. 그런 인간이 내가 곤란한 것을 보면서도 이렇게 징글맞게 웃을 때는 한 가지 이유뿐이다. 자기가 그 함정을 팠을 때.

"설마……."

내가 얼른 탁자 위에 씌운 보를 걷자 탁자 상판이 묘하게 들썩거리는 것을 눈으로도 볼 수 있었다. 다리와 상판이 분리되어 있는 것이 분명했다. 내가 상판에 손가락을 걸고 번쩍 들어 올리자 그곳에는……!

"도련님!"

나는 그 자리에서 엉덩방아를 찧고 말았다. 작은년이 대체 왜 여기에 있는 게야!

이제 보니 탁자의 상판이 있던 곳 가운데가 동그랗게 뚫려 있었는데 커다란 세숫대야 하나쯤은 들어갈 만했고 작은년이 겨우 앉아 있을 정도의 크기였다. 대체 이게 무슨 일인지 몰라 어안이 벙벙한데 내가 당황한 것과는 별개로 허형은 우스워죽겠다는 듯 배를 잡고 구르고 있다. 한참을 웃던 허형은 겨우 웃음을 갈무리하며 내게 이야기해주었다.

"지난 나주 목사가 가렴주구하여 사치를 일삼았는데 그때 개발한 탁자야. 탁자 안에 화로를 넣고 그 위에 숯을 넣은 다음에 동그랗게 뚫린 상판을 씌워 고기를 구워 먹는 것이지. 정말로 그럴싸하지 않으냐. 탐관오리들이란 이런 쪽으론 머리가 뱅뱅 돌아간단 말씀이야."

고기 구워 먹는 탁자를 초혼하는 탁자로 둔갑시키다니 머리가 좋은 것은 그쪽이다. 나는 지끈거리는 이마를 짚어 인당혈을 눌렀다.

이놈의 집구석. 누구도 믿을 수가 없다. 아니 이런 깜찍한 일을 계획했으면 내게도 알려줬어야 하는 게 아닌가. 어찌 이렇게 자기들 멋대로 일을 벌이고 나까지 속여 넘기는가 말이다. 내가 욕할 말도 잃고 어버버거리며 손을 떨자 그제야 허형은 웃다 못해 흐른 눈물을 닦으며 사과하기 시작했다.

"미안. 미안하네."
"어째서 이런 바보 같은 짓을!"
"바보 같다니. 변양걸이는 감동하여 가던걸. 너무 그렇게 보지 마. 자네가 변양걸이와 꼭 붙어 있는 바람에 말해줄 기회를 놓친 것뿐이야."

미쳤지. 미쳤어. 허균은 미친 것이 틀림없다. 정말로 대체 어쩌려고 이러는지 모르겠다.

"분신사바하라니. 대체 그런 불경한 주문은 어디서 배운 겁니까?"

"주문이 아니라 불교에서 말하는 진언이라는 것일세. 예전에 사명대사가 가르쳐준 것인데 꽤나 그럴싸하지 않던가?"

나중에 들으니 '옴 서나미자 사바하'는 '지금 이 몸으로 깨닫기 전까지 물러서지 않기를'이라는 의미고 '옴 기리기리 바아라 불반다 홈 바탁'은 '다음 생에는 서방정토에 나기를' 하는 뜻이라고 한다. 아무튼 정말 웃기지도 않는다. 사기를 쳐도 이렇게 친단 말인가.

"작은년이가 탁자에 숨어 있는 걸 보면 작금의 초혼에 작은년이의 앙큼한 도움이 있었던 것은 분명해 보입니다마는……"

그제야 작은년은 함박웃음을 지어 보였다. 허형이 작은년에게 붓을 내밀자 작은년은 붓에 달린 고리를 잡고 천으로 감싼 무언가를 붓에 가까이 가져갔다. 그러자 붓이 손으로 잡아당긴 것처럼 작은년 쪽으로 딸려 왔다.

"이게 어찌……"

"붓 안쪽은 철로 되어 있어. 작은년이에게는 지남철*을 주

---

* 남쪽을 가리키는 철. 즉, 자석이다.

었고."

 작은년이 천으로 가려둔 것을 열어 보여주었다. 지남철 수십 개가 다닥다닥 붙어 있어 마치 어린애 팔뚝만 했다.

"지남철은 많이 모일수록 강력해지거든."

"암만 그래도 그 멀리서 붓을 움직이는 게 가능합니까?"

"약간 끌어당기는 느낌만 주면 충분해. 그다음부턴 내가 움직이면 되니까."

 자신만만한 저 얼굴이 얼마나 밉상인지 나는 놀란 가슴을 진정시키기 위해 독주를 한 잔 마셔야만 했다.

"범인을 알았으면 직접 장계를 올리면 될 일이지 어째서 이렇게까지 변양걸이를 이용하시는 겁니까?"

"알면서 그러나."

 그렇지. 허형은 그런 사람이다. 이 지경이 되어서야 깨달았다. 허형은 절대로 자기 입으로는 범인의 이름을 발설하고 싶지 않았던 것이다. 왜냐하면······.

"이번엔 절대로 파직당하고 싶지 않았네."

 그래서 장계 올리는 것을 변양걸에게 미룬 것이다. 괜히 왕족을 기소했다가 화를 당하고 싶지 않으니까.

"너무한 것 아닙니까? 변양걸이는 무슨 죕니까?"

 내가 평소답지 않게 소리를 치자 허형은 조금 당황한 듯했지만 약간 고개를 숙이고 쑥스러운 표정을 하며 변명하는 것

2장 분신사바하

으로 다시 나의 신뢰를 얻고자 했다. 그 표정을 내가 좋아한다는 것을 그는 잘 알았다.

"변양걸이는 나와 사정이 달라. 그는 우직한 포도대장이고 나는 네 번이나 파직당한 적이 있는 말썽꾸러기 아닌가. 그는 올곧기로 유명한 사람이니 이런 장계를 올린다고 해서 큰일이 나진 않겠지만 나는 이번에 파직당하면 바로 유배행일걸세. 내가 유배 가면 자네는 누가 먹여 살린단 말인가?"

물론 그렇긴 하지만, 하지만……. 아…… 정말로 모르겠다. 모르겠어. 괴로워하는 나와는 달리 모두가 이 밤의 초혼에 만족하는 듯했다.

"하나 아직도 의문이 남습니다. 형님께선 대체 왜 뜬금없이 복성군이 오성 대감을 찾아왔다는 괴담을 들려주신 겁니까?"

"그야 사실이니까."

"그럼 정말로 오성 대감이 복성군 귀신을 만났다고요?"

내가 놀라서 되물었더니 허형은 약간 기분이 나쁘다는 투로 툴툴거렸다.

"내가 오성 대감한테서 직접 들었다고 말했잖나. 이 사람, 이제 내 말은 콩으로 메주를 쑨다고 해도 안 믿을 모양이군."

이것은 좀 억울하다. 이제까지 나를 속인 사람이 이런 말을 하다니. 나는 혼란스러워 어찌해야 할지 모르는데 허형은 뭐가 그리 여유로운지 혼자 싱긋 웃었다.

"사실은 변양걸이가 서자야."

"서자가 포도대장이 되었다고요? 그게 가능합니까?"

"변양걸이의 아비는 본처에게서 자식을 보지 못했어. 집안에 대를 이을 사내라곤 아무도 없단 소리야. 그래도 제사는 지내야 하니 변양걸이가 성인이 된 이후에 그를 먼 친척에게 양사로 보냈다가 다시 자신이 양자로 삼아 합법적인 적자로 만들었지. 아비들이란 자식이 필요 없을 때는 내쳤다가 필요해지면 다시 들이는 것을 부끄러워하지도 않는다니까."

"변양걸이가 서자인 것과 복성군 귀신이 무슨 상관입니까?"

내가 묻자 허균은 그것도 모르냐는 듯이 눈썹을 치켜올렸다.

"그야. 사람은 누구나 자신의 이야기에 마음이 말랑해지는 것이 아닌가. 그 올곧은 사람이 서자라는 이유로 살해당한 복성군의 이야기까지 듣는다면 제 손으로 장계를 올리지 않고는 배기지 못하리라 생각했네."

내가 어떤 표정을 하고 있었는지 모르겠다. 허형이 내게 그 질문을 하기 전까지는 말이다.

"내가 아직도 질색인가?"

허형이 물었다. 물론이다. 사람의 마음을 그리 이용해서는 안 되는 법이다. 작은년의 입이 툭 튀어나온 것을 보니 녀석도 나와 비슷한 마음일 테지. 나는 형님의 말에 대답하지 않았고 그는 완전히 풀이 죽은 강아지처럼 어깨를 늘어뜨렸다.

"나는 자네가 필요하고 자네 역시 그렇다는 것을 알아. 아니라는 말은 하지 못할 테지. 그러니 내가 싫어도 좀 더 견뎌주게."

하지만 이렇게 잔머리를 쓰던 허형 역시 결국 보름도 지나기 전에 파직당하고 말았다. 변양걸이 자신이 올리는 장계에 허형의 이름을 넣은 데다 그가 초혼을 하고 임해군의 이름을 이끌어내기까지의 활약을 아주 기가 차도록 자세히 설명했다지 뭔가. 설마하니 조선의 관리가 괴력난신에 대한 이야기를 공식적인 보고에 적어 올릴 줄은 몰랐던 허형은 엄청나게 당황한 모양이었다. 단순하고 충직한 무관의 성정을 얕본 결과라 아니할 수 없겠다.

금상께서는 몹시 대노하시어 왕실을 능멸하고 괴력난신을 일삼는 교산 허균과 포도대장 변양걸 두 사람을 모두 파직하라 명하셨으니 세상만사 뜻대로 되는 것이 하나도 없도다!

3장

우금령

허균은 본래 우연을 신뢰하는 자가 아니나 낭만은 사랑하는 사람이므로 도리어 그것을 운명이라 부르기를 주저하지 않을 것이다.

명나라에 사신으로 갔다가 사들인 만 권의 책 속에 그것은 있었다. 한번 본 것은 잊지 않는 허균이 직접 자신이 산 책이 아니라고 증언했으므로 어쩌면 책을 포장하던 사람의 실수이거나 원숭이가 장난질을 했거나 하늘에서 황새가 짐수레 위에 떨어뜨렸는지도 모르겠다.

하지만 수많은 우연을 거쳐 허균의 손에 들어온 그 책은 어느 불면의 밤에 그를 온전히 사로잡아버렸으며 결국 허균의 인생을 영영 바꾸어버렸다. 제목도 저자의 이름도 없이 까만 비단으로 덮인 그 책은 서방 땅에서 온 것의 번역서인 듯하였으나 확실한 것은 아무것도 없었다. 오로지 그의 마음을 사로잡았다는 것만이 분명할 뿐. 흥분에 휩싸인 그가 내 손을 잡고 이렇게 말했던 것을 나는 기억한다.

"아무래도 나는 탐정이 되어야겠네."

그리고 그는 정말로 그렇게 했다.

난로회

 허형이 나주 목사라는 그 좋은 자리에서 파직당하고 결국 한양의 건천동 집으로 돌아온 다음부터 그 눈에서는 눈물이 마를 날이 없었다. 낮부터 사랑채에 이불을 깔고 모로 누워서는 엉엉 우는 소리를 내면서도 아무도 들어오지 말라 엄명을 내렸기에 형수님조차 말릴 수가 없었다. 허균이란 인간은 벗으로서나 신하로서는 몰라도 아무튼 선비로서는 참으로 볼품없는 사내임에 틀림없다.
 "아침부터 한 끼도 안 드셨답니다. 도련님이 애를 좀 써주세요."
 형수님은 허형에게 참으로 무르기만 하다. '형수님께서 받아주시니 저 형도 저 지랄을 하는 것입니다. 가만히 놔두면 하루도 못 가 새벽에 부엌으로 가서 남은 누룽지를 긁어 먹을걸요' 하고 말하고 싶었지만 차마 식객으로서 그런 말은 할 수 없었다.

그다지 걱정이 되지는 않았지만 형수님께서 직접 내 손에 호두곶감말이와 식혜를 쥐여주는 데야 어쩌겠는가. 찾아가는 수밖에. 하나도 가고 싶지 않아 죽상으로 사랑에 들르자 복도에서부터 혼자 중얼거리는 소리가 들렸다.

"내가 뭘 잘못했다고…… 드러워서 못 해먹겠네, 진짜……"
하면서 우는 소리가 얼마나 못났던지. 사정없이 미닫이문을 열고 눈물로 축축해진 베갯잇을 빼버리고 그 단내 나는 입에 곶감을 밀어 넣었더니 허형은 내게 화를 내는 것도 잊어버리고 우물우물 씹기가 바빴다.

"마이따."

맛있겠지. 아까 하나 먹어봤는데 상주곶감이라 무지하게 달더라고. 식혜도 밥알이 아주 잘 떴다. 작은년이 직접 만들었는데 그 애는 남도에 있을 때는 크게 티가 나지 않았으나 한양으로 오자 진가를 드러내어 원래 있던 찬모들이 모두 그 애를 예의 주시하고 있었다. 이대로 가다간 박힌 돌을 밀어내는 굴러온 돌이 될 것이 틀림없었다.

"너무 울지 마세요. 그래도 덕분에 주상께서 전면 재조사를 명하셨으니 전화위복이 아닙니까."

허형은 아직도 입이 툭 튀어나와 있었다.

"전화위복은 뭔 놈의 전화위복이야. 전면 재조사가 무슨 뜻인지 몰라서 그러냐? 임해군이 아닌 다른 이름이 나올 때까지 계속 조사하겠다는 거야."

"이렇게 될 걸 알았으면서 변양걸이를 이용하셨잖습니까."

"이렇게까지 될 줄은 몰랐지."

"전 정말 형님을 알다가도 모르겠습니다. 대체 왜 울고 계십니까. 형님께서 정말로 하고 싶었던 것은 변양걸이를 파직시키는 것이었습니까, 임해군을 기소하는 것이었습니까?"

"그야!"

허형은 말을 하려다가 입을 다물었다.

"탐할 탐, 바를 정! 세상에 하나뿐인 답을 찾아내는 것이 바로 탐정이 가야 할 길이라고, 그렇게 말씀하셨던 것은 허형이 아닙니까. 옳은 일을 위해 행동하다가 다소간의 피해를 본 것은 군자로서 부끄러운 일도, 슬퍼할 일도 아닙니다."

"너 보기엔 내가 탐정 같으냐?"

"명탐정 같습니다."

"그래애?"

달래는 말이 조금 효과가 있었는지 허형은 소매로 눈물을 쓱 닦아냈다. 나이만 많았지 아직 어린애라니까.

"탐정서가 몇 권 더 있었더라면 좋았을 것을."

허형은 요 안에 밀어두었던 검은 비단 책을 엄지손가락으로 한번 훑더니만 다시 원래 있던 자리로 밀어 넣었다. 대체 저 책에 뭐라고 쓰여 있기에 이 탐욕스러운 인간을 진정시키는 것인지 모르겠다.

"본래 세상에 없는 책이 읽고 싶어지거든 직접 쓰는 법입니다. 나중에 형님께서 몇 권 더 쓰시지요."

내가 물을 적신 손수건을 허형의 눈가에 대자 그는 차가웠는지 한 발 뒤로 물러났다.

"눈이 퉁퉁 부었어요. 대고 계십시오."

"보기 흉한가?"

"제가 보기엔 괜찮으나 남이 보면 비웃을 겁니다."

"남?"

허형이 되묻자 나는 입에도 담기 싫은 그 이름을 말해주었다.

"이이첨 대감이 들었습니다."

*

관송 이이첨.

종구품 최하위 문반직 참봉, 그중에서도 모두가 기피하는 능참봉부터 시작했다가 지금은 금상의 옆자리까지 올라간 그야말로 입지전적인 인물이다.

선왕들의 왕릉을 관리하는 참봉을 '능참봉'이라고 부르는데 그 자리에는 주로 음서를 통해 들어간 양반 댁 자제들이 등용되었다. 다시 말해 이이첨은 과거조차 보지 않았다. 볼 수 없었다는 것이 더 맞는 말이지만.

이이첨의 조상 중 하나가 연산군의 생모인 폐비 윤씨에게 사약을 전달한 모양이다. 그 이후로 후손들은 과거를 치를 수 없게 되었다. 보더라도 뽑아주질 않으니 말이다. 그런 집안에서 태어난 이이첨은 결국 음서로 능참봉에 제수되어 세조 대왕의 능을 관리하게 된다. 그러다 왜란 때 능에 불이 났고 이이첨은 직접 몸을 던져 어진을 구해낸 덕으로 출세를 하게 되었다고 한다.

하지만 나는 그 인간이 불 섶으로 뛰어들어 어진을 구해냈다는 말을 믿지 않는다. 누가 불을 질렀는지 어찌 알겠는가. 내가 아는 이이첨이라면 직접 불을 내고 미리 숨겨두었던 어진을 꺼내 보일 자다. 괜한 모함이라면 뭐 그럴 수도 있겠지만.

그래. 사실 그가 그랬다는 증거 같은 것은 아무 데도 없다. 내가 그를 싫어할 이유도 없다. 그럼에도 불구하고 나는 그자가 싫다. 싫어죽겠다. 그러니 내 말은 절반만 듣는 것이 좋을 것이다. 아무래도 좋은 말이 나가지가 않으니.

정치 따위는 모르는 나조차 그 이름을 알 정도로 이이첨은 명실상부 주상의 최측근이다. 그렇다고 해서 거물이라는 뜻은 아니다. 그는 아무리 봐도 멸치, 그것도 세멸 정도가 고작이며, 고래는 될 수 없을 것이다.

내가 관상은 볼 줄 모르지만 스승님으로부터 《동의보감》은 배웠으므로 조금 읊어보자면 인체의 오장육부는 사람 얼굴의 각 부위에 배속되어 있어 얼굴의 형태와 색을 주의 깊게 보는 것만으로도 병증 정도는 알아낼 수 있다.

이마는 심장, 왼쪽 뺨은 간, 오른쪽 뺨은 폐, 콧마루는 소화기, 아래턱은 신장과 연결되어 있는데 각각의 부위는 병증에 따라 색이 다르게 나타난다. 그래서 우리 의원들은 관상(觀相)이라기보다는 관형(觀形)이라는 말을 쓰는데 얼굴빛을 보고 본래의 형색을 찾아내려 하는 것이다.

이이첨의 경우 키는 지나치게 크고 얼굴은 창백하며 다리는 가느다랗다. 쓸데없이 또렷한 저 이목구비를 좋아하는 것은 기생들뿐이다. 그는 대화할 때 시선이 상대의 얼굴 위로 올라오는 법이 없고 말은 입 밖으로 내지 못하는 것처럼 웅얼거린다. 이게 다 위장에 열이 많아서다. 위장에 힘이 없으면서도 음식을 탐하니 위에 병이 생기고 숨이 가쁘고 정신이 흐리멍덩해지는 것이다. 그러니 열이 나고 때때로 화기가 올라 얼굴까지 달아오르는 게지.

열이 나는데도 얼굴에 생기가 없는 것은 하초가 허약하기 때문이니 저래서야 몇 년이나 더 혈기를 부리겠는가. 남북조 시대에는 적게 먹고 화장실에 자주 가는 사람은 기운이 없다

하여 신뢰하지도 않았다. 한데 아무리 시대가 변했기로서니 자기가 먹은 음식을 소화도 제대로 못 시키는 저런 사람을 어찌 믿을 수 있단 말인가.

물론 음식에 무절제한 것은 허형도 마찬가지다. 하지만 그는 천성이 고민을 쌓아두지 않는 성격이라 먹는 대로 기운을 뿜어내기에 도리어 옛 영웅들처럼 강골의 기상을 가졌다. 이런 두 사람이 만나 대체 무슨 이야기를 나눌 수 있단 말인가. 이이첨은 허형이 하는 말을 이해할 그릇이 되지 않고 허형은 그의 그릇이 간장 종지만 한 것을 처음부터 알아챘을 텐데.

그럼에도 그들의 만남이 성사된 것은 필시 둘이서 나눌 이익이 있기 때문이겠지. 그리고 그 중심에 금상이 있음은 자명하다.

이이첨은 한나절 내내 사랑채에 머무르면서 허형과 오랜 대화를 나누더니 해가 진 다음에야 돌아갔다. 무슨 이야기길래 이리도 오래 하는가, 하고 걱정되어 괜히 사랑채를 어슬렁거렸는데 허형의 그 보기 싫던 얼굴은 단 몇 시진 만에 다림질한 모시옷처럼 말끔해져 있었다. 그뿐인가. 어찌나 싱글벙글 웃어대는지 꼴 뵈기 싫을 정도였다.

"왜 그런 표정으로 웃습니까?"

내 질문에 허형은 함지박만 하게 입을 크게 벌리며 바보처럼 웃어댔다.

"주상 전하께서 나를 이번 과거 시험 별시의 대독관(시험 감독관)으로 임명하셨다더군."

정말로 이상한 일이다. 왕실을 모욕한 벌로 파직을 당하지 않았던가. 그런데 이렇게 빨리 용서를 해준다고? 아니, 용서했을 뿐만 아니라 또다시 관직을 준다고? 어떤 표정을 지어야 할지 몰라 당황하는 내게 허형은 얼른 덧붙여 설명을 해주었다.

"이이첨 대감의 말에 따르면 나의 이번 파직은 신하들에게 보이기 위함이지 금상의 진의는 아니라는 거야."

"그게 무슨 말입니까?"

"겉으로만 분노하셨을 뿐 속으론 내가 임해군을 물고 늘어진 것에 대해 기뻐하신다는 말일세."

"기뻐하신다고요?"

"그래. 명나라에서는 금상을 조선의 임금으로 인정하지 않고 있거든. 서장자인 임해군이 있는데 서차자인 광해군을 임금으로 올리지 말라는 거야. 세자셨을 때부터 그리 인준을 해주지 않더니만 왕위에 올랐는데도 이러다니. 엊그제도 명나라 사신이 와서 임해군을 임금으로 추대하라고 그리 간섭을 했다는구먼. 그러니 전하께서 작은 흠이라도 잡아 임해군을 내치고 싶어 하시는 것도 당연하지 않겠나. 하지만 형님인 임해군을 홀대할 수도 없으니 명목상으로만 내게 죄를 내리셨다, 이거라네."

"그럼 형님께서 임해군을 물고 늘어진 것이 오히려 득이 되었군요. 그것이 형님께서 다 의도하고 하신 일인지는 모르겠지만……."

"물론 다 계산된 행동이지! 역시 전하께선 내 맘을 알아줄 줄 알았네."

그 말이 참인지 거짓인지는 알 수 없지만 이 대독관이라는 자리가 아무에게나 주어지는 것이 아니니 정말로 금상의 신임을 얻기는 한 모양이었다. 대독관은 어떤 의미에서는 임금 옆에 붙어 일인지하 만인지상의 권력을 누리는 도승지보다 더 좋은 자리이기 때문이다.

왜냐고? 그야 조선 양반들이 가장 중요하게 생각하는 것이 무언지를 생각해보라. 인륜지대사라고 하는 혼인? 아니면 아이를 낳아 대를 이어 제사를 모시는 것? 그래. 그것들도 중요하기는 하지. 하지만 얼굴도 모르는 사람과도 할 수 있는 것이 혼인이며 대를 잇는 것 또한 양자를 입양하거나 방계를 입적하면 될 일이니 언제나 차선책이 있다. 하지만 입신양명만은, 이것만은 양반의 평생에 걸쳐 직접 자신의 힘으로 이루지 않으면 안 된다.

김 진사, 이 대감, 박 영감, 하며 직함이 이름을 대신하는 나라에서 성씨 뒤에 참봉이라도 붙지 않는 인생이란 얼마나

서운하겠나. 하나 과거 시험 말단에라도 붙어 양반의 체면을 유지하는 일이 어디 쉬운가. 소과 합격자가 300명이라도 그중 대과의 관문을 뚫는 것은 스무 명이나 될까. 하지만 이 어려운 길을 한 번에 정리해주는 사람이 있다면 어떨까.

대독관이 먼저 시제라도 유출한다면, 아니 그저 시험 당일에 시험지를 보고 좋다고 한마디라도 해준다면 누구라도 가문의 오랜 수치에서 벗어날 수 있는 것이다. 그러니 지금 건천동에 뇌물인지 선물인지를 들고 기다리는 자들이 10리 밖까지 이어진 것도 다 이유가 있다 하겠다.

뇌물을 주는 마음을 모르지 않는다. 이따금은 안쓰럽기도 하다. 하지만 뇌물을 받는 마음은…… 뭐 내가 그런 것까지 이해해줘야 하겠는가. 이런 마음으로는 허형을 보아도 좋은 말이 나갈 리가 없어 피해 다녀야겠다 생각했으나 사실은 그럴 필요도 없었다. 허형이 정말로 바빠져서 나를 만나주지 않았기 때문이다.

이대로라면 자연스럽게 멀어져서 다음 계절이 바뀌기 전에 새로운 거처를 알아봐야 할지도 모르겠다 생각했을 때 허형이 나를 부른다고 작은년이 말해주었다.

"나를 왜 부른다더냐."

"식사나 같이 허자고요. 뭐 드시고 싶은 게 있냐 물으시던디요."

허형이 이렇게 물어보는 일은 굉장히 드문 일이다. 그 사람은 계절에 따라 그날의 날씨에 따라 그리고 자신의 몸 상태와 집안에 남은 식재료의 상태에 따라 먹고 싶은 음식이 바로 바로 정해지는 인간이라 남에게 자신이 먹을 음식에 대해 물어보는 일은 내가 알기로 없었다. 한데 왜 내게 그런 것을 묻는단 말인가. 이상하군. 정말로 마지막 식사라도 할 참인가. 나는 잠시 생각했다가 곧 고개를 가로저었다.

"허형께서 드시고 싶은 것이면 뭐든 좋다."

"그르지 말고 소고기 드시고 잪다고 허시오."

"소고기는 무슨. 지금 전국에 우금령이 퍼지지 않았느냐."

비가 오질 않아 보리농사가 완전히 망했다는 소리를 들었다. 그뿐인가, 모내기를 할 때가 되었는데도 아직 충분하게 비가 오지 않으니 어쩌면 가을까지 가뭄과 흉작이 이어질지도 몰랐다. 보릿고개를 제대로 넘지 못해 경상도에서는 굶어 죽은 사람도 있다 하니 농사를 짓는 소를 잡아먹지 못하도록 우금령이 내려온 것도 그럴싸한 처사였다. 하지만 작은년은 거기까지는 생각이 미치지 못했는지 태평해 보였다.

"나리가 도련님 몸보신 시킬라믄 뭘 못 허것소. 어디 다리 부러진 소라도 구해 오것지라. 긍께 소고기 드시고 잪다고 허요."

"내가 몸보신이 왜 필요해."

"도련님 첨 뵀을 때 워찌 선비 허리가 한 줌인가, 밥도 못 얻어묵고 다니능가, 허고 놀랐는디 지금은 그때보다 더 마르셨응께요. 나리가 바쁘셔서 같이 식사를 못 허싱께 영 입맛이 읎으신 것도 알것지만서두 자그 몸은 자그가 챙겨야지라."

내가 먹지 못하는 것이 허형 때문이라니. 그것은 작은년의 과장이다. 요즘 입맛이 없어 식사량이 줄었지만 끼니를 그리 많이 거른 것도 아니다. 나는 손바닥을 펴서 이리저리 돌려 보았다. 손등에 울퉁불퉁한 정맥이 튀어나오고 손가락뼈가 도드라져 보이기는 했으나 본래 몸무게라는 것은 매일 조금씩 달라지는 법이 아닌가.

"참말로 드시고 싶은 것이 읎소?"

글쎄. 어떤 것이 먹고 싶을까. 먹고 싶은 요리가 바로바로 생각날 만큼 식욕이 돋지 않아 잘 모르겠다. 하지만 그것 하나는 지나치게 많이 먹었지.

"곰탕만 아니면 뭐든 좋겠다."

"뭐든 좋다 이거지라?"

"그래. 뭐든."

그 말이 그렇게 될 줄은 그때는 정말로 몰랐다.

허형이 별채에서 보자기에 그리로 갔는데 들어서자마자 나는 웃음을 참을 수가 없었다. 거기에는 나주에서 작은년이 들어가 숨었던 바로 그 탁자가 놓여 있던 것이다. 허형은 내가 그것을 알아보는 것이 좋았는지 역시 입꼬리를 길게 올려 웃었다.

"이걸 여기까지 가져오셨습니까?"

"그럼 가져왔지. 고기 구워 먹는 탁자가 어디 흔한가. 자, 어서 앉게."

허형은 의자에 나를 앉히고 언제 준비했는지 물수건으로 내 손을 얼른 닦아주었다. 마치 손님맞이라도 하는 것처럼 말이다. 허형은 탁자의 제대로 된 쓰임대로 고기를 구워 먹기로 했는지 발갛게 익은 숯불 화로를 넣었고 그 위에 번철*을 올려놓았는데 맞춘 것처럼 딱 맞았다.

"번철이 달궈지는 동안 내가 준비한 것이 있네."

허형이 거들먹거리자 그 몸뚱어리 뒤에 숨어 있어 보이지도 않던 작은년이 입을 툭 내밀며 구시렁거렸다.

"나리가 준비혔소? 지가 혔지."

"내가 조리법을 다 일러주지 않았느냐. 그러니 내가 한 것이지."

둘이서 투닥투닥 하더니만 접시를 하나 가져왔는데 맙소사……. 그것은 생고기였다. 그것도 아직 근육이 움찔거리는 소고기의 어떤 부위 말이다. 얇게 썰려 있기는 했지만 아무

---

*　솥뚜껑처럼 생긴 둥글고 넓적한 무쇠 그릇.

래도 그것을 직접 먹을 마음은 들지 않았다.

"저는 괜찮습니다. 형님이나 많이⋯⋯."

내가 말을 다 맺기도 전에 허형의 젓가락이 내 잇속을 찔렀다. 날것에 대한 거부감 때문에 처음엔 뱉으려 했으나 입에 들어온 고기는 저항할 새도 없이 입안에서 순식간에 녹아들었다.

"고기 맛이 아주 일품이지?"

아닌 게 아니라 정말로 맛이 있었다. 소고기라는 것은 본래 비리고 질긴 것으로 알았는데 이것은 씹을 필요도 없었다. 이에 거슬릴 것이 없고 코에 향기로워 이토록 부드럽게 넘어갈 수도 있는 것이었구나. 내가 놀라며 "이게 정말 소고기란 말입니까?" 하고 되묻자 허형은 뻐기는 듯한 표정으로 입꼬리를 올려 웃었다.

"잡은 지 두 시진도 안 지난 소라고 하더구나. 임금님도 이런 고기는 못 드셔보셨을 게다. 온갖 궁녀나 숙수들 손을 거치고 검사하고 소주방에서 조리했다가 옮겼다가 퇴선간에서 데워 먹는 고기가 이보다 좋지는 못할걸? 보이느냐? 아직도 근육이 움찔거리는 것이."

농담이 아니다. 아직도 힘줄 어느 부분부터 심장이 이어진 듯이 고기가 두근두근 하고 움직였다.

"아직 사후 경직도 안 풀렸어. 멀리서 보면 거짓말 조금 보태 팔딱이는 생선이라 생각할 게야."

허형은 두껍게 자른 고기를 소금장에 찍어 젓가락째로 다시 내 입에 넣어주었다. 이번에는 어미 새에게 먹이를 받아먹는 아기 새처럼 나도 얼른 입을 벌렸다.

"이런 고기는 정말 처음 먹어봅니다. 기름과 살코기의 배치가 일반 소고기와는 달라요. 대체 이게 뭡니까?"

"태어나면서부터 풀을 한 포기도 먹이지 않고 기른 소라고 하더군."

"소가 풀을 안 먹으면 뭘 먹습니까?"

진심으로 몰라 물은 것이었는데 허형은 그것도 모르냐는 듯 젓가락으로 밥그릇을 톡톡 쳤다.

"곡식을 먹지. 수수나 보리는 물론이고 명절에는 쌀도 먹였다니 고기 질이 이토록 연하고 부드러울 수밖에. 여기 이 색깔 좀 봐. 동백이라도 이처럼 붉지는 않을걸. 건강함에도 색깔이라는 게 있다면 딱 이런 색일 거야. 불그레하고 발그레하고 꽃처럼 결이 생생하지 않은가."

가뭄에 사람 먹을 곡식도 없는데 소에게 뭘 먹였다고……? 양반들의 윤리의식은 나와는 너무 달라서 가끔 정신이 아득해진다. 허형도 그렇다. 그는 한없이 좋은 사람 같다가도 너무나도 무신경해서 어쩔 줄 모르겠다. 분명 악의는 없을 것이다. 알고 있다. 그래, 굳이 문제가 있다면 이 모든 것에 불만을 갖는 내게 있겠지.

　나와 그는 시작점부터가 다르다. 그는 평생 쌀이 떨어질 일이 없는 도깨비 항아리가 있는 집에서 태어났고 나는 그 항아리의 곡식을 훔쳐 먹는 쥐새끼로 났으니 서로를 이해하기는 어려울 것이다. 하지만 적어도 나는 내가 쥐새끼인 것을 알고 있다. 한데 그는 자신이 특혜를 받고 산다는 것을 알고는 있을까. 아니, 그런 일에 대해 생각을 한 번이라도 해본 일이 있을까. 그는 좋은 양반일 뿐, 한 번도 이 땅의 백성이어본 일이 없다. 조선의 10분지 1, 아니 100분지 1에 해당하는 양반인 그는 100분지 99에 속하는 나의 마음은 영원히 제대로 알 수 없으리라. 비록 그에게 측은지심이 있다 하더라도.

　"무슨 생각을 그리해. 생각은 언제든 할 수 있지만 이런 고기는 쉬이 만날 수 없다네. 그러니 먹고 생각하게."

　허형이 육회 접시를 내 쪽으로 밀었다. 과연 색이 아름다웠는데 접시 위에 주먹만 하게 뭉쳐 담아놓은 것이 꼭 담장 위에 핀 능소화 같았다.

　"고기 말입니다. 누가 주었습니까?"

　"누가 주긴 누가 줘. 그냥…… 저냥 생긴 것이지."

　벌써 몸이 배배 꼬인다. 아무튼 거짓말은 죽어도 못하는 양반이다.

　"누군데요."

한 번 더 물었더니 그제야 입을 웅얼거렸다.

"웅얘."

"똑바로 말해요."

"……홍영."

"홍영이 누군데요."

"내 조카사위인데 처삼촌 먹으라고 소고기를 갖다주지 뭔가."

아이고 두야. 나는 인당혈을 또 엄지손가락으로 누르는 수밖에 없었다.

"그러니까 홍영이란 사람은 형님께서 과거 시험을 주재하는 대독관이라는 사실이 알려진 후에 찾아온 먼 친척이시군요."

"그렇게 볼 수도 있겠지."

"뇌물은 안 받는 줄 알았는데요."

"뇌물이라니. 가족끼리의 그냥 작은 성의 표시야."

미치겠구먼. 나와 만나지 않은 4년간 무슨 일이 있었기에 허형이 이렇게까지 타락했는가. 이젠 뇌물로 소고기까지 받아 처드신다. 그런데 그 고기를 나한테까지 먹여? 나는 이미 입맛을 잃었는데 작은년은 그것을 아는지 모르는지 맛있게 육회를 먹고 있었다.

어린 찬모에게도 굳이 귀한 육회를 먹게 해주는 상냥한 사람이 어째서 뇌물이 나쁘다는 것은 모르는가. 내가 젓가락도 대지 못하고 꽃구경하듯 육회를 감상만 하자 허형은 내가 낯설어서 망설이는 것이라 생각했는지 자랑하듯 입을 열었다.

"기름기 없는 양지머리를 얇게 저민 것이야. 우선 찬물에 잠깐 담가 핏기를 뺐는데 너무 오래 두지는 않았네. 워낙 신선하니 그럴 필요가 없었지. 그리고 실처럼 가늘게 채를 썬 다음에 파와 마늘을 다져 넣었어. 후추에 깨소금과 꿀, 참기름과 잣가루를 넣고 잘 주물러서 잠깐 재워뒀다가 먹어야 하는데 잣가루가 아주 중요해. 양지는 씹는 맛이 좋지만 기름기는 아무래도 부족하니 참기름과 잣으로 풍미를 채워주어야 하거든. 좋은 잣을 구해다가 종이를 대고 칼등으로 곱게 다져서 쓰면 입에서 겉돌지 않고 육회와 잘 어우러지지. 그리고 마무리로 달걀노른자."

그가 동그란 달님 같은 달걀노른자를 육회 위에 떨어뜨리더니만 젓가락으로 구멍을 내었다. 노란 빛깔이 붉은 육회에 스며들어 고기 위에 촉촉한 윤기가 돌아 참으로 먹음직스러웠다.

"이러면 고소함이 극대화된다네. 어서 먹게."

"괜찮습니다."

"괜찮기는. 자네가 소고기 먹고 싶댔잖은가."

멀찍이서 육회를 먹는 작은년이 나를 보고 씩 웃더니 한쪽 눈을 찡긋했다.

맙소사. 오늘의 난로회는 나 때문에 만들어진 것이었나. 작은년이 내가 소고기가 먹고 싶다고 전했기에 이 뇌물을 받았단 말이야? 고작 나 때문에?

"또 무슨 생각을 하는 게야. 생각은 나중에 하고 일단 먹으라니까 자네도 참 말을 안 듣는군."

허형의 젓가락이 입안으로 밀고 들어왔다. 뱉고 싶었지만 그것은 마음뿐, 육회는 몹시도 달았다. 고기가 혀끝에 닿자마자 녹아버리면서도 참기름과 잣의 맛, 꿀의 단맛, 깨소금의 미묘한 짠맛이 모두 느껴졌다. 마치 본래부터 내 살이었던 것처럼 육회는 입천장에 붙어 목구멍까지 미끄러지더니만 순식간에 녹아들었다. 작은년 역시 육회를 게 눈 감추듯 먹어치웠다. 씹을 것도 없었다. 모두 녹아버렸으니.

"육회라는 것은 첨 먹어보요. 고기는 원래 비린내가 나고 질긴 것인 줄만 알았는디 양반들은 이렇게도 먹는구먼요."

작은년의 감상에 공감한다. 양반들은 이렇게도 먹는구나. 나는 양반들이나 먹는 고기를 먹어 좋으면서도 조금 부끄러웠다. 어째서 이런 감정이 드는지는 모르겠다.

허형은 흐뭇하게 내가 먹는 양을 보더니 달궈진 화로에 양념한 고기를 올렸다. 빗소리처럼 기분 좋은 소리가 났다. 타닥타닥하는 소리와 함께 간장 타는 달큰한 냄새가 방 안을 가득 채웠다. 육회도 훌륭했으나 역시 고기 굽는 냄새만 한 것은 없다.

"간장과 달걀, 파와 마늘을 넣고 잠깐 재운 거야. 워낙 고기가 신선하니 활활 달군 전립투에 겉면만 살짝 익혀서 먹자. 자, 봐라, 색이 변했지. 그럼 벌써 다 익은 거야."

허형은 고기 한 점을 얼른 구워 내 밥그릇 위에 놓았다. 이것을 어찌해야 하나. 나는 그간 당신이 질색이라 같이 밥도 먹지 않았는데 그는 여전히 내게 이렇게 살갑다. 아무것도 아닌 나를 달래기 위해 소고기를 직접 구워 먹여주는 그의 상냥함이 지겹다.

"먹지 않고 뭐 하느냐. 식으면 맛이 없다."

나는 고기를 집어 먹었다. 내가 먹어본 어떤 고기보다 맛이 있었다.

"많이 먹어라. 고기를 구워 먹다가 전립투 우묵한 부분에 육즙이 고이면 채소도 데쳐 먹고 남은 국물에 국수도 말아 먹자."

나는 고개를 주억이며 그가 구워준 고기를 받아먹었다.

"내일은 이것으로 설야멱을 해 먹자. 소고기 등심을 손바닥 두께만큼 두껍게 썰어서 편을 만들고 칼등으로 두들겨 연하게 한 뒤에 대나무 꼬챙이에 꿰는 거야. 그 위에 소금과 참기름을 발라 차곡차곡 재워놨다가 숯불에 굽는 거지. 굽다가 불길이 오르면 얼음 속에 넣어 식히고 다시 굽다가 또 얼음 속에 넣어 식히고……. 그렇게 기름을 발라 또 구우면 얼마나 맛이 좋은지 아느냐."

그의 이야기를 듣는 것만으로도 이미 고기를 먹은 것 같았다. 나는 그가 내게 구워준 고기를 다시 집어 그의 밥그릇 위로 옮겼다.

"형님도 드십시오."

허형의 얼굴이 발갛게 달아올랐다. 불판이 많이 뜨거운 모양이었다. 그는 내가 준 고기를 입에 넣고 얼른 씹어 삼키고는 툭 내뱉듯이 말했다.

"나를 너무 오래 미워하지는 말아."

"제가 어찌 형님을 미워하겠습니까."

이것은 진심이다. 내가 어찌 그를 미워할 수 있겠는가. 그는 좋은 사람이다. 내 인생에서 앞으로 다른 누구를 만나게 되더라도, 어떤 군자를 만난다 해도 그보다는 못할 것이다. 이 미천한 서자에게 이토록 마음을 써주는 사람이 세상에 둘이나 있을 리는 없으니.

"내일 설야멱은 제가 굽겠습니다."

허형이 조용히 웃었다. 하지만 우리는 다음 날 설야멱을 먹을 수 없었다. 구웠다가 얼음물에 담갔다 다시 굽는 그 수고로운 과정으로 만들어진 고기를 입에 넣기 직전, 임금의 호위대인 금군이 들이닥쳤기 때문이다.

"죄인 허균을 추포하라!"

싸늘한 금위대장의 말에 금군들은 강강술래를 하는 아낙들처럼 허형을 완전히 둘러싸고 그대로 그를 수레에 넣어버렸다.

"죄목이 뭡니까!"

신발도 신지 못한 채로 허형을 따라가던 내게 금위대장은 그 거만한 콧수염을 말아 올리더니만 이렇게 대답했다.

"나라에 큰 가뭄이 들어 온 백성이 자중하는 이때에 우금령을 어기고 호화로운 음식을 탐했으니 이 죄를 어찌 가볍다 하겠는가!"

그렇게나 몸을 사렸거늘 결국 추포되어 파직되는 연유가 고작 소고기 때문이라니. 아아. 고작 소고기 때문이라니. 그 자리에 주저앉아 잡혀가는 허형의 뒷모습을 보는 것밖에 나는 아무것도 할 수가 없었다.

*

"하나요!"

찰싹.

"둘이요!"

철썩.

"셋이요!"

철퍽.

세는 숫자가 늘어날수록 맞는 소리가 달라지는 것은 희한한 일이다. 같은 세기로 때려주면 좋으련만. 나는 불이 날 것 같은 엉덩짝을 만지지도 못하고 입술을 앞니로 꾹 눌러 참았다. 허형의 안절부절못하는 우스운 얼굴만이 위로가 되었다. 제가 맞는 것도 아니면서 어이구 어이구 하는 꼴이 얼마나 재미있는지 모른다. 세상에 사람이 그리 많은데도 허형만이 나를 웃기는 재주가 있는 것은 신기한 노릇이다.

곤장을 서른 대 맞아내자 허형은 형옥의 창살 안에서도 내게 눈을 떼지 못했다. 창살 틈으로 손을 잡았는데 땀이 흥건했다.

"이런 바보 같은 짓을 하다니! 대체 이게 무슨 꼴이야."

허형이 나 때문에 화내는 모습이 좋다. 내가 그에게서 받은 유형의, 무형의 것들에 대해 조금 갚은 것 같은 기분이 든다.

"저 때문에 이리되셨는데 저는 돈도 없고 드릴 수 있는 것이 없으니 몸으로 때우는 수밖에요."

"지가 안 된다구 그리 말렸는디 듣지도 않았어라."

작은년이 얼른 쪼르르 달려 나와 변명했다. 허형은 피가 튀어 보기 흉하게 젖은 내 하부를 힐끗 보더니 고개를 돌렸다.

"다시는…… 다시는 이러지 말게. 또 한 번 이런 짓을 했다간 자넬 보지 않을 거야."

거짓말. 그는 내가 어떤 잘못을 한들 다시 나를 봐줄 것이다. 하지만 나는 고개를 끄덕였다.

"그러겠습니다."

온순한 내 대답이 그는 마음에 들지 않는 모양이었다. 그는 목이 메는 듯 입을 앙다물고는 나를 가만 노려보았다.

"거짓말."

"제가요?"

"그래. 자네는 거짓말을 할 때마다 한쪽 눈이 떨려."

아무튼 안 그렇게 생겼으면서 사람들의 미묘한 표정은 기가 막히게 알아맞힌다. 탐정인지 뭔지 하는 것을 할 때에도 이런 재주를 이용하는 모양이다.

"그래요. 거짓말입니다. 하면 거짓말쟁이가 가져온 유밀과는 드시지 않을 겁니까?"

내가 눈짓하자 작은년이 건천동 집에서 가져온 보따리를 풀었는데 여인의 땋은 머리처럼 모양을 낸 유밀과를 보자마자 허형의 표정이 풀어졌다. 아무튼 입을 다물게 하는 데는 유밀과만 한 것이 없다.

조선에서 둘째가라면 서러울 만큼 부잣집인 허씨 집안이지만 모든 제사 때마다 유밀과를 만드는 것은 아니다. 쌀도 귀한데 그보다 귀한 밀을 가루 내어 참기름에 조청을 섞어 반죽했다가 또다시 참기름에 튀기고 조청에 다시 절여내는 이 과자는 그야말로 사치품이니 1년에 열두 번도 넘는 제사 때마다 유밀과를 튀긴다면 음식 가지고 사치한다고 꽤나 욕을 들어 먹을 것이다. 나라가 어려울 때마다 유밀과를 만들지 말라고 조정에서 금하는 이유가 다 있는 것 아니겠는가. 하지만 어린 조카님의 제사에 유밀과 하나쯤 올리지 말라는 법도 없다. 젖도 먹지 못하고 죽은 아이의 상에 가장 귀한 유밀과를 올려주고 싶은 것이야말로 부모 마음이니.

"벌써 그날이 왔군. 아직도 그날만 생각하면……."

허형이 말을 채 끝맺지 못했다. 허형이 그날이라 하는 것은 언제나 임진년의 그날이었다. 나 역시 그날을 어제 일처럼 생생하게 기억했다.

나라에 난리가 나면 아무리 양반이라 해도, 심지어 임금이라 해도 도망가는 수밖에는 없다는 것을 그때 처음 알았다. 강릉 제일의 부자라고 하는 허씨 집안 사람들도 예외는 아니어서 허형과 나, 그리고 형수님은 집안의 가솔들과 함께 피난길에 있었다. 우리는 오래 걸었으며 굶주렸다. 무엇보다 나쁜 것은 형수님께서 임신 중이셨다는 사실이다. 매일같이 울리는 대포 소리며 총포 소리에 형수님은 많이 예민해진 상태였고 예정보다 석 달이나 이르게 출산일이 찾아왔다.

"재영이, 부탁일세. 제발, 제발 내 아내를 살려주게."

그때 허형의 얼굴은 마치 시체와도 같았다. 이틀간 지속된 진통으로 혼절해버린 형수님과 같은 얼굴빛이었다. 누가 그 얼굴에 대고 나는 못 한다고, 할 수 없다고 말할 수 있겠는가.

당시 나는 의술이라곤 배운 적이 없었으나 그토록 간절한 얼굴을 외면할 수는 없었다. 그래서 나는 내 능력 밖의 일을 약속해버리고 말았다.

"걱정 마십시오, 허형. 제가 무슨 일이 있더라도 형수님과 조카님을 살려내겠습니다."

내가 그에게 했던 최초의 거짓말이었다. 나는 그럴 능력이 없다는 것을 그 순간에도 알고 있었다. 하지만…… 달리 어찌 말해야 할지 알 수 없었다. 어쩌면 나는 그때도 한쪽 눈을 파르르 떨었는지도 모른다.

"아기는?"

양손에 피를 흥건히 묻히고 아기를 받아냈으나 아기는 힘이 없어 울지도 못하고 있었다. 이대로라면 며칠 살지 못하리라. 하지만 나는 다시 거짓말을 늘어놓았다.

"건강합니다. 지금 잠깐 잠들었어요. 그러니 걱정 마십시오."

축 늘어진 아기를 낡은 두루마기로 꽁꽁 싸매어 품 안에 안겨드린 다음에야 형수님은 안심한 듯 눈을 감으시고 다시 뜨지 못하셨다.

"잠깐만 주무십시오. 나중에 깨워드리겠습니다."

허형이 쓰러질까 봐 나는 또 거짓말을 했다. 나는 그 전쟁 내내 거짓말만 했다. 어쩌면 그래서 허형이 내 거짓말을 알아보는지도 모른다. 허형이 아내와 아들을 잃었던 그 전쟁에서 나 역시 무언가를 잃어버렸다. 마음속에서 무엇을 잘라버렸다. 사실 그 이후로는 그를 보지 않고 살고 싶었다. 그를 볼 때마다 그때의 무력감이 다시금 떠올랐기 때문이다. 하지만 그는 나를 내버려두지 않았다. 아무리 해도 우리의 연은 끊어지지 않았다. 그가 늘 나를 다시 찾아주었기 때문에.

"같이 먹자."

형옥 안으로 넣어준 유밀과를 허형은 굳이 집어 내 입에 먼저 넣어주었다. 머리가 쨍하고 울릴 만큼 달달한 조청의 맛이 입안 전체에 돌아 엉덩이가 아픈 것도 잊어버릴 정도였다.

"형님도 드세요."

나 역시 유밀과를 하나 꺼내 그의 입에 넣어주었다. 다디단 유밀과를 아무 소리 없이 씹고 있으려니 작은년이 불평하는 소리가 들렸다.

"아이고, 아무도 나헌티는 먹으라는 말을 안 혀중께 내 입은 입이 아니라 조동아리인갑소."

허형은 웃으며 얼른 가장 큰 것 하나를 집어 창살 밖 작은년의 입에 넣어주었다.

"나 없이도 어제 일은 잘 치렀나?"

작은년은 대답하는 대신 내 눈치를 살폈다. 나도 작은년과 눈을 맞추고 어째야 하나 조금 망설이다가 결국 내가 먼저 이야기를 꺼냈다.

"안 그래도 그 말씀을 드리려고 했는데 실은 어제 사장[*] 어르신께서 찬모를 둘이나 보내왔었습니다."

"장인어른께서? 그분이 웬일이시지. 날 몹시 싫어하시는 줄 알았는데."

"그간은 형님께서 워낙 잘 준비하셨기에 신경 쓸 일이 없으셨으나 올해는 아무래도 상황이 다르니까요. 작은 마님께 큰 마님의 제사 준비를 시키는 것도 예의가 아니시라며 직접 찬모들을 보내주신 것까지는 좋았습니다만……."

내가 계속 중요한 이야기는 하지 못하고 망설이자 허형이 그제야 무슨 일이 생긴 줄 눈치채고 날카로운 눈으로 나를 바라보았다.

"뜸 들이지 말고 말해보게."

허형이 나를 채근하였으나 이번만은 어쩔 수 없었다. 절반만 아는 것은 모르는 것만 못하다. 유가의 학자가 모르는 것

---

[*]   형의 장인 장모를 이르는 말.

을 아는 척 이야기할 수도 없으니 나는 작은년을 앞세웠다.

"저는 사실 '그 사건'이 생겼을 때 그 자리에 있지 않았습니다. 음식을 예에 맞게 상에 올리느라 바빴거든요. 그러니 작은년이에게 듣는 것이 더 정확하실 겁니다."

"호오. '사건'이라. 이제야 좀 입맛이 도는군."

허형이 눈을 가늘게 떴다. 저 표정이라면 나도 알고 있었다. 좋아죽겠지만 웃음을 참고 있는 얼굴인데 실은 내가 제일 좋아하는 표정이다.

유밀과

긍께 어제는 칠석이었지라.

나가 살던 함열서는 칠석만 되며는 마을 사람들이 모다 나와가지구서는 사당패 불러 음악도 듣고 춤도 추고 혔습니다마는 허씨 집안에선 그렇게 조용할 수가 없습디다.

알고 봉께 칠석이 돌아가신 큰 마님과 큰 도련님의 기일이람서요? 어쩐지 작은 마님 표정이 메칠 전부텀 안 좋습디다.

사실 저 이 집에 와서 첨에 얼매나 놀랬는지 몰러요. 마님을 마님이라 안 부르고 '작은 마님'이라 부릉께 저는 틀림없이 작은 마님이란 분이 첩실인 줄로만 알았지라. 근디 근

20년 전에 돌아가신 분을 '큰 마님'이라구 허고 직금 있는 마님을 '작은 마님'이라 부르는 것을 알고는 이야 이거 이분도 맘고생을 솔찬히 허셨겠구나 싶드라니께요.

  칠석 제사는 본래 나리께서 준비허시는 거라고 듣기는 혔는디 올해는 나리도 안 계시고 해필 지두 올해 첨 왔웅께 재영 도련님이 도와주시겠다 말씀은 허셨소. 허지만 재영 도련님이 나물을 무칠 줄 알기를 허것소, 전을 부칠 줄 알기를 허것소. 도련님께서는 지방이나 쓰시고 상차림에나 신경 쓰시게 허고 이번에는 나가 고생을 많이 혀야것다, 허고 맴을 먹고 있었는디 다행히도 사장 어르신께서 안동 김씨 집안 찬모를 두 분이나 보내주셨지 뭐여라.

  서씨 성님이랑 여씨 성님 두 분이신디 둘 다 연배가 저보담 한참 많았어라. 두 분 다 낼모레 환갑은 될 것 같아 보였소. 그래 나이도 많은디 워찌 여그꺼정 오셨능가, 여쭤봤드니만 서씨 성님은 큰 마님이 태어날 때 직접 탯줄도 잘랐고 세 살이 될 때꺼정 젖을 먹이셨던 젖어멈이라 허고, 여씨 성님은 큰 마님 시집가기 전까지 곁에 꼭 두고 챙겨주신 보모라 허대요. 시집보내고 한번 뵙지도 못허다가 20년 지나 제사상 차리러 오게 될 줄은 몰랐다믄서 눈물을 보이시드라고요. 두 분 다 큰 마님을 애끼는 마음으로 오신 거지라. 그 마음이 을매나 고맙소. 그래, 이 작은년이 잘 혀드려야겠다, 그리 다짐

혔소.

 암만 안동 김씨에서 찬모가 왔어도 허씨 집안에서 손 놓고 있을 수는 읎지라. 여기서는 저허고 삼월이 성님 둘이 일을 돕기로 혔소.

 첨에는 안채에 있는 마당에서 일을 헐랑가 싶었는디 웬걸, 작은 마님께서 사랑채를 내주시데요. 본래 나리께서 허시던 일이싱께 사랑채에서 허는 것이 맞다시면서요.

 허긴 지는 사랑채가 더 편허긴 허지라. 안채에서는 혀본 적이 읎응께요. 근디 안동 김씨 찬모들은 싫어허드라고요. 외간 남자의 부엌에서 요리허는 것이 벨로라든가 뭐라든가.

 부엌이 부엌이지 남자 부엌 여자 부엌 따로 있소? 그 부엌도 따지고 보면 나가 관리허는 부엌잉께 여자 부엌인디 웃기지도 않어요. 사대부가의 하인들은 지들두 사대분 줄 안대니께요. 저처럼 월봉 받고 일허는 찬모들은 암만 혀도 고런 사람들이 불편허지만서두 딱 하루 같이허는 것인디 뭐 따지고 말고 헐 것도 읎지라.

 음식 허는 자리로는 본래 부엌에 화구가 세 개 있는디 그걸로 모지란 것 같어서 마당에 임시 화덕을 두 개 쌓았소. 아무래도 안쪽의 부엌 자리는 햇빛이 가려지니께 그짝이 나이 많은 성님들이 가야 허는 것이 아닝가 싶어설랑 안동 김씨 찬모들을 그리로 보냅시다 혔더니만 삼월이 성님이 승질을 내드라고요. 워찌 허씨 집안 부엌에 남의 집안 찬모들만 보내 겠냐고요.

 그 성님이 좀 그렇게 고지식헌 데가 있소. 텃새를 음청 부리걸랑요. 지가 첨 왔을 때두 신입 찬모는 맨 마지막에 요리를 허라구 화구도 주지를 않을 때가 있었어라. 재료도 맨 지들이 쓰다 남은 것만 주구. 그래도 지는 우리 나으리께서 계속 살펴주셨응께 그다지 괴롭힘당허지는 않았는디, 암턴 허씨 집안에 들어온 찬모치고 삼월이 성님헌티 혼나지 않은 사람은 읎다대요.

 아이고 죄송허요. 지가 남의 욕을 허다봉께 할 말을 놓쳤구먼이라. 암튼 그 성님이 그런 성격잉께 오히려 나는 도와주러 온 찬모들을 홀대허지 말아야것다, 허고 다짐을 혔단 말여요. 그랑께 절충안을 냈지라. 그라믄 안동 김씨 찬모 한나, 허씨 문중 찬모 한나 이렇게 짝을 붙여갖고 일을 허자. 그래갖고 부엌에는 삼월이 성님허고 보모였던 여씨 성님이, 바깥 화덕에는 저허고 젖어멈이었던 서씨 성님이 일을 허게 됐소.

 삼월이 성님은 떡을 허고, 보모 성님은 밥이랑 국을 허시고요. 나랑 젖어멈이 아무래도 바깥에 있응께 기름 쓰는 일을 허기로 혔지라. 젖어멈이 마당에서 적허고 전을 부치며는 나가 옆에서 유밀과를 허는 것으루 말여요. 근디 참 희한허더라고요. 왜 삼월이 성님이 나보구 유밀과를 맽기셨으까요?

152

이해가 안 가더라 이 말이오. 왜냐믄 유밀과는 비싼 재료로 맨들잖어요. 밀가루에 참기름에 꿀이 들어가는 요리니께 신입한텐 절대 안 맽기걸랑요. 본래는 찬모 중에도 제일 고참에다 실력 좋은 사람이 맨드는 요리니께 이상허달밖에요. 평시의 삼월이 성님이라믄 절대로 나헌티 그런 걸 안 맽기지요. 근데도 나헌티 맽기는 것을 보고 아, 쪼까 이상헌디 싶기는 했어라. 그게 아마 기시감 같은 것일랑가요. 뭔 일이 일어나기는 일어나겠다 싶드라니께요.

그래 요리를 헐라구 정리를 허는디 그 젖어멈 했다는 성님이 저헌테 그러는 거여요. 저그가 유밀과를 만들면 안 되겠냐구. 삼월이 성님 아시면 큰일 날 것 같아서 첨엔 안 된다구 혔는데 을매나 간절허게 부탁을 허든가요.

"우리 아가씨께서 본래 내가 만든 유밀과를 좋아하셨네. 그런데 그렇게 가신 이후로 제사 음식 한 번을 못 만들어드렸지 뭔가. 이번엔 내 손으로 만든 유밀과를 올리고 싶네. 부탁하네."

이렇게까지 말허시는디 지가 아무리 싹퉁바가지가 읎는 계집이래두 워찌 거절허것소. 그러라고 혔지라.

음식 헐 재료들은 삼식이가 몇 번을 수레에 끌고 왔다 갔다 함서 채워줬고 뒷방 아재가 물을 길어다 줘갖고 음식을 허는디 중간중간에 마님의 몸종이 왔다 갔다 허면서 음식이 잘

3장 우금령

됐능가 확인허시겠다고 감시를 허더만요. 완성된 음식을 가져가시기도 혔는디 그날따라 유밀과가 참 빨리 되질 않아서 그것은 확인을 못 허셨지요.

지는 손이 빠른 편이라 전이랑 적을 얼릉얼릉 맨들어내는디 젖어멈은 성격이 참으로 차분허대요. 그냥 물에 밀가루를 반죽허는 것이 아니고 색을 낸답시고 치자 물에 오미자 물에 시금치 물까지 내는 것을 보고 아주 기함혔어라. 거기에 또 생강을 담갔다가 어쨌다가 아주 뭘 많이 허드만요.

그러고 나서도 반죽을 몇 시진을 허는가. 이리 혔다가 저리 혔다가. 나는 유밀과 반죽을 그리 오래 허는 걸 첨 봤소. 본래는 밀가루에 물을 약간씩 넣어서 반죽을 허믄 잠깐만 조몰조몰혀도 겉면이 탱글탱글허고 말끔허게 되걸랑요. 근디 그 성님은 대치 반죽을 워찌허는지 이상허게 손에 다 붙드라고요. 본래는 깔끔허게 손에 아무것도 묻지를 않아야 맞는 것인디 말여요. 그래도 옆에서 잔소리허믄 더 속상헌 법잉께 입은 다물었지라.

그때 마님의 몸종이 한 번 더 왔는디 자꾸 재촉을 혀요. 언제부텀 요리를 혔는디 아직도 이것밖에 못 혔냐 이거지라. 기름도 끓고 있고 헝게 성님은 알았다고 허고는 반죽을 기름에 퐁당 허고 담갔는데 시상에 그게 폭발해버릴 줄은 몰랐지라. 그 뜨거운 기름이 분수처럼 위로 확 솟았다가 와르르 떨어지는디 젖어멈 성님이 얼른 팔로 얼굴을 막아서 다행이제 안 그랬으믄 얼굴에 큰 흉이 남을 뻔했소. 암턴 그날은 아주 난리였어라. 워찌 알았능가 김씨 어르신까지 찾아오셔서 쌍욕을 허고 가셨당께요.

"얼마나 안동 김씨가 우스웠으면 엉터리 재료를 줘서 제사를 다 망쳐놓는단 말인가."

"하나를 보면 열을 안다고 허균이 그놈이 살아생전 제 마누라 대접을 얼마나 허술하게 했으면 제사상도 제대로 못 차려."

허믄서 나리 욕도 허고 작은 마님 욕도 허고. 작은 마님은 얼굴이 새파래져가지고 사과를 허는 데도 어르신은 들으시지도 않으시고……. 아조 왜란 때 난리는 난리도 아니었어라. 말려도 말려지지가 않드라니께요. 어르신께서 말요, 을매나 화가 나셨능가 이런 집에 우리 딸의 제사는 못 맽기겄다고, 인제부텀은 안동 김씨 집안에서 제사를 지내겄다고 큰 마님 위패꺼정 가져가부렀대니께요? 그래 위패가 읎으니 어쩨요. 제사를 지내야 되능가 말아야 되능가 고민에 고민을 허다가 재영 도련님이 지방을 써주신 덕에 어찌어찌 절차는 갖추어 제사를 지내기는 혔어라. 근디 돌아가신 큰 마님이 어제 제삿밥을 안동 김씨 집안에서 드셨능가, 허씨 문중에서 드셨능가 그것은 영 알 수가 읎는 일이지라.

*

 허형은 유밀과를 빤히 바라보더니만 입맛이 떨어진 듯 양손을 비벼 과자 가루를 털어냈다.
 평소라면 아무리 까다로운 사건이라도 기뻐했을 텐데 왜 갑자기 이리 우울해 보이는지 알 수가 없었다. 어느새 해가 뉘엿뉘엿 서산으로 넘어가 노을이 지고 보랏빛으로 물든 하늘이 처연하게 아름다웠다.
 "작은년이 네가 임진년생이라 했지. 그럼 올해 몇이냐?"
 "열아홉이요."
 작은년이 대답하자 허형은 벌써 그렇게나 되었는가, 하고 길게 탄식했다.
 "내 아들도 열아홉인데."
 "열아홉 묵은 아드님이 계시등가요?"
 작은년은 당황한 얼굴로 허형을 보았다. 딸과 아들이 하나씩 있는 것을 알고는 있었지만 둘 다 아직 열 살도 되지 않은 어린아이들이다. 열아홉 살 된 아들은 대체 누구란 말인가.
 "임진년 전쟁 통에 태어나서 사흘 만에 죽었다. 어미가 산욕열로 먼저 죽고 아이는 젖이 없어 굶어 죽었지."
 작은년은 차마 아무 말도 하지 못하고 입을 벌리고 듣고만 있었다.

"그래서 너를 볼 때마다 아들 생각이 나는구나. 그놈이 살아 있었으면 저만 하겠군. 너처럼 밥을 먹고 너처럼 내 말을 하나도 안 듣겠구나 싶어서."

"별 소리를 다 허셔요."

허형은 피식 웃더니만 순간 정색하며 말했다.

"그러니 여기서 돌아가기만 하면 너는 하루 네 시진은 꼬박 나랑 요리 연습만 할 줄 안아라. 내 너를 자식같이 생각하는 마음으로 아주 호되게 훈련을 시켜야겠다."

"아니 갑자기 왜 그런 말씀을……."

허형의 성정은 원래 좀 불같은 데가 있다. 갑자기 기운이 솟구쳤다가 갑자기 한없이 침울하기도 하고 변덕이 죽 끓듯 하는 것이다. 그래도 그 변덕에는 늘 이유가 있었다. 어떤 일인지 몰라도 아마 배알이 뒤틀리는 일이 있는 모양이었다.

"이번 사건의 진상을 네가 모르는 것을 보니 연습이 필요한 것 같아서 그런다."

"나리는 워찌 된 영문인지 다 아셨소?"

"다 알았지, 그럼."

"워찌 아셨소?"

허형은 대답하지 않고 엄지와 검지를 이어 붙여 동그란 원을 만들더니만 형옥의 창살 너머로 손을 뻗었다. 작은년은 자기도 모르게 허형 쪽으로 다가왔는데 허형은 그 틈을 놓치지 않고 작은년의 이마 위로 딱 소리가 날 정도로 크게 딱밤을 놓았다. 작은년은 눈물이 찔끔 날 정도로 아팠는지 얼른 뒤로 물러섰다.

"아야. 왜 때려요. 지는 암 잘못도 안 혔는디."

"찬모가 밀가루랑 쌀가루도 구분을 못 하는데 아무 잘못이 없어?"

"네? 그게 무신……."

"밀가루랑 쌀가루가 바뀌었다. 그래서 폭발한 것이야."

허형의 말이 영 이해가 가지 않았다. 밀가루와 쌀가루가 바뀐 것과 폭발이 무슨 상관인가. 그리고 보지도 않았으면서 어찌 밀가루와 쌀가루가 바뀐 것을 알았단 말인가. 작은년도 나와 같은 마음인지 혼란스러운 얼굴로 허형을 노려보았다.

"너. 내가 보지도 않고 대충 이야기한다고 생각하는구나?"

"고런 것은 아닌디."

아니라고는 했지만 작은년은 얼굴에 표정이 잘 드러나는 유형이다. 그는 불신이 가득한 얼굴로 허형을 올려보며 변명했다.

"솔직히 지도 산적허고 배추전허고 허느라고 바빴어라. 다른 사람이 쓰는 가루가 밀가룬가 쌀가룬가 그런 것을 워찌 봤것소. 보지도 못한 것으로 죄를 주시니 억울해서 살 수가 읎소."

"너는 틀림없이 보았다."

"지가요?"

"그래. 네가 벌써 입으로 다 설명하지 않았느냐. 옆에서 반죽하는 것을 보니 제대로 되지 않고 손에 묻었다며."

"그건 그런디……"

"그 반죽이 꼭 떡을 반죽하는 모습 같지 않더냐?"

그 말에 작은년이 기억을 되돌려보더니만 고개를 끄덕였다.

"그리고 봉께 과자를 맨들 때처럼 가루를 살살 접는 것이 아니고 손목에 힘을 줘서 팡팡 치대던 것이 꼭 떡 맨드는 모습 같긴 허네요."

완전히 두 사람만의 세계다. 대체 무슨 말을 하는지 모르겠다. 더 듣기만 했다가는 완전히 대화의 흐름을 놓칠 것만 같아 나는 두 사람의 대화를 끊어야만 했다.

"잠깐만요. 저는 두 사람이 무슨 이야기를 하는 건지 이해가 안 갑니다. 쌀가루와 밀가루가 바뀐 게 뭐가 어떻다는 겁니까? 둘 다 똑같은 곡식 가루인데요."

이번에는 작은년과 허형이 둘 다 나를 한심하다는 듯이 쳐다보았다. 아니 왜 이러지? 나만 모르는 거야? 쌀가루와 밀가루의 차이점 같은 것은 다들 알고 있는 건가?

"자네 국수 좋아하지?"

"예. 좋아합니다."

"국수는 밀가루로 만들지, 쌀가루로는 만들지 못해. 왜 그럴 것 같나?"

나는 잠시 말문이 막혔다. 정말로 단 한 번도 생각해본 적이 없는 문제다. 둘 다 입으로 들어오는 것이고 배가 부른 것이니 다 똑같은 것 아닌가. 하지만 허형은 아주 중요한 진실을 말해주듯이 진지하게 말을 이었다.

"밀가루는 오래 만지면 부드러워지고 부푸는 성질이 있네. 그 부푸는 성질 때문에 길게 늘려 국수도 만들 수 있고 쫄깃한 만두피도 만들 수가 있어. 유밀과의 경우에는 너무 부풀면 맛이 좋지 않으니까 바삭한 식감을 살리기 위해 짧게 반죽하긴 하네만, 결국은 기름 안에 들어가면 적당히 부풀어서 입을 즐겁게 하거든. 하지만 쌀가루는 달라. 뭐가 다른지 작은년이가 말해보거라."

작은년은 이번에도 허형이 꿀밤을 때릴까 봐 그 앞에서 두어 걸음 멀리 떨어졌다. 이마가 정말로 빨갛게 부었는데 아직도 눈물이 핑 도는지 작은년은 저고리로 눈가를 찍어 누르며 억지 춘향으로 대답했다.

"쌀가루는 아무리 오래 치대도 밀가루 같은 결이 생기지 않어라. 대신 치대면 치댈수록 찰기가 생기니께 쫀득해지지라. 그렇게 맨드는 것이 떡 아니오. 떡메로 치면 칠수록 쫀득허니 맛이 좋지만 찹쌀이고 맵쌀이고 암만 두들겨도 절대 부풀지는 않어요. 더욱더욱 쪼그라들기만 헌당께요."

"그렇게 계속 쪼그라든 떡을 기름에 넣으면 어떻게 되겠는가."

아무도 대답하지 않자 허형은 주먹을 쥐었다가 손바닥을 활짝 펴면서 말을 이었다.

"펑 하고 터지게 되지. 폭탄처럼."

허형의 설명으로 윈리는 대충 알았다. 쌀가루를 반죽하고 튀기는 것만으로 폭탄을 만들 수 있다니 정말 신기한 일이다. 하지만 그렇다면 누군가 가루를 바꿔치기했다는 것인데······. 작은년의 말을 듣자면 부엌엔 온갖 사람이 왔다 갔으니 누구나 밀가루를 쌀가루로 바꿀 수 있지 않았겠는가. 허형은 순순히 범인을 말해줄 마음은 없는지 작은년에게 질문했다.

"네 생각엔 누가 범인 같으냐?"

그리고 그는 나를 또 바라보았다.

"재영이 자네 생각은?"

나와 작은년은 둘이 머리를 맞대고 생각에 빠졌다. 그곳에 사람이 너무 많이 드나들어서 혐의점이 있는 사람이 한둘이 아니었기 때문이다.

우선 음식 할 재료들을 가지고 온 삼식이. 만약 삼식이가 범인이라면 정말로 그것도 그럴 법하다. 왜냐하면 처음부터 재료를 잘못 주었다면 일어날 수 있는 일이지 않은가.

"어쩌면 삼식이가 실수했을지도 모르지요. 찬모도 헷갈릴 정도이니 물건 배달하는 녀석이 실수로 밀가루 있을 곳에 쌀가루를, 쌀가루 있을 곳에 밀가루를 두었을지 누가 알겠습니까."

내 말에 작은년은 뭘 모른다는 듯 코웃음을 쳤다.

"말도 안 되어요. 워치케 쌀가루와 밀가루를 헷갈린단 말여요. 그건 있을 수 읎는 일이구먼요."

"아니. 너도 밀가루와 쌀가루를 헷갈리지 않았느냐. 그런데 그게 왜 말이 안 돼?"

나의 항변에도 작은년은 고개를 가로저으며 단호하게 대답했다.

"그야 가루가 난 상태에서 보았응께 헷갈린 것이지, 재료를 받았을 땐 저얼대루 헷갈리지 않았을 것이오."

"그게 무슨 소리야?"

"쌀가루는 불린 쌀을 그때그때 절구로 빻아서 가루를 내어 쓰는 것이제 밀가루처럼 포대에 들어 있는 것이 아녀요. 삼식이는 불린 쌀을 주고 갔을 것이제 쌀가루를 주고 가지 않았을 것이오. 그랑께 첨 올 때는 제대로 왔을 것이지라."

아. 전혀 몰랐다. 요리를 할 줄 모르니 쌀이 어떻게 쌀가루가 되는지도 모르는구나. 나는 당황했지만 허형은 그런 내 모

습이 재밌다는 듯 입꼬리를 올려 웃었다.

"그럼 네가 생각할 때는 누가 범인 같으냐?"

내 말에 작은년의 자신만만했던 표정은 사라지고 불안한 눈동자가 이리저리 굴러가더니만 곧 입을 열었다.

"삼식이는 아니고."

"그래. 네가 방금 이야기했잖느냐."

작은년은 흐유, 하고 한동안 망설였다.

"사실 나가 이런 말을 허믄 좀 그럴 것 같아가지고 안 헐라구 그랬는디."

"아이고, 꼬리가 길다. 어서 말해보거라."

작은년은 몇 번 더 채근을 받고서야 겨우 입을 열었다.

"지 생각에는 삼월이 성님이 아닐까 허요."

"호오. 어째서?"

허형이 관심을 보이자 작은년은 신이 나서 설명했다.

"생각해보씨요. 우리 찬모들 중에 쌀가루를 맨들어서 쓰는 사람이 누구요. 떡을 맨드는 삼월이 성님이잖어요. 쌀가루를 맨든 놈이 범인이것지라."

"하지만 범인이 쌀가루를 미리 준비해 왔다면?"

허형의 역습에 작은년은 잠시 고민하는 듯 말을 멈췄지만 그래도 의심을 거두지는 않았다.

"그래두 지는 삼월이 성님 같어요. 암만 혀도 삼월이 성님이 나보고 유밀과를 맨들라고 헌 것이 수상쩍단 말이어요. 사실 성님은 나를 다치게 헐라고 조금 심술을 부린 것인디 내가 괜히 다른 사람헌티 유밀과 맨드는 것을 넘기는 바람에 대신 다친 것 같아 마음이 찝찝허요."

실은 나도 그 삼월이란 아이를 알고 있었다. 살갑지는 않아도 제법 손이 야무져서 작은년이 오기 전까지는 찬모들 중 솜씨가 제일 나았던 것으로 기억하는데 그런 애가 정말로 그렇게까지 했을까?

"삼월이가 널 괴롭히고 싶었다면 같이 일하면서 실수인 척 뜨거운 물이라도 부어버리면 그만인데, 뭐 하러 밀가루를 쌀가루로 바꾸는 번거로운 일까지 하겠느냐?"

"그건 그렇지만…… 그래두 수상허요. 지헌티 유밀과를 맽긴 게 말여요."

"유밀과가 왜."

"삼월이 성님은 참기름이나 밀가루 같은 비싼 재료를 지헌티 맽길 만한 사람이 아니란 말여요."

"그야 네가 허씨 가문 찬모들 중에선 제일 유밀과를 잘 만드니까 그런 게지. 그럼 다른 가문의 찬모가 오는데 못하는 사람에게 맡기겠느냐."

허형의 말에 작은년은 그렇게까진 생각해보지 않았다는 듯 놀란 얼굴이었다.

"삼월이는 자존심이 센 아이야. 신입이 자기보다 잘한다 싶으면 괴롭힐 때도 있지만 다른 집안 찬모가 왔을 때는 오히려 그 집 찬모 기를 죽이려 하지 괜히 널 괴롭히려 하진 않을 게다. 그건 허씨 문중 찬모로서의 자존심이 용납하지 않아. 삼월이를 그리 모르니 아직도 친해지지 못한 게지."

허형의 말에 작은년은 입꼬리가 마구 올라가면서도 마냥 웃지도 못하는 이상한 표정이 되었다. 아무튼 앞뒤 내용은 하나도 기억이 안 나고 '네가 잘하니 그렇지' 하는 말만 마음에 박힌 모양이다. 저렇게 삼월이랑 똑같으니 늘 싸움이 나지. 사람은 본래 자신과 똑같은 사람과는 잘 지낼 수 없는 법이니. 싱글벙글 올라간 입꼬리를 간신히 간수하고 있는 작은년에게 허형은 너무 좋아하지 말라는 듯이 눈을 흘겼다.

"찬모라면 당연히 손의 감촉으로 쌀가룬지 밀가룬지 구분할 수 있을 테니 절대 그 두 가지를 착각할 수 없다. 그렇다면 범인이 누구인지 이제는 네 작은 머리로도 대충 짐작이 가능하겠지. 네 입으로 말해봐라. 범인이 누구냐?"

허형의 말에 작은년은 그제야 우물우물했다.

"그렇다믄 젖어멈 성님이 일부로 쌀가루를 갖구 와서 떡 폭탄을 맨들었다는 말이 되는디……. 떡을 기름에 넣으믄 폭발헌다는 것을 찬모며는 다 아는디 워찌 일부러 그런단 말여요."

나 역시 답이 궁금하여 허형을 쳐다보았으나 허형은 금방 답을 말해주지 않았다. 답을 알고 있다면 우리에게 어찌 생각하느냐를 묻지 말고 처음부터 범인을 밝혀 사건의 진상을 말해주면 좋으련만 왜 이렇게 질질 끌면서 남의 생각을 다 듣고 있는지 모르겠다. 어쩌면 그는 이 모든 과정이 즐거운 걸까.

"작은년이가 질문한 것의 답은 재영이가 줄 수 있을 것 같은데."

"제가요?"

내가 놀라 되물었지만 허형은 차분하게 고개를 끄덕였다.

"자네는 대답할 수 있어. 생각을 해보게. 이 일로 인해 가장 이득을 본 것이 누군가?"

이득? 이 일로 이득을 본 사람이 있나?

젖어멈은 크게 다쳤고 허씨 집안은 제사 음식 하나 못하는 집이라는 오명을 뒤집어썼다. 오죽하면 안동 김씨 본가에서 이제 형수님의 제사를 가져가겠다는 말까지 했겠는가. 누구에게든 이득이라곤 하나도 없는 일 같은데. 내가 답을 찾지 못하고 전전긍긍하자 문득 허형이 물었다.

"자네는 대체 왜 모친의 삼년상을 치른 건가?"

"그야 그것이 효를 실천하는 길이니까요."

"그래. 아비는 친하고[父親], 어미는 자애롭고[母慈], 자식은 효도하고[子孝], 형은 우애하고[兄友], 아우는 공순한[弟恭] 것이

천륜이며 가족 간의 정이지. 죽음이 가족을 갈라놓았으나 혼으로라도 다시 만나 안부를 묻고 싶은 마음이 제사의 시작 아니겠느냐."

"그렇지요. 근데 그게 왜……."

"그러면 자식이 출가외인이 되었다고 가족 간의 정이 사라지겠는가?"

그렇군. 그제야 나는 모든 것을 이해했다. 제사를 지낸다는 것은 가장 가까운 가족만이 할 수 있는 것이다. 하지만 이제까지는 허씨 문중에서 형수님의 제사를 지냈기에 안동 김씨는 형수님의 제사를 지낼 수 없었다. 형수님은 출가외인이기 때문이다. 아무리 금이야 옥이야 사랑했던 자식이라도 남의 집안에 시집가는 순간 가족의 지위를 박탈당하고 만다. 육신은 물론 혼까지 넘어간다. 형수님은 허씨 문중의 귀신이 되는 것이다. 적어도 작년까지는 그랬다.

하지만 올해는 허형이 자리를 비웠다. 허형이 만약 그 자리에 있었다면 폭발 사고가 아니라 살인 사건이 일어났다 해도 위패를 넘기지 않았을 테니 아무 사고도 일어나지 않았을 것이다. 사고는, 허형이 그 자리에 없었기 때문에 일어났다.

"설마 사장어른께서 형수님의 위패를 갖기 위해 이 모든 일을 꾸몄단 말입니까?"

"장인어른께서 따님이 몹시 보고 싶으셨던 게지. 열다섯에 시집보내 산욕열로 딸이 죽었으니 나를 얼마나 원망했겠으며 죽은 딸이 얼마나 눈에 밟히셨겠느냐. 한데 마침 내가 자리를 비웠으니 그 기회를 절대 놓치지 않으리라 다짐하셨을 게다."

"하지만 폭발 사곱니다. 젖어멈은 더 크게 다칠 수도 있었어요."

"그걸 설마 몰랐겠느냐. 하지만 자신이 다치면 다칠수록 장인어른께서 더 크게 화를 내실 수 있을 것이고 그럼 더욱 확실하게 위패를 가져갈 수 있으리라 여겼겠지. 그러니 거리낌 없이 그런 일을 할 수 있었을 게야."

자신이 다치더라도 죽은 아기씨의 제사를 가지고 오고 싶다. 젖을 물리고 몸을 씻기고 말을 가르치며 애정을 주어 키운 아기씨의 혼이라도 다시 만나고 싶다. 그 애틋한 마음을 어쩐지 나는 조금은 알 것만 같았다.

"18년간 내가 아내의 제사를 올렸으니 앞으로는 장인어른이 하시도록 놔두는 것도 나쁘지는 않겠지."

허형은 유밀과를 하나 입에 넣어 자근자근 씹었다.

"내가 제사상에 유밀과를 튀겨 올리기 시작한 것은 죽은 아이가 단것을 좋아할 것 같아 마음을 쓴 것이었는데 그 집 사람들은 아내를 위해서 유밀과를 튀긴 모양이군. 하긴, 아내는 언제까지나 장인어른의 막내딸일 테니."

해가 지고 형옥의 창살 너머로 직녀성이 빛났다. 잔잔한 빗방울이 하나씩 떨어져 내렸다. 견우와 직녀가 헤어질 때가 되어 회한의 눈물을 흘리는 모양이었다. 견우와 직녀도 1년에 한 번은 만난다는데 허형은 오늘 형수님과 완전히 이별하고 말았다. 그 혼조차도 이제는 완전히 그의 손을 떠났다. 형수님은 이제 허씨 문중이 아니라 안동 김씨의 선조들과 함께 제삿밥을 먹을 것이다. 그분은 이제 이 집 귀신이 아니다.

"배가 불러 더는 못 먹겠다. 자네들이 좀 도와줘야겠어."

허형이 내민 유밀과는 높은 습도 탓에 조금 눅눅해졌지만 그럼에도 무척 달고 맛이 좋았기에 나와 작은년은 남은 것을 모조리 먹어치웠다. 형님은 멀찍이서 나와 작은년이 먹는 모습을 흐뭇하게 지켜보았다. 마치 우리가 그의 오래된 가족이라도 되는 것처럼.

건추밥

몇 주가 지났을까. 허형은 의금부 형옥에서 조사를 모두 마치고 다시 건천동 집으로 돌아왔지만 혼자가 아니었다. 그를 감시하는 몇몇 금군들이 눈을 번쩍이고 있었고 또 이이첨이 동행했다. 아무래도 귀양이 결정된 모양이었다.

멀리서 얼굴을 보았는데 대체 옥에서 피죽도 못 먹고 살았는지 볼이 홀쭉하게 들어가 있었다. 분명 전복탕이며 준치찜 같은 것들을 매일같이 실어다 날랐는데 대체 그 음식들은 누가 다 먹어치운 것인지 허형에게는 아무래도 전달되지 않은 모양이었다. 허형은 힘없는 얼굴로 겨우 눈인사만 하더니 이이첨과 함께 사랑채로 들어갔는데 아무래도 향후 계획을 세울 모양이었다. 이러니저러니 해도 이이첨은 대북의 당수이며 허형은 대북의 중심이 되는 신하이니 회의가 필요하긴 하겠지.

 허형이 사랑채로 들어가자 나는 얼른 작은년을 불러 보양할 만한 음식을 만들어달라 부탁했는데 닭을 잡을까, 꿩을 잡을까 고민하는 나와 달리 작은년은 두부를 만들 모양이었다.

 "조금 더 영양가 있는 것이 낫지 않아?"

 내가 그리 주장했지만 작은년은 단호했다.

 "닭은 낼도 묵을 수 있잖어요. 감옥 갔다 왔응께 오늘은 두부지라."

 "왜?"

 "도련님. 그것도 모르시오. 두부를 묵어야 두 번 감옥에 안 가는 거여요."

 작은년이 나를 도련님이라 부를 때마다 나는 심장이 덜컹

덜컹한다. 도련님이라는 명칭 앞에 '세상 물정도 모르는'이라는 접두사가 붙어 있는 것만 같아서다. 이런 내게 작은년은 꽤 훌륭한 선생이었다. 그와 대화를 하는 것만으로도 새로운 것들을 알게 되니 나는 깜짝깜짝 놀라기 일쑤였다. 출옥한 죄인에게 두부를 먹인다는 것도 나는 오늘 처음 들었다. 어쩌면 허형이 자꾸만 형옥에 갇히는 것도 그간 두부를 먹지 않아서였는지 모른다.

사실 나는 정말로 아무것도 모른다. 어려서는 안전한 허씨 문중의 보호 아래 살아왔고 최근에는 3년이나 시묘살이를 했으니 정말로 세상을 등지고 살아왔다. 일반 백성들이 어떤 것을 먹고 어떻게 생활하는지 백면서생인 내가 어떻게 알겠는가.

낮부터 두부를 만들기 시작했으나 해가 다 져서야 겨우 두부가 만들어졌기에 석식 시간은 좀 늦어지고 말았다. 하지만 이 자리에는 통탄스럽게도 이이첨 역시 함께였다. 밥을 먹을 때에 싫어하는 사람의 얼굴을 보는 것은 아무래도 곤혹스러운 일이지만 형님의 손님을 박대할 수야 없는 노릇. 나는 연신 웃는 얼굴로 그를 대했다.

음식은 강원도식이었는데 건추밥과 청국장, 그리고 커다란 모두부가 상에 올랐다. 참기름간장을 곁들이긴 했지만 그냥 먹어도 맛이 아주 훌륭할 것이었다. 아직도 김이 오르는 두

3장 우금령

부를 보더니 허형은 기분이 좋은지 입을 크게 벌려 웃었다.

"오늘 밥상은 삼월이가 차린 것이구나. 건추밥도 오랜만이다. 강릉에서 종종 먹었었지."

강원도 방언에 시래기무밥을 '건추밥'이라고 한다. 허형은 어려서 먹던 음식이므로 반가운 모양이었으나 양반의 밥상에 이런 나물밥이 올라오는 일은 잘 없기에 이이첨은 얼굴을 찌푸렸다.

"소고기 먹다가 귀양 가는 사람이 내게는 나물밥을 대접한단 말인가."

이이첨은 밥상을 까다롭게 훑어보았으나 아무래도 마음 가는 반찬이 없는 모양이었다.

"한번 드셔보십시오. 가끔 이리 먹으면 그것도 별미입니다."

"됐네. 미식가 허씨 집안의 명성도 다 헛것이군."

들기름 냄새가 이토록 솔솔 올라오는데 어떻게 이 기름지고 맛있는 밥을 들지 않는지 알 수가 없다. 양반들이란 일반 백성들과는 콧구멍도 다르게 생긴 모양이다. 한 번이라도 먹어보면 그런 말을 못 할 텐데. 이이첨은 상 위에서 젓가락을 부산스럽게 놀리며 이것 조금 저것 조금을 흐트러뜨리기만 했지 정작 입안으로 무언가를 제대로 넣지는 않았다. 보다 못한 허형이 여러 번 권했음에도 불구하고 그는 한 번도 밥그릇에 숟가락을 대지 않았다.

"그래서 지난 이야기를 계속하자면 말이야, 같은 대북에서도 자네에게 좋은 말이 나오지를 않네. 바닥에 떨어진 평판을 끌어올리자면 아무래도 시간이 필요해."

"결국 저를 버리시려는 거군요."

허형이 한숨을 길게 쉬자 이이첨은 간드러진 목소리로 아첨하듯이 덧붙였다.

"버리기는 누가 버린다고 그래. 자네를 위해 길을 닦아놓으려는 거지. 조선 팔도 어디든 자네가 원하는 곳에 가서 1년만 쉬다 와. 그러면 내가 그 사이에 싹 다 정리해놓을 테니까. 그렇게 쳐다볼 것 없네. 유람이라도 다녀온다 생각해. 시켜서 가면 유배지만 원해서 가면 유람 아니겠는가."

"말장난 마세요. 결국 유배 아닙니까."

"그게 아니라니까 그러네."

이이첨은 밥 대신 술잔을 들어 마시더니만 금방 생각난 듯이 운을 띄웠다.

"그래. 전라도 어떤가?"

"전라도 어디요."

"함열 정도면 어떨까 싶은데. 거기가 방어와 준치로 유명하다네. 날 쌀쌀해질 때쯤에 거기서 방어회에 소주 한잔하면 그보다 더 좋은 게 있겠는가."

그는 자신이 먹는 두부가 마치 방어회라도 된다는 듯이 씹더니만 소주를 한 잔 들이켰다. 허형은 별말도 없이 그런 이이첨을 쳐다보았다.

"안 그래도 거기 현감의 부친이 내 서원 선배야. 몇 년 전부터 한번 오라고 오라고 했는데 바빠서 여태 못 갔지 뭔가."

"이놈의 지긋지긋한 학연 지연. 전임 도승지 영감도 돈암서원 나왔다면서요. 돈암서원 안 나온 사람은 어디 서러워서 살겠습니까."

"그 학연 지연으로 이득 보는 사람이 누군데 그래. 자네 이야기를 잘 해둘 테니까 한지에 가서 맛있는 것이나 잔뜩 먹다가 오게. 가재와 게가 유명하다 하니 물 좋은 것을 보면 이리로 한 상자 보내주고. 어때?"

"흥. 내가 그런 말 하면 뭐 좋아할 줄 알고."

허형이 구시렁거렸지만 이이첨은 허균의 마음이 풀릴 때까지 기다릴 모양이었다. 그는 옷소매에서 나무로 만든 대롱을 하나 꺼내서 입에 물었다. 한데 그의 행태가 이상했다. 대롱 끝에 무언가 약초를 꾹 눌러 담더니만 화로를 갖다 달라 하더니 불도 붙이는 것이 아닌가. 허형이 놀라 그것이 무어냐 물었더니 그는 이런 것도 모르냐는 듯이 거들먹거리며 대답해주었다.

"담파고라고 하는데 건강에 좋아. 연기를 빨아들이면 그것이 뱃속으로 들어가는데 그럼 회충도 없어지고 체증도 사라지는 데다 머리까지 맑아지거든."

그런 약초가 있는지는 처음 알았다. 나는 약초에 대해서는 일반인보다 조금 더 해박하므로 이이첨 쪽으로 가까이 가 앉았다. 허형은 그것을 눈치챈 모양이었다.

"이 친구가 사실 의원이니 한번 보게 해주시겠습니까?"

이이첨은 거들먹거리며 대롱을 내밀었는데 나는 대롱을 받기는 했으나 별로 피우고 싶지는 않았다. 그래도 권하는데 거절하는 것도 예의가 아니라 하는 수 없이 한 모금 들이마셨더니 몹시도 기침이 나는 것이 아닌가. 내장이라도 토할 것처럼 오랫동안 기침을 하고 나니 혀끝에 못된 맛이 돌았다. 이이첨은 기침하는 내 모습이 뭐가 그리 웃긴지 혼자 품위 없게도 깔깔대며 웃었다.

"그래, 맛이 어떤가?"

"탄 맛도 단맛도 아닌 이상한 맛이 납니다. 아플 때 뜸을 두듯이 입에 뜸을 두는 것인가 봅니다."

"촌스럽기는!"

이이첨은 다시 대롱을 가져가서 깊게 들이마시더니만 동공이 풀린 듯이 편안해 보이는 얼굴로 허공에 연기로 동그라미를 퐁 하고 만들어냈다.

"왜놈들이 이걸 얼마나 좋아하는지 아나? 하도 좋아해서 쌀농사를 안 짓고 담파고 농사만 짓는 바람에 나라에서 금지를 시켜버렸다네."

"금지를 시켰으면, 팔지도 사지도 못한다는 뜻입니까?"

"그래. 하지만 조선에선 아직 담파고가 금지되지 않았지. 명나라에서도 그렇고."

이이첨은 탐욕스러운 얼굴을 숨길 생각도 하지 않고 씩 웃었는데 허형의 표정은 그리 좋아 보이지 않았다.

"대감의 속내를 금상께서도 아십니까?"

"남의 속을 내가 어찌 아나?"

이이첨은 화로에 재를 떨더니 칵, 하고 가래침을 뱉었다. 치이익, 하는 소리와 함께 가느다란 연기가 피어올랐다.

"왜국과 다시 교류를 하려는 것입니까?"

허형의 표정이 심각해졌지만 이이첨은 이런 것 따위 하나도 중요한 것이 아니라는 듯 담파고에서 연기를 빨아들였다.

"왜란이 일어난 지 벌써 20년이야. 슬슬 무역을 재개할 때도 되었지. 새 나라에선 앞으로 나아가야 해."

그 말에도 일리는 있다. 하지만 정말로 그 시작이 이런 이상한 약초여도 괜찮다는 말인가. 나는 염려가 되는데도 허형은 얼른 자리에서 일어났다.

"속을 풀어준다는 약초의 연기를 오래 맡았더니 속이 끓어오르는군요. 잠시 부출각시를 만나고 오겠습니다."

허형이 일어나 뒷말이 들리지 않을 정도로 멀어지자 이이첨이 그 틈을 놓치지 않고 입을 비죽였다.

"식사 중에 측간을 가는 법이 어디 있나. 이래서 신동이니 뭐니 하는 놈들을 내가 좋아하질 않아. 어릴 때부터 세상을 우습게 보는 법만 배웠으니 커서도 이 모양이잖나. 안 그런가, 여인?"

나는 그의 말을 한 귀로 흘리려다가 그의 호명에 발도 빼지 못하고 그쪽으로 눈을 돌리고 말았다.

"소인을 아십니까?"

"어찌 모르겠는가. 그대 역시 신동으로 무척 유명했지 않아. 아버님은 잘 계신가? 아, 어디 주막에서 객사하셨댔나?"

망할 놈. 자식 앞에서 아비를 비웃다니. 유가를 공부했다는 놈이 할 말인가, 이게. 나는 이를 악물었다.

"명승고적의 기암괴석 사이로 사라지셨습니다. 그분은 신선이시니 사바세계의 사람들은 알 수 없는 곳에 계시겠지요."

"허균의 벗이라 그런지 역시 말로는 한마디도 지질 않는구면."

이이첨은 대롱을 길게 들이마시고 뱉었다. 연기가 밥상 위로 낮게 가라앉아 애써 준비한 음식들의 향이 가려졌기에 나는 몹시 화가 났다. 하지만 그는 그런 내 마음을 아는지 모르는지 그저 웃기만 할 뿐이었다.

"자네도 피워볼 텐가? 근심과 고통을 잊게 해준다네."

"제겐 근심과 고통이 없습니다."

"그래? 허균이 자네 때문에 귀양 가는 것에 일말의 가책이라도 있을 줄 알았는데. 그렇지 않은 모양이로군."

나는 그를 쏘아보았다. 더 이상 그를 손님의 예로 대하고 싶지 않아졌다. 나중에 이 행동으로 허형이 곤란해진다 해도 어쩔 수 없다. 군자라면 물러서지 못하는 때도 있는 법이다.

"허형이 우금령을 어긴 것으로 인해 귀양을 가게 됐다는 헛소리 따위는 믿지도 않습니다. 대감은 허형을 과거 시험의 대독관으로 넣고 도리어 대감의 사람들을 부정 합격 시켰잖습니까. 이번 급제자 중 박자홍은 대감의 사위이고 이창후는 대감의 사돈이지요? 어찌 그 죄보다 소고기를 먹은 허형의 죄가 더 무겁다고 하겠습니까?"

"정말 그리 생각하나?"

이이첨은 클클거리며 가래 끓는 소리를 내며 웃더니만 담파고의 재를 나물밥 위에 톡 하고 털었다. 애써 만든 밥상을 엉망으로 만드는 놈을 아직도 손님으로 대우해야 하는가. 나는 그를 한껏 노려보았다.

"백성들은 밥이 없어 굶는데 어찌 일국의 대신이 음식을 이리 대하십니까!"

나름은 참았던 분노를 터뜨린 것이었는데 이이첨은 놀라

지도 않았다. 그는 차분히 가라앉은 목소리로 나를 향한 경멸을 숨기지 않았다.

"여인 이재영. 자네가 굶주림에 대해 아나?"

"내가 모른다고 생각하시오? 나도 왜란을 겪었고 지난 3년간 시묘살을 치르느라……."

"그래?"

이이첨이 내 말허리를 낳더니만 입꼬리를 묘하게 올려 웃었다. 그는 명백하게 나를 비웃고 있었다.

"그때 먹은 쌀은 누가 댔는가?"

나는 그의 말에 대답할 수 없었다. 내 얼굴로 피가 몰리는 것이 느껴졌다.

"내가 알기로 자네는 한 번도 관직에 제수된 적이 없고 농사를 지어본 적도 없으며 평생 동전 한 닢 벌어본 적이 없네. 아닌가?"

나는 그의 말이 틀리다고 할 수 없었다.

"자넨 행동이 올곧은 사람이지. 말에서는 품위가 느껴져. 봐. 이토록 그대를 조롱했는데도 욕 한마디 할 줄 모르잖는가. 그것만 봐도 자넨 굶어본 적이 없는 게 확실하거든. 사람이 말이야, 배가 고프면 몸에 힘만 떨어지는 것이 아니라 정신의 힘도 떨어진다네.

굶주림을 안다고? 자네는 아무것도 몰라. 내 아내는 마지막까지 내게 보리죽을 양보했는데 며칠 뒤에 정말로 집에 먹을 것이 아무것도 없다는 것을 깨닫고는 절망감에 결국 미쳐버렸지. 그래서 벽지를 떼어내어 찹쌀 풀을 핥아 먹었다네. 그게 내 아내의 마지막 식사였어. 나는 이제 나물밥 같은 것은 먹지 않네. 이런 것은 보는 것만으로도 구역질이 나거든. 나물밥이 별미라고? 한 번도 배고픈 적 없는 놈들 입에서나 나올 만한 말이 아닌가."

나는 이제껏 허형이 탄핵당한 이유는 소고기 때문이 아닐 거라고 생각해왔다. 그것은 표면적인 이유일 뿐이고 분명 뭔가 다른 이유가 있을 거라고 말이다. 과거 시험 대독관으로 일할 때 이이첨의 청탁을 들어준 죄를 대신 받고 있지는 않은가, 하고 생각했을 정도다. 하지만 이이첨은 진심으로 허형의 행태에 대해 분노하고 있었다.

"허씨 집안에서는 제사상에도 유밀과를 올린다면서? 요즘은 나라님이 올리는 제사에서도 그런 사치품은 올리지 않네. 이렇게 자기가 먹는 것이 백성들이 볼 때에 어떤 의미가 되는지도 모르는 자가 어찌 정치를 한단 말이야. 그깟 소고기 때문에 파직당할 리가 없다고? 나는 자네 유학자들의 관념적인 청빈과 제 편리대로 생겼다 사라지는 염치가 정말로 지긋지긋해."

나는 이제야 이이첨이 무슨 이야기를 하는지 알았다. 정말로 그의 말의 모든 문장을 이해했다. 하지만 하나도 알지 못한 것이나 마찬가지였다. 그의 말대로 나는 진실로 배고파본 적이 없다. 벽지를 벗겨 풀을 핥아 먹는 마음 따위는 모른다. 어쩌면 정말로 도련님인 것은 허균도 이이첨도 아니라 나인지도 모른다. 허균의 쌀로 먹고살면서도 나는 그와 다르다고 생각했다. 백성들의 편에 서 있다, 그들을 이해한다고 믿었다. 어리석게도.

"자네가 먹는 쌀이 어디서 왔는지 깨달았으면 주인님이나 잘 모시게. 밥값 해야지."

이이첨은 내 어깨를 한 번 두드리더니 허형이 돌아오기 전에 자리를 떠났다. 나는 부끄러움에 떠나는 이이첨의 뒷모습도 똑바로 쳐다볼 수 없었다.

허형이 돌아와 창백해진 내 얼굴을 보며 무슨 일이냐 물었으나 나는 괜찮다는 말밖에는 할 수가 없었다. 한쪽 눈꺼풀이 자꾸만 흔들렸다.

4장

야광귀

존재하지 않는 가게의 효종갱

허형이 처음 의금부로 끌려갔을 때는 여름이었는데 어느새 찬 바람이 부는 계절이 되었다. 유배 길이 너무 더울까 걱정했던 것이 무색하게도 지금은 나뭇잎도 다 떨어지고 도리어 찬 바람을 걱정하고 있다.

그도 그럴 것이 지금 우리는 몇 달째 유배지에 도착하지 못하고 있다. 이유는 간단하다. 새로운 마을에 들어설 때마다 "아이고, 교산 어르신!" 하며 그 마을의 가장 높은 관리가 버선발로 뛰어나와 접대를 하는 것이다. 허형은 금상의 총애를 받고 있는 사람이니 이참에 눈도장을 찍어두려는 모양이었다. 사람이 어려울 때 도움 얻은 사람을 잊지 않는다고는 하지만 어떻게든 은혜를 입히려는 사람이 한둘이 아니니 허형이 그 많은 사람을 다 기억할지나 모르겠다.

"유배가 아니라 유람을 다녀오라더니. 이이첨 대감 말이 틀린 게 하나 없네."

허형은 연일 마신 술로 늘어난 뱃살을 혼자 주물럭대며 흔들리는 우마차 위에서 눈을 감더니만 곧 코를 골기 시작했다. 이렇게 팔자가 좋은 것이 유배 길인 줄 누가 알았겠는가.

"한 달에 두 가마니……."

작은년이 건천동에서부터 가져온 가마솥 위에 기대어 자면서 잠꼬대를 했다. 이번 유배 길에 따라오는 대가로 형수님께 한 달에 쌀 두 가마니를 받기로 한 모양이었다. 처음에 형수님께서는 매달 쌀 한 가마니를 주겠다 하셨지만 작은년 그 작고 앙큼한 것이 어찌나 거래를 잘하는지 두 가마니가 아니면 안 가겠다고 한 통에 속 좀 끓이셨다고 들었다. 남편도 자식도 없는 계집이 뭘 그리 돈 욕심을 내느냐고 한마디 하셨다는데 작은년이 바로 받아치더라지 뭔가.

"사고무친 기별녀가 돈도 읎음 워찌 산대요? 마님은 위로는 남편 보고 아래로는 아들 보고 살믄 되지마는 지는 지 밥그릇 지가 챙겨야 헝께 이번엔 마님이 절 좀 봐주셔라."

아무튼 야무지기로는 우리 셋 중 최고라고 할 수 있다.

작은년과 함께 머리를 기대고 자는 저 남자는 허형을 감시하라고 금부 대장이 붙여준 서리다. 죄인 허균을 유배지까지 인도하는 것이 그의 임무인데 놀랍게도 아무 일도 하지 않는다. 작은년이고 서리고 간에 술자리란 술자리에 모두 같이 다니며 양반이 맛보는 모든 산해진미를 함께 먹을 수 있게 해줬더니 둘 다 볼살이 뽀얗게 올랐다. 괴로운 것은 오직 나 하나뿐이다. 하루건너 하루마다 전날의 숙취를 참으면서 우마차를 몰아야 하는 내 심정을 누가 알겠는가.

술로 인해 자꾸만 끊어져버린 기억을 겨우 더듬어보면 이 끝없는 술자리의 시작은 남한산성 앞에 있는 한 효종갱집에서부터였다.

그 집은 허형의 오랜 단골집이었는데 예전에도 술이 좀 과해질 것 같으면 허형은 잘 자고 있는 하인을 불러 깨워 해장을 핑계로 심부름을 시켰다. 남한산성에 말을 타고 가서 해장국을 항아리에 담아 솜이불에 싸서 가져오라고 말이다. 그러면 새벽종이 울릴 때 즈음 대문 앞에 도착하는데 '새벽종이 울릴 때 먹는 국'이라는 뜻에서 해장국을 효종갱(曉鐘羹)이라고 불렀다. 밤새 술을 마시고 속이 허해질 때 즈음해서 도착하기 때문에 효종갱이 오면 바로 다시 새 술동이를 꺼낼 수 있었다. 해가 뜨는 것과 동시에 새로운 술자리도 시작되는 것이다. 그래서 해장에 정말 좋은지는…… 잘 모르겠다. 효종갱을 먹을 때 즈음 나는 항상 인사불성이었으니.

아무튼 효종갱을 맨정신으로 먹어본 것이 처음이었기 때문에 그 맛은 익숙하면서도 무척이나 낯설었다. 은근하게 맛이 든 소고기 국물에 된장을 풀어 구수하게 하고 배춧속과 콩나물, 표고와 전복, 해삼 같은 고급 재료들을 아낌없이 넣어 오래 끓인다. 그러면 야들야들해진 소갈비가 부드럽게 입에 감겨 제아무리 미맹인 나라도 감탄밖에 할 수가 없는 것이다. 나와 허형, 작은년이 바쁘게 숟가락을 놀리는 동안 서리는 화들짝 놀라 숟가락질을 멈추었다.

"잠깐. 이거 소고기잖아요."

놀라기는. 하긴 우금령을 어겨서 유배 가는 사람이 한양을 떠나자마자 바로 소고기부터 찾을 줄은 서리도 몰랐을 것이다. 하지만 그럼에도 우리 허형은 뻔뻔했으니 얼굴에 일말의 웃음기도 없이 후룩후룩 국물을 들이켜더니 말을 얹었다.

"《경국대전》엔 일사부재리의 원칙이 있어. 소고기로 유배 가는데 다시 또 잡아가겠는가."

"나리한테나 그렇겠지요. 저는 이 사실이 밝혀지면 큰일 납니다. 나라 녹 받아먹는 사람이 우금령을 어기다니요."

서리가 놀라 숟가락을 내려놓자 멀리서 다른 손님의 상을 봐주던 주모가 얼른 뛰어왔다. 맛이 없어 수저를 놓은 것으로 착각한 모양이었다.

"왜 무슨 문제 있습니까?"

"아니. 우금령 몰라요? 어쩌자고 이렇게 대놓고 소고기를 쓴단 말이오?"

서리가 딴지를 걸었지만 주모는 자신만만했다.

"아. 그것 때문에 그러시오? 걱정 말고 맛있게 자시기나 해요. 우리 집 음식 먹고 잡혀간 사람 아무도 없으니까."

"그게 말이 돼요?"

"말이 안 될 건 또 뭐요. 우금령으로 잡아가려면 손님이 아니라 소고기를 판 저부터 잡아가야 하는데 저는 지난 10년간 하루도 가게를 쉰 적이 없어요. 이래도 못 믿겠소?"

하지만 그래도 서리는 믿기지 않는지 다시 수저를 들지 않았다. 주모는 자신이 정성껏 만든 음식을 홀대하는 그가 마음에 들지 않는지 그를 가만 노려보았지만 별말은 하지 않았다. 허형은 서리가 남긴 효종갱을 자기 쪽으로 끌어당기더니 마치 처음 받은 음식처럼 맛있게 먹었다.

"정말 맛이 좋군. 한데 궁금하긴 하네. 우금령 때문에 이 근방의 효종갱집은 다 문을 닫았는데도 어찌 이 집은 계속 성업 중이지? 대체 비법이 뭘까?"

뜬금없는 질문에 서리가 어버버거렸다.

"그…… 글쎄요."

"생각 좀 해보게. 비법이 무엇일 것 같나?"

허형이 재차 물었으나 서리는 영 모르겠다는 듯 눈만 끔뻑거리며 대답하지 않았다. 한 번도 그런 쪽으로는 머리를 써본 적이 없는 것이 분명했다. 말하자면 그는 시키는 일 이외에는 절대로 머리를 쓰지 않기로 다짐한 사람인 것이다. 사실 시키는 일에도 머리를 쓰지 않기로 다짐한 것 같기는 하지만. 그래도 허형이 물었으니 뭐라 말은 할 모양인지 서리는 한참만에야 입을 열었다.

"뭐 뻔하지 않겠습니까. 주모와 이 고을 수령 사이에 돈이 오갔나 보지요."

"자네 한 번도 사또 일 해본 적 없지?"

당연한 소리를. 서리는 뭐 그런 것을 물어보냐는 듯 어이없다는 얼굴로 허형을 빤히 쳐다보았다.

"조선이 그렇게 만만한 나라가 아니야. 우금령이라는 건 일반적이지 않은 상황에서 주상이 직접 내리는 친명이거든. 그런데 주상의 친명을 무시하는 것은 반역 아닌가. 뇌물 몇 푼 받자고 우금령 어긴 사람을 잡지도 않는다면 다음 암행어사가 돌아올 때 즈음엔 뇌물죄는 고사하고 불충 죄가 덧씌워져서 다신 관직에 오를 수 없게 될걸?"

"그런가요."

서리는 어안이 벙벙한 듯 그 말을 듣고만 있었다. 하긴 사또의 사정이란 것은 서리가 상상해본 적도 없으리라.

"게다가 이 거리는 본래 효종갱 거리였네. 이 집 말고 더 유명하고 큰 집도 많았어. 만약 뇌물이 답이라면 다른 집들도 뇌물을 썼겠지. 한데 이 집만 제외하고 모두 영업을 쉬고 있단 말이야."

이야기를 가만히 듣고 있던 작은년의 입에서 제 손가락만 한 갈비뼈를 발라내더니 입을 열었다.

"그라믄 소고기가 아닌갑지요."

작은년의 말에 허형이 호오, 하고 즐거운 듯이 그를 돌아보았다.

"왜. 믹어보니 소고기 맛이 아닌가?"

허형이 묻자 작은년은 고뇌하는 표정으로 자신이 발라낸 갈비뼈를 분석하듯 빤히 노려보았다.

"사실 말여요, 지가 소고기로 요리는 혀봤어두 맛을 알 만큼 소고기를 많이 먹어본 것이 아니라가지구 잘 모르것소. 소고기야 운 좋으면 1년에 한 번 정도 먹는디 그것도 손바닥만 헌 것을 가마솥에 퐁당 담가가지고 아주 진이 나도록 오래오래 끓인 것에다가 시래기나 무로 양을 잔뜩 늘려서 먹응께 워찌 맛을 알겄소. 근디 지난번에 나리께서 먹여주신 소고기 맛을 생각해봉께 이것허고 또 맛이 좀 다른 것도 같고 그라요."

"그래? 맛이 다르다고?"

"야. 긍께 아무래도 다른 고기를 소고기인 척헌 것이 아니겄소? 뭐 노루 고기라든가, 염소 고기 같은 것을 쓴다믄 우금령을 피해갈 수도 있겄지라."

작은년의 말도 일리가 있었다. 하지만 허형은 작은년의 가설도 맘에 들지 않는지 표정이 영 시원찮았다.
"하지만 이건 소고기가 맞다."
"이전 것이랑 맛이 다른디요."
단호한 작은년의 말에 허형은 세차게 고개를 저었다.
"그거랑 비교하면 안 되지. 그건 곡물만 먹여 기른 소고기를 잡자마자 가지고 온, 말하자면 특등품의 소였단다. 좀 더 일반적인 소고기의 맛과 비교를 해야지."
허형은 나를 바라보았다.
"여인이 보기에는 어떠한가. 이것이 소고기가 맞는가?"
나는 혹시 몰라 숟가락으로 고기를 건져내어 씹었다.
"제가 볼 때는 소고기가 맞는 것 같습니다마는…… 노루나 염소 고기의 맛을 모르니 확신할 수가 없겠습니다."
"노루나 염소 고기는 아니다. 노루는 씹는 맛이 덜하고 염소는 특유의 비린내가 있지. 고기 색도 더 진하고."
"그라믄 소고기를 썼으면서두 우금령을 워치케 피했으까요."
작은년이 약간 기가 죽은 듯하여 나는 허형을 얼른 채근했다.
"그러지 말고 형님께서 말씀해주세요."
"내가?"
"다 알고 있으면서 우리에게 수수께끼를 낸 것이 아닙니까?"

허형은 당황스럽다는 듯 손을 내저었다.

"아니야. 나도 정말로 몰라서 물어본 게야. 내가 뭐 모든 문제를 다 알고 있는 줄 아나?"

그래. 나는 허형이 모든 문제를 다 알고 있는 줄 안다. 그가 모르는 문제가 있다는 것은 이상하다. 작은년도 그렇게 생각했는지 허형에게 답을 재촉했다.

"첨부터 암 생각 안 허고 묵었음 몰라도 궁금해졌응께 답을 알아야것소. 빨리 말해보씨요. 워치케 우금령을 피했으까요?"

작은년이 재촉하자 허형은 눈을 빙그르르 굴리며 고민하더니만 이윽고 입을 열었다.

"어쩌면 이 집은 존재하되 존재하지 않는 집이 아닐까?"

그게 무슨 소리지? 나는 허형 쪽으로 조금 더 가까이 다가가 앉았다.

"조선은 팔도에 수령을 직접 파견하지. 각 관할지를 담당하는 수령은 임금으로부터 권한을 위임받아 지역의 안전을 책임진다네. 하니 관할지의 치안을 담당하는 산성에 이상이 있다면 보통은 우선적으로 수리를 한단 말이야. 하지만 남한산성은 예외였네. 아마 토지 측정도 한 적 없을걸?"

"왜요?"

"남한산성까지 적이 쳐들어온 적이 없으니까 굳이 안 한 거지. 돈 아깝잖으냐."

"아……."

"그러니 왜란이 일어났을 때 그렇게……."

허형은 '왜란'이라는 말에 무언가 속에서 울컥하고 올라왔는지 잠시 말을 멈췄으나 곧 평소대로 돌아와 말을 이었다.

"남한산성이 다시 주목받은 것은 왜란 때일세. 서애 유성룡이 왜란 때에 남한산성을 전략적 거점으로 삼을 것을 주장한 적도 있어. 한데 그러지 못했네. 왜냐하면 평화로운 시절에는 성벽을 관리하지 않으니 사람들이 성벽의 돌을 가져다가 제멋대로 주춧돌로 쓰고 자기 집 담장을 쌓는 통에 성벽의 3분지 2가 무너져 내렸거든. 그래서 뒤늦게 성벽을 수리하려 했지만 왜란 중이다 보니 인력이 모자라 조사에 어려움이 있었지. 왜란이 끝난 다음에는 큰 비용이 드는 일이라 쉽사리 손을 댈 수 없었고 결국 지금까지 제대로 토지 측정을 하지 못했어. 어쩌면 이 효종갱집 또한 조선 토지 측정의 미비함으로 인해 등록 누락된 집이 아니겠느냐. 그러면 분명 존재하긴 하나 서류상으로는 없는 집이니 관리를 보내 법을 잘 지키고 있는지 감시할 수도 없었을 게야. 그러니 우금령으로부터 자유로운 것이 아닐까."

잘난 척이 심한 것만 빼면 꽤 그럴싸하게 들리는 가설이었다. 하지만 작은년은 전혀 동의하지 못하는 것 같았다.

"흥. 상인들이 우리 가게가 망해가는디 남의 가게가 잘되는 꼴을 봐줄 것 같어요?"

"그게 무슨 소리야?"

"장사허는 집 열 집이 있다 쳐요. 근디 한 집만 조사를 안 허믄 다른 상인들이 가만히 있을 것 같냐 이 말이어요. 만약 모든 집이 우금령 때문에 장사를 접었는디 한 집만 우금령에 대한 조사 안 받으믄 말여요, 어떤 상인이라도 반다시 민원을 넣었겠지요. 왜 저 집은 안 잡고 우리 집만 잡느냐고요."

작은년의 주장은 그럴싸했다. 나는 그의 말을 보충해주었다.

"그러게요. 관할지에 등록이 되어 있지 않더라도 민원이 들어오면 등록을 해야만 했을 테니 그럼 단속을 할 수밖에 없을 겁니다."

허형은 그것에 대해서는 생각해보지 않은 모양이었다. 처음에 그는 자신의 말이 반박된 것에 대해 다소 당황한 얼굴이었으나 곧이어 감탄한 듯 고개를 끄덕였다.

"작은년이 너는 대체 시장 상인들의 생태에 대해 어찌 아느냐?"

"시장에 많이 가니께 알지라. 상인들은요, 같은 골목서 장사를 혀두 남이 우리 손님 뺏어간다고 생각허믄 머리채도 쥐

4장 야광귀

어 잡고 그라요. 오면 팔고 아님 말지, 허는 어정쩡한 자세루다가 장사허는 사람은 아무도 읎어라."

"작은년이 너 말 잘했다. 형님은 세상 사람들이 다 양반인 줄 아는 경향이 있습니다. 탐정 일을 하시려거든 사람에 대한 이해를 키우시는 것도 중요할 텐데요."

허형은 흥, 하고 거칠게 콧소리를 내더니만 대답했다.

"그래그래. 세상 사람들 다 알고 난 다음에 추리는 다음 생에야 해야 하는 것인데 내가 성질이 급해 이번 생에 하려 드는 것이 문제겠지."

뾰로통하기는. 아무튼 쓴소리는 저절로 귓가에서 걸러 듣는 양반이다.

"한데 이렇게 우리끼리 이야기해봐야 어찌 진실을 알겠습니까."

"그도 그렇군. 답을 알고 있는 이에게 물어보는 것이 제일 정확하겠어. 주모!"

허형은 주모를 불렀다. 추가 주문을 받을 줄 알았는지 주모는 생글생글 웃었으나 허형이 효종갱의 비밀을 알려달라 말하는 순간 표정이 일변했다.

"그건 알아서 뭐 하려고요?"

"그냥 궁금해서 그러네. 알려줄 수 없겠나?"

"영업 비밀이라 안 되겠소."

주모는 별로 이야기하고 싶지 않다는 듯 입을 꾹 다물고는 얼른 발걸음을 옮겼다. 하긴 가게의 비밀을 아무에게나 알려줄 수는 없으리라. 하지만 허형은 집요한 사람이었다. 그 사람은 주인장의 발목을 잡을 방법을 잘 알았다.

찰그랑.

나는 이 소리를 좋아한다. 세상에 이 소리 싫어하는 사람이 있을까. 돌아가려던 주모도 자신이 들은 것이 맞는가를 확인하기 위해 얼른 고개를 돌렸다. 그렇다. 이 소리는 동전이 부딪히는 소리다. 소매에서 돈 꿰미를 꺼내 식탁 위에 올리는 소리라 이거다. 허형은 주모가 뒤돌아보자 얼른 눈을 맞추며 싱긋이 웃었다.

"내 주모에게서 영업 비밀을 털어내려고 하는 것은 아니야. 다만 내 질문에 옳다 그르다만 대답해준다면 좋겠는데. 어떤가?"

"그 정도라면…… 뭐, 좋아요. 뭐가 궁금하신데요."

허형은 우선 서리와 작은년이 말한 가설에 대해, 그리고 자신이 세운 가설에 대해 말해주었다. 주모는 주의 깊게 듣더니만 박장대소를 하며 웃어댔다.

"내 여기서 장사를 오래했지만 손님들처럼 특이하신 분들은 처음이오. 답을 해드리기로 했으니 말씀해드리자면 저는 여기 사또께 뇌물을 쓰지 않았소. 염소 고기나 노루 고기를 쓴 적도 없고요. 한데 나리의 추측은 놀랍구려. 절반 정도는 정답이오. 처음 효종갱집을 할 때는 사실 여기가 서류상으로 없는 동네였기 때문에 세금을 내지 않았어요. 하지만 가게가 유명해지면서 다른 가게들도 여기서 효종갱을 팔기 시작했고 결국 효종갱 거리가 되었으니 당연히 그때부터는 다 관청에 등록이 되었지요. 그렇게 장사를 하다가 올해 여름부터 우금령이 시작되어 관원들이 단속을 하면서 다들 장사를 접었습니다. 저희 집만 빼고요."

허형의 추측이 맞았으니 조금은 기분 좋아할 것이라 생각했는데 의외로 그는 풀이 죽은 듯 탁자에 턱을 괴었다.

"반이 정답이면 반은 틀렸다는 거고 반이 틀리면 다 틀린 거지, 뭐."

대충대충인 사람이면서도 수수께끼 풀이에 있어서는 약간의 결벽이 있었다. 허형은 허공 어디에 시선을 두고는 바쁘게 눈동자를 굴리더니 뜬금없이 이상한 질문을 했다.

"국물을 내는 데에는 북어가 들어가나?"

주모는 이상한 질문이라 생각하는 것 같았지만 순순히 대답해주었다.

"어찌 아셨소?"

"이전보다 좀 더 국물이 진해진 것 같아서."

그 말에 주모가 기분이 좋았는지 싱글벙글 웃었다.

"맞아요. 모르는 사람들은 고기로 우려낸 육수만 쓰는 것이 더 진하다고 생각하지만 안 그렇거든요. 채수와 육수, 거기에 해산물 우린 물까지 섞어서 최적의 비율로 섞는 것이 비법이랍니다. 꾸미들도 따로 손질하고 조리해서 합치는데 그래야 맛도 깔끔하고 재료가 익는 시간을 최상으로 맞출 수 있어 씹는 맛도 살릴 수 있지요. 여러 재료가 들어가는 국이니 잡탕찌개처럼 아무렇게나 끓여서 파는 집도 있지만 그렇게 하면 어떤 재료는 설익고 어떤 재료는 너무 익어서 맛이 없어져서요."

자부심 강한 찬모들일수록 음식 이야기에는 쉽게 마음을 연다. 허형은 찬모의 한마디 한마디에 호응하며 공자님 말씀이라도 되는 듯이 달게 들었다.

"예전엔 다진 마늘을 상마다 따로 주었잖는가. 먹기 전에 넣으라고 말이야. 한데 이젠 마늘도 없는데 맛의 균형은 깨지지 않은 것이 신기하군."

"마늘을 뺀 것이 아니라 고기에 미리 넣어두는 것으로 방식을 바꾼 것이에요. 육수가 바뀌면 먹는 방식도 바꾸는 것이 맞으니까요. 어때요. 이렇게 먹으니 더 낫지요?"

"훨씬 낫네."

"그렇지요? 저 뒤에 보시면 저기 낭자보다도 키가 큰 단지가 다섯 개나 있답니다. 거기에 모두 고기를 재워놨어요."

주모가 자랑스러운지 허리에 양손을 얹었는데 그 모양이 꼭 개선장군 같았다. 한데 주모의 바로 옆에서 허형이 똑같은 표정으로 웃고 있는 것이 아닌가. 아무래도 마음에 드는 대답을 들은 모양이었다.

"수수께끼를 풀었네."

이렇게 빨리? 나는 당황하였으나 허형은 자신의 추리에 확신이 생겼는지 의기양양하게 웃었다. 주모 역시 믿기지가 않는지 "에이, 그런 걸 알아낼 리가 없습니다" 하면서도 불안한 눈동자가 이리저리 흔들렸다. 허형은 잘난 척할 기회를 놓쳐 버릴 사람이 아니다. 그는 곧고 매끈한 검지와 중지를 하나씩 뻗었다.

"우금령에서 자유롭기 위해서는 두 가지 방법이 있지. 금지된 소고기를 쓰지 않을 것, 그리고 단속을 피할 것."

그는 중지를 접었다.

"하지만 이 집은 단속을 피하지 않고 도리어 정면 돌파했으니 방법은 하나뿐일세. 주모는 효종갱을 만들 때 금지된 소고기를 쓰지 않았어."

허형의 검지손가락이 하늘을 찌를 듯 당당했다.

"소고기가 소고기지, 금지된 소고기가 있고 금지되지 않은 소고기가 있습니까?"

"그래. 자연사한 소, 추락사한 소, 혹은 병에 걸린 소를 먹는 것은 허용되지 않나."

 그야 나도 모르는 바가 아니었다. 추석이나 설이 되면 전국에 다리 부러진 소가 넘쳐난다는 농담도 있지 않은가. 하지만 다리 부러진 소를 매번 가져오는데도 아무 문제가 생기지 않는다면 그 또한 뇌물의 문제일 텐데 방금 그 문제에 대해서는 있을 수 없는 일이라며 제쳐두지 않았나. 허형은 내 마음을 읽은 것처럼 말했다.

 "다리 부러진 소를 구하는 것은 위험 부담이 있지. 하지만 누가 봐도 병든 소라면, 관군이 와서 보더라도 문제 삼지 않을 걸세."

 "그라믄 우리가 먹은 소고기가 병든 소란 말여요? 고로코롬 맛이 좋았는디?"

 작은년의 외침에 주모는 자존심이 상한 듯 얼굴을 찌푸렸다.

 "나는 먹을 걸루 장난 안 쳐요."

 허형 역시 그 말에 동조했다.

 "맞아. 자네는 번거로운 조리법을 고수할 정도로 요리에 진심이지. 하지만 건강한 소를 병든 소로 위장하는 정도의 수작 정도는 뭐 어떤가. 마늘을 이용한 게지?"

 허형의 말에 주모의 눈동자가 흔들렸다. 건강한 소를 병든 소로 위장한다니 대체 무슨 소리인가. 나는 아직도 답을 알 수가 없었는데도 작은년은 벌써 알아챘는지 무릎을 쳤다.

"녹변!"

녹변이 뭔가. 내가 질문하기 전에 작은년이 먼저 대답했다.

"소고기에 마늘 양념을 허면 고기 색이 붉은색에서 초록색으로 변하걸랑요. 그라믄 언뜻 봤을 때 꼭 상한 고기 같겄지요. 3일이나 재워둔다믄 더 헐 것이고요. 그라믄 관원들이 소고기를 보드라도 병든 소라고 생각헐 텡께 법을 어긴 것은 아닌 셈이지라."

작은년에 이어 허형이 설명을 이었다.

"대신 마늘 냄새가 짙게 밴 고기에 일반적인 육수를 썼더니 이전만큼 맛이 없었을 거야. 그래서 새로 육수를 만들어야 했지. 더 진한 육수에 마늘 냄새가 묻히도록 말일세. 결국 마늘 넣은 소고기를 이용하기 위해 이 집 효종갱의 조리법도 완전히 바뀔 수밖에 없었어. 내 말이 틀린가?"

허형의 말을 듣던 주모는 조금 고민하는 듯하더니 허형의 옷소매를 잡아끌었다.

"비밀은 꼭 지켜주셔야 해요."

주모가 잡아끈 것은 허형의 소매였지만 우리 모두 그 뒤를 따랐다. 주모는 가게의 뒤로 가더니 외따로 지어둔 창고로 우리를 데려갔다. 그곳에는 작은년보다 키가 큰 장독이 몇 개나 있었는데 주모는 그것이 퍽 자랑스러운지 마디 굵은 손으로 장독대를 쏠더니 뚜껑을 열었다.

"이게 양념한 지 사흘 된 고기요."

뚜껑을 연 순간 마늘 냄새가 진동을 했는데 하나같이 색이 푸르죽죽한 것이 영 상태가 좋지 않아 보였다. 정말 이 정도 색깔이면 병든 소를 잡았다 해도 믿을 것이다.

"마늘을 잔뜩 넣으면 신선도도 오래 유지되지요. 잡내도 시라지고요."

목소리에서 자부심이 넘쳤다. 허형은 자신의 추리가 맞은 것이 기뻐서 그런 것인지 주모의 자부심이 보기가 좋아서 그런 것인지 혼자 박수를 치기 시작했다.

"자네는 천재일세."

그런 식의 칭찬은 처음이었는지 주모는 조금 당황한 듯했다.

"마늘이 들어가면 녹변한다는 것은 요리하는 찬모라면 다 아는 사실인데요."

"다 아는 사실이겠지. 하지만 상식을 이용하여 우금령에도 소고기를 파는 것은 완전히 다른 문제야. 자네는 천재가 틀림없어."

허형이 치켜세우자 주모는 기분이 좋아졌는지 이후로는 이것도 맛보라, 저것도 맛보라며 새로 보는 반찬들을 잔뜩 내주었다. 그러니까 아무래도 허형은 '그것'이 생각난 모양이었다. 허형은 내 눈치를 보더니 혀를 굴려 딱, 하고 소리를 내더니만 배시시 웃었다. '그것'이 무슨 의미인지 아는 내가 하는 수 없이 고개를 끄덕여 허락하자 허형은 목소리 높여 주모를 찾았다.

"주모. 여기 소주 한 병."

그렇게 한 병으로 시작했던 것이 곧 두 병이 되었고, 세 병쯤 마셨을 무렵 동이 터오기 시작했다. 그러자 남한산성의 유일한 효종갱집에 사람들이 몰리기 시작했는데 그중에 광주목의 이방이 있었기에 그날은 광주 관아로 옮겨서 다시 마셨다.

일주일 정도 광주에 머물면서 허형이 광주 목사와 의형제를 맺은 다음에는 술병이 나서 사흘은 누워서 요양을 해야만 했고, 누워 있으려니 소문을 들은 이천 부사가 이번엔 자기 관아에서 마시자고 해서 이천 관아로 옮겨 마시고……. 뭐 그렇게 된 것이다. 그렇게 각 지역의 관아를 돌아가며 술을 마시고 뻗고 술병이 나서 며칠 와병 생활을 했다가 다시 다른 관아의 수령과 마시기를 반복했더니 이것이 유배 길인지 전국 관아 음주 기행인지 구분이 안 될 정도였다.

결국 유배지인 함열에 도착했을 때는 어느새 시간이 훌쩍 지나 새해를 넘기고 정월 대보름도 넘겨 남들은 밖을 돌아다니지도 않는다는 귀신날이었으니 함열에 들어서자마자 눈이 내리기 시작했다. 올해 본 첫눈이었다.

귀신날

자고로 귀신날에는 문밖 출입을 하는 것이 아니다. 이날은 종일 귀신이 돌아다니므로 산에서는 나무하러 가지 않고 바다에서는 출어하러 가지 않는다. 특히 저녁에는 신발을 잘 숨겨두어야 한다. 밤새 야광귀가 돌아다니며 신발을 신어보나가 맞는 신발이 있으면 신고 가버리는데 그렇게 신발을 잃어버리면 한 해 동안 불운이 온다고 한다. 그러니 내 오늘은 나가지 말고 주막에서 하루라도 쉬다가 가자고 했는데도 평소 늑장 부리는 허형답지 않게 나를 괜히 재촉하는 것이었다.

"자네는 유학자라면서 무슨 그런 허무맹랑한 소리를 믿나? 귀신날? 그거 정월 대보름에 술 먹고 놀던 하인들이 다음 날에 숙취로 일어나기 힘드니 하루 더 놀려고 만든 날이지. 귀신이 있기는 어디에 있어?"

하는 통에 결국 나서기는 했는데 아니나 다를까 아침부터 눈이 오고 있었다. 군불을 피워둔 방 안에서 문을 빼꼼 열어 눈 내리는 풍경을 본다면 더없이 좋았겠으나 지금은 밖에서 우마차를 운행하는 형편이니 눈이 전혀 반갑지가 않았다. 바퀴는 자꾸 미끄러지고 시야가 나빠져서 모든 골목이 다 똑같이 보였다. 나는 결국 함열 시내를 한 바퀴 돌았는데 그럼에도 어디가 관아인지 제대로 구분할 수가 없었다. 사람이라도 걸어 다닌다면 물어볼 텐데 눈발이 흩날리니 아무도 길거리를 다니지 않았다. 그사이에 허형이 일어났는지 주위를 둘러보기에 나도 말을 걸었다.

"형님. 우리가 길을 좀 헤매고 있는 것 같은데요. 아까 거기서 우측으로 꺾었어야 했나 봅니다."

하지만 허형은 눈을 감고 킁킁대며 냄새를 맡더니 씩 웃으면서 내 어깨를 두드렸다.

"헤매기는. 제대로 왔는데. 계속 직진일세."

제대로 왔다고? 그 말을 믿을 수는 없었지만 허형의 말대로 계속 직진을 했더니 눈보라 사이로 드디어 관청의 모습이 보였다. 허형은 그 앞에 멈춰 서서 눈을 감고는 한참 냄새를 맡았다.

"간장 졸인 냄새가 아주 기가 막히는구먼. 밥이나 먹고 가지."

서리가 그 말에 놀라 얼른 뛰어내려서는 허형의 앞을 가로막았다.

"안 됩니다. 귀양을 오셨으면 보고를 먼저 드려야 하는데 밥이라뇨."

"함열 현감이 우리 먹으라고 음식을 해둔 모양인데 거절하는 것도 예의가 아니지."

그게 무슨 소린가 싶었으나 정말로 관아의 문이 열리더니만 누군가가 나오는 것이 아닌가.

　대문 사이로 나온 사람은 큰 가체를 올린 미인이었는데 분홍색 장미석으로 된 비녀가 무척이나 화려했다. 또한 기생의 외모 역시 시골에 있을 만한 미모가 아니어서 솔직히 말해 귀신이라고 해도 믿을 수 있을 것 같았다.

　"여기까지 오시느라 고생 많으셨습니다."

　"우리가 누군지 알고 맞이하는 겐가?"

　"미천한 종이 어찌 정순한 기운을 가진 교산 허균 선생을 알아보지 못하오리이까."

　"몇 날 며칠 씻지를 못해 거지나 다름이 없는데 정순한 기운은 무슨……."

　허형의 불평에도 기생은 허형의 옷매무새를 찬찬히 살피며 대답했다.

　"명나라에서 건너온 촉금 비단옷을 입고 최고급 제주 말총으로 만든 전주의 갓을 쓰셨사온데 그것이 조금 더러워졌다 해서 가치를 잃겠나이까? 진주는 진흙 속에 있어도 진주인 법이더이다."

　이렇게 더러운데도 그게 보이는구나. 나는 기생의 눈썰미에 감탄하여 그저 입을 벌릴 수밖에 없었다.

　"소녀는 초란이옵니다. 다들 기다리고 계시니 어서 오셔요."

초란이 무겁고 삐걱거리는 문을 열었다. 나는 이 모든 상황이 낯설고 두렵게만 느껴지는데 허형은 그저 모든 것이 재밌는 모양인지 얼른 일어나 이상한 노래를 불러댔다.

   정순한 기운을 가진 교산 허균 선생 들어가신다

   아무튼 웃기는 양반이다. 부끄럽지도 않은가. 겸양이야말로 양반의 미덕이라는 말은 허형에겐 전연 통용되지 않는다. 허형의 다리가 노둣돌을 넘어서자 나도 작은년도, 그리고 서리까지 그 뒤를 따랐다.
   관청은 텅 비어 있었다. 동헌,* 향청,** 질청***은 물론 형옥에도 사람이 없었는데 심지어는 관노들이 머무는 관노청에도 개미 새끼 하나 없으니 이 관청에서는 노비도 부리지를 않는 것인가. 오며 가며 인사하는 사람 하나 없이 텅 빈 관아에 황량함이 감돌았다.
   "다들 어디 갔느냐? 어찌 형옥에 죄인조차 없지?"
   내가 묻자 기생은 뭘 그런 걸 물어보냐는 듯이 눈을 찡긋했다.

*   사또가 업무를 보는 공간.
** 고을 양반들의 대표자인 좌수와 별감이 있는 공간.
*** 아전들의 근무처.

"대보름 사면이어요. 겸사겸사하여 사또께서 관청의 관원들에게도 모두 휴가를 주셨으니 이곳엔 나리들뿐이랍니다."

우리뿐이라고? 나는 침을 꿀꺽 삼켰다. 기분 탓인지 멀리서 여우인지 사람인지가 우는 소리가 들리는 것도 같았고 누군가 우리를 지켜보고 있다는 생각마저 들었다. 보이지 않는 곳에서 눈이 몇십 개가 왔다 갔다 하는 듯한 꺼림직한 느낌이 들었는데 밀리 김은 음성이 아른거리기까지 해서 다시 눈을 비벼서 보았더니 아무것도 없었다. 내가 지쳐서 이런가 아니면 정말로 무엇에 홀린 것인가, 싶어 고민하던 차 나는 바닥에 사람 발자국이 있는 것을 보았다. 신발 자국이 아니라 발가락이 다섯 개인 사람 발자국이었다. 너무 놀라 자리에서 뒷걸음질을 쳤을 정도인데도 초란은 별것 아니라는 듯 싱긋 웃으며 얼른 치맛자락으로 그 위를 덮어버렸다. 이런 말을 꺼내면 허형이 또 쓸데없는 소리를 한다며 화내겠지만 어쩌면 야광귀가 정말로 자기 발에 맞는 신발을 찾아 돌아다니고 있는지도 몰랐다.

"뭘 그리 보십니까. 어서 가요."

육중한 문을 열어 내아에 들어서자 이번에는 한겨울에 초록 잎이 우거진 정원을 마주하게 되었다. 대체 이것은 또 무엇인가. 아무리 전라도라 한양보다는 따뜻하다 해도 어찌 한겨울에 초록이 있을 수 있단 말인가. 겨울에 초록 잎이 돋는 것은 저승에서나 있을 법한 일이니 나는 긴장하여 한 걸음도 더 가지를 못하겠는데 허형은 내 맘도 모르고 그저 싱글벙글이었다.

"평양 감사가 좋은 자린 줄 알았더니 함열 현감이 더 좋은 모양이군. 대체 얼마나 고을이 풍요롭길래 한겨울에도 초록 수풀이 우거진단 말인가."

허형이 감탄하자 뒤따르던 작은년이 입을 삐죽이며 대답했다.

"수풀이 아니라 명이나물."

"나물이라고?"

허형이 놀라 작은년을 돌아보았다.

"이 계절에 나물이 난단 말이냐. 나는 처음 보는데."

"그야, 나리 같은 양반님은 자실 일이 읎으싱께 모르는 것이 당연허지라. 명이나물은 전라도 어디에 쬐끔 나고 강원도 어디에 쬐끔 나는디 한양 사시는 나리가 워찌 알고 자시겄소."

그 말에 허형은 과연, 하고 무언가 깨달은 표정이었다.

"나는 늘 세상에 내가 먹어보지 못한 음식이 많은 것을 한탄하여 명나라로, 왜로 나돌기를 좋아했더니 내 나라에 있는 나물도 못 먹어본 것이 많구나. 너한테 앞으로 배울 것이 많겠다."

작은년의 말을 들으니 그제야 함열 관아가 사람이 사는 곳으로 보였다. 한겨울에 푸른 묘목이 있는 곳에서는 쉴 수 없어도 그것이 사람 먹을 나물이라면 안심이었다. 그래 모든 것이 오해였던가. 귀신날에 돌아다니다 보니 괜히 겁을 먹은 것일지도 모른다. 나는 초란의 안내를 따라 사랑채로 들었다. 불을 얼마나 땠는지 문을 열자 훈풍이 얼굴 위에 앉았을 정도였다. 사랑방 한가운데에서 술을 마시던 남자 둘이 일어났는데 하나는 구군복을 입고 하나는 짤막한 갓을 쓰고 있었으니 누가 고을 사또인지는 명확했다.

"교산 허균 선생 되십니까."

허형이 고개를 끄덕하자 그제야 두 사람이 허리 숙여 인사했다.

"함열 현감 장현석입니다. 유배 길 고생이 많으셨지요."

"지는 호방 조만삼이올시다. 오시는 길 수고 많으셨어라."

호방은 눈꼬리가 아래로 내려간 것이 성격이 좋아 보였고 키가 크며 훤칠하였다. 말투도 그렇고 몸가짐이 묘하게 세련되어서 시골 사람 같지 않았다. 현감 역시 사람이 좋아 보였다. 어쩌면 함열의 현감과 호방은 허형에 대해서 이미 알고 있고 또 호의를 가진 인물인지도 모른다. 유배 생활에서 어쩌면 도움을 받을 수 있으려나. 나는 조금은 마음이 편해졌다.

"제가 오늘 올 줄은 어떻게 아셨습니까?"

현감은 조금 쑥스러운 듯이 대답했다.

"실은 귀양객이 들어오면 바로 연통하라고 성문 문지기에게 말해두었습니다."

"굳이 그렇게까지……."

"나라의 큰 선비신데 만나 뵙는 것만으로도 영광이지요. 어서 이리로 앉으십시오."

현감은 허형을 연회장의 상석으로 앉히려는 것 같았으나 그 큰 방에는 방석도 주안상도 오로지 세 개뿐이었으니 나와 작은년이 앉을 자리는 없었다. 허형이 그것을 보더니 들어가지 않고 버티고 서 있자 현감은 안심하라는 듯 몇 마디 덧붙였다.

"역시 소문대로 마음이 인자하시군요. 아랫것들은 옆에 따로 자리를 마련했으니 안심하십시오."

현감이 여보라는 듯 맞은편의 문을 열어 보였다. 현감더러 사람 좋아 보인다고 했던 말을 취소하겠다. 뒤주 하나 들어가면 꽉 찰 것 같은 좁은 방에는 초라한 개다리소반이 차려져 있었는데 슬쩍 보니 보리밥과 시래깃국, 막걸리 한 병이 전부였다. 솔직히 말해 집안에서 부리는 머슴에게도 연초에 이런 밥을 주지는 않는다. 화가 났지만 허형을 곤란하게 하고 싶지 않아 어떻게 행동해야 할지 결정하지 못하고 있는데 형님이 얼른 내 손을 잡아끌더니만 보리 밥상 앞에 가 앉았다.

"이야. 함열 사또께서 백성을 생각하는 마음이 깊어 단사표음*으로 접대를 하시니 이것은 분명 제가 이 일을 마음에 품고 있다가 다시 한양에 돌아가서라도 잊지 말라는 뜻이겠지요."

그 소리를 듣고 어떻게 버티겠는가. 결국 현감은 우리 모두를 사랑으로 들였다.

나와 작은년을 위한 새 상이 차려지는 동안 세 사람은 서로의 안부를 물었다. 양친은 안녕하시냐, 부임한 지 얼마나 되셨냐 같은 사소한 것들 말이다.

"관송 대감이 안부를 여쭈시더군요. 사또의 부친께서 관송 대감과 같은 서원 출신이시라고요. 도산서원이시던가요?"

"하하. 조선 땅 학연 지연이지요."

그리고 나와 작은년은 하릴없이 발을 꼬물거리면서 눈동자만 이리저리 굴리며 방을 구경했는데 시골 현감의 방치고 꽤 화려하여 볼 것이 많았다. 옷궤는 붉은 옷칠을 한 오동나무에 나전 칠기를 박아 나비가 날아다녔고 그 위에는 청화백자가 놓여 학이 날아다녔으니 눈이 드는 곳마다 날아다니는 것들 천지였다. 해맑은 인상과는 달리 백성들의 혈세를 무지하게 빨아먹는구나, 하는 생각밖에는 들지 않았다.

* 한 그릇의 밥과 표주박의 물. 검소한 생활을 이르는 말.

"그러고 보니 서리는 어디에 갔지?"

내가 묻자 작은년은 모르겠다는 듯 어깨를 으쓱했다. 관아로 들어오면서부터 자연스럽게 헤어진 모양이었다. 하긴 서리 몸으로 고을 사또와 밥을 먹는 것이 편하지만은 않을 것이다. 그렇게 생각하며 방을 둘러보는데 이상하게도 방 중앙에 왜도가 장식되어 있었다. 왜도라니. 어째서 저런 것이. 내가 그것을 한참 보았더니 현감이 자랑이라도 하려는 듯 얼굴을 씰룩거리며 말했다.

"훌륭하지요? 제 전리품입니다. 왜란 때 제가 직접 적장에게서 갈취한 것이지요."

왜도를 전리품처럼 자랑하는 사람들이 있다고는 들었지만 실제로 본 것은 처음이다. 보존 상태가 어찌나 좋은지 20년 된 칼이 아니라 마치 어제 만든 것 같았다. 현감은 내가 칼을 보는 것을 눈치챘는지 그대로 그것을 잡아 들어 휘두르는 것을 보여주었는데 그 자세가 하도 엉망이라 앞서 한 말이 거짓말인 것을 단박에 알 수 있었다. 저런 거짓말에 넘어가는 것은 어린이들뿐일 것이다.

초란이 거문고를 연주하는 동안 찬모가 들어와 음식을 차려냈는데 겉으로 보기에는 참으로 훌륭한 음식이었다. 민어탕과 실처럼 얇게 썬 농어회, 숯불에 간장을 발라 구운 우심적이 올랐는데, 민어는 선비의 생선이고 농어회는 안빈낙도를 뜻하며 우심적은 왕희지가 좋아하던 것이니 선비의 밥상으론 차고 넘친다.

"미식가시란 소문을 들었는데 입맛에 맞으실지 모르겠습니다. 어서 드시지요."

허형이 농어회를 집기에 나도 그를 따라 농어회에 먼저 젓가락을 댔다. 고기 맛은 잘 몰라도 농어의 맛은 나도 좀 안다. 사실 사대부라면 누구나 농어회를 좋아하지 않던가. 진나라 장한의 고사가 있으니 말이다.

진나라에 장한이란 사람이 낙양에서 벼슬을 하던 중에 가을바람이 불어오자 문득 고향에서 먹던 소박한 음식이 그리워졌다. 낙양에서는 온갖 산해진미를 먹고 화려한 집에서 살며 권력을 누렸지만 사실 그가 정말로 바랐던 것은 고향에서 아무 걱정 없이 먹던 순챗국과 농어회였던 것이다. 결국 장한은 벼슬을 버리고 고향으로 돌아갔으니 이후로 많은 시인들이 청빈한 삶에 대한 동경으로 '순챗국과 농어회'를 노래했다.

작금은 겨울이라 순챗국은 없으나 그럼에도 농어회를 낸 까닭은 아마 귀양 온 허형을 안빈낙도를 위해 낙향한 장한에 빗댄 것일 게다. 시골 현감치고 풍류를 아는가 하여 흐뭇했다.

"장한의 고사에 나오는 농어회를 생각하시며 차리신 모양입니다."

내 말에 현감은 고개를 끄덕였다.

"그렇소. 순챗국에 농어회를 준비하고 싶었으나 가을바람이 벌써 겨울바람이 되어버렸으니 농어회라도 준비한 것입니다. 어찌 맘에 드시는지."

하지만 허형은 찡그린 얼굴로 농어회를 씹더니만 쓴 약이라도 먹는 듯한 표정으로 겨우 목구멍으로 삼켰다. 허형이 왜 저런 표정인지 안다. 제철 생선이 아니라 맛이 없는 것이다.

장한은 가을바람에 순챗국과 농어를 떠올렸지만 사실 그것들은 여름에나 별미이지 가을만 되어도 먹을 만한 것이 못 된다. 그래서 허형은 일찍이 장한의 고사를 여러 번 비판했었다.

"장한이란 놈은 순채도 농어도 제대로 먹어본 적이 없을 게다. 가을바람이 부니 순채와 농어가 먹고 싶어진다고? 말도 안 되는 소리. 진나라 시황제가 죽은 이후로 자기도 숙청당할까 봐 도망치고 싶은 나머지 평소 먹지도 않던 고향 음식을 되는대로 이야기했을 뿐이야. 한데도 선비들이 죄다 그것에 속아 안빈낙도니 어쩌니 하며 풍류를 아는 척하는 것이 어찌나 꼴 뵈기 싫은지 모르겠다."

허형이 그런 말을 하던 것이 기억난다. 허형은 자신이 허영 부리는 것은 좋아하면서도 남이 허세 떠는 것은 죽을 만큼 싫어했다. 특히 음식에 관련해서는 더욱 그러하다.

우심적도 그렇다. 허형은 정말로 우심적을 싫어했는데 그 이유는 단순했다. 맛이 없기 때문이었다. 씹어도 씹어도 끝이 없다. 턱이 아플 때까지 씹어서 겨우 넘기고 나면 끝맛으로는 잡내가 올라오기 십상이다. 그런데도 괜히 왕희지가 먹었다 하여 맛도 없는 우심적을 우대하고 도리어 부드럽고 맛좋은 부위를 천시하는 것은 소에게도 잘못하고 있는 것이 아니냐며 허형은 조선 선비의 허세에 대해서 3박 4일간 떠들어댄 적도 있을 정도다.

허형은 입을 헹구려는 듯 민어탕을 먹었으나 민어 역시 여름이 제철이니 그리 달지는 않을 터. 역시나 허형은 이번에도 딱 한 수저 먹었을 뿐, 더는 먹지 않았다. 그는 딱, 소리가 날 만큼 크게 숟가락을 내려놓았다.

"입맛만 버렸군."

현감의 눈썹이 급격한 경사를 이루며 양미간 쪽으로 뻗쳐 올랐는데 그래도 손님 앞에 있다는 자각은 있는지 화를 내지 않으려고 참는 모양이었다. 호방도 내 그릇을 보더니 한숨을 쉬었다.

"거의 드시지를 모더셨네요."

"음식이 입에 맞지 않으십니까?"

"아 이건……."

나나 허형이나 입이 짧기는 매한가지지만 허형은 입맛이 까다로워서 짧은 반면, 나는 많이 먹지 못해서 짧은 것이다. 이 정도면 꽤 많이 먹은 것이라고 변명하려던 찰나, 허형의 간섭이 더 빨랐다.

"죄송합니다. 저희 입맛이 까다로워서……. 먼저 유배 오신 임해군 대감께서는 잘 드셨습니까?"

순간 공기가 얼어붙었다. 그게 무슨 소린가. 유배라니? 게다가 임해군? 나는 허형이 농을 하나 싶었으나 현감의 얼굴이 묘하게 일그러졌기에 그것이 참이라는 것을 알았다. 임해군과 같은 곳으로 유배를 오게 되었다니……. 이런 말은 내게 미리 해주어도 좋았을 것을.

요즘 들어 허형은 나보다 이이첨과의 사이에서 더 많은 이야기를 나누고 있다. 그것이 개인적 친분이 아닌 나랏일이라는 것을, 그리하여 어쩔 수 없는 일이라는 것을 알고는 있다. 하지만 허형의 벗 중에 나처럼 정계에 인맥이 없는 벗도 드무니 오히려 내게는 무슨 이야기를 해도 괜찮으련만. 나는 그것이 조금 섭섭하였다.

"이애기허시는 중에 죄송허지만서두 지가 좋은 술을 한 병 준비혔는디 어쩨 맛 한번 보시것습니까."

현감이 대답하지 않고 입을 다물자 호방이 도리어 허균을 달래기 위해 당근을 꺼내 들었다. 유배당한 왕자 하나를 두고 대체 무엇을 두려워하는 것인가. 허형은 대답도 않고 물 마시던 잔을 비우고 호방에게 내밀었다.

"좋습니다. 어디 한번 꽉꽉 따라보세요."

"요것이 독주라 이릏게 드실 술은 아닌디……."

호방은 잠시 망설이더니 물잔 가득 술을 따랐다. 허형은 저래 봬도 술이 약하다. 술자리 자체를 좋아하니 늘 말술이나 먹을 것처럼 자존심을 세우지만 실은 마시면 마시는 대로 취하는 약해빠진 인간이다. 나는 허형을 말릴까 잠시 고민했지만 일단 내버려두었다. 유배 생활이 시작되면 술 마시는 날도 이제 끝인데 굳이 그를 말릴 이유를 찾지 못했기 때문이다. 허형은 술을 한 모금 마시더니 감탄해 마지않았다.

"독주라 하시더니 우물물처럼 시원하고 맛이 좋군요."

한 번에 입에 털어 넣더니 허형은 크으, 하고 감탄하며 입을 닦았다.

"부드럽기는 헌디 독주잉께 조심허시오."

"걱정 말고 한 잔 더 주시오."

호방은 한 잔 더 따랐다. 허형은 이번에도 한 번에 잔을 비웠다. 그에 이어 현감 역시 호방에게 한 잔을 받아 마셨다. 그런 다음, 현감은 무언가 말할 것이 있는 사람처럼 입술을 혀로 한번 훑더니만 한참을 뜸을 들이다 겨우 입을 열었다.

"실은 임해군이 행방불명되었습니다."

순간 사랑채에 정적이 감돌았다. 이런 말을 내가 듣고 있어도 되는 것인가 싶어 일어나려 했으나 허형은 내 손을 잡아 앉혔다.

4장 야광귀

"사실 선생이 오시기만을 기다렸습니다. 듣자 하니 선생은 명탐정이시고 수많은 사건을 해결하셨다 하니 제발 저 좀 살려주십시오. 임해군을…… 임해군을 찾아주십시오!"

 허형은 아무 말 없이 현감을 똑바로 쳐다보았다. 기다 아니다 대답을 해줘야 할 텐데 어찌 이렇게 아무 말도 없을까, 하여 그의 옆구리를 손가락으로 찔렀더니 상체가 저항 없이 내 쪽으로 슬쩍 기울어 그의 머리가 내 어깨 위에 닿았다. 이 사람이 왜 이러나 싶어 보니 눈이 벌써 감겨 있었다. 내가 놀라 그의 떨어지는 상체를 얼른 받아냈는데 불콰한 뺨에선 술 냄새가 났고 벌어진 입에서는 드르렁, 하고 코 고는 소리가 나는 것이 완전히 취한 듯했다. 나는 그의 명예를 위해 원래 술에 약하다는 말 대신 다른 변명을 내세웠다.

 "오랜 여독 때문에 그런가 봅니다."

 현감은 실망했다는 듯 길게 한숨을 쉬었다.

 "여기에 이불을 깔겠습니다. 저희는 별채로 가서 한잔 더 할 생각인데 선생께서도 동석하시겠습니까?"

 뒤를 돌아 작은년을 보았더니 작게 고개를 저었다. 그래. 사실은 나도 술을 더 마시고 싶은 생각은 없었다. 나는 그의 권유를 정중하게 거절했으나 호방은 그것을 받아들이지 않았다.

 "명탐정의 친구분이라두 이애기를 좀 들어주심 좋겠는디

요."

그래서 나는 하는 수 없이 사랑채를 나가 별채로 들었으나 정작 그들은 임해군에 대한 이야기는 거의 하지 않았다. 자기들끼리 안주를 가지고 오네 술을 가지고 오네 하며 한 명씩 자리를 비우는 통에 정신만 사나웠을 뿐이다.

술자리가 끝나 다시 허형이 잠든 사랑채로 들어가려고 신발을 찾는데 이상하게 섬돌 위에 올려둔 내 신발이 없었다. 내가 설마 맨발로 이동을 했던가, 하고 고민하고 있는데 그때, 내 머리를 때리는 생각이 있었다.

오늘은 귀신날이 아닌가. 어쩌면 야광귀가 돌아다니며 내 신발을 신고 가버렸는지도 모를 일이다. 나는 놀라 주위를 둘러보았으나 눈이 내려 발자국 같은 것은 보이지 않았다. 허형은 괜찮은가. 나는 얼른 맨발로 마당을 거슬러 사랑채로 들어갔다. 문을 열자마자 지독한 냄새가 났는데 술 냄새와는 또 다르기에 대체 이게 무슨 일인가 하여 보니 허형의 옆에 사람 하나가 누워 있는 것이 아닌가. 처음에는 그것이 기생 초란인가 하였으나 그러기에는 몸체가 크고 두툼했으므로 들창을 열어 달빛에 얼굴을 확인했는데…….

"야광귀다!"

녹빛의 얼굴을 가진 야광귀가 허형의 옆에 나란히 누워 있었다. 이게 무슨 일인지 파악도 하기 전에 복도 바깥으로 쿵

쾅거리는 발소리가 가까워졌는데 분명 내 비명 소리가 사람들을 불러 모은 것일 테다. 나는 내가 소리를 지른 것이 옳은 선택이었는지 헷갈리기 시작했다.

 가장 먼저 들어온 것은 작은년이었고 연이어 눈에 왕방울만 한 눈곱을 붙인 현감과 아직도 술 냄새가 풀풀 풍기는 호방이 옷도 제대로 추스르지 못하고 벌컥 문을 열었다. 곧이어 초란과 부엌에서 해장국을 만들던 찬모 춘섬까지 뛰어나왔으니 사랑방은 마치 전쟁 통을 방불케 했다. 특히 호방은 죽은 지 오래되어 보이는 시체와 우리들을 차례로 눈으로 훑더니만 어찌나 놀랐는지 신발도 벗지 않은 발로 들어와서는 소매에서 손수건을 꺼내 시체의 얼굴을 가렸다.

 "대치 이게 무신 일이래요?"

 호방이 마치 범인을 취조하듯 허형을 쏘아붙였지만 허형은 아직도 술이 깨지 않은 듯 멍청한 표정으로 호방을 쳐다보더니 무겁게 입을 열었다.

 "글쎄. 나는 계속 잠만 잤는데."

 "그라믄 대치 이 시체는 뉘기란 말여요?"

 "그야 나도 모르지."

 그때 한 걸음 뒤에 있던 초란이 끼어들었다.

 "저는 알겠습니다."

 "누군지 알것다고? 거짓골 아니고?"

호방이 소리치자 초란은 살짝 눈을 찌푸려 시신을 한 번 더 보더니만 그렇다고 단언했다.

"네. 본 적 있는 옷입니다. 소녀, 사람 얼굴은 잊어도 한 번 본 두루마기의 맵시는 절대 잊는 법이 없나이다."

사람들이 길을 터주자 초란이 가까이 다가와 시신을 다시 보았다. 잠시 비위가 상했는지 무언가 목구멍으로 올라오는 모양이었으나 시신의 얼굴에 시선을 맞추지 않고 옷차림과 장신구에 집중하니 조금 견딜 만한지 손으로 얼굴을 가리고 서는 입으로만 겨우 숨을 쉬었다.

"명나라 비단에 모란 자수, 평양 외올망건에 산호 동곳, 호박풍잠에 관자는 도리옥, 갓끈은 유리알에 금동 정자를 했으니 이는 분명……."

초란은 그가 누군지 아는 모양이었지만 차마 이름을 말할 수는 없는지 눈동자를 이리저리 굴렸다. 그때 허형이 초란의 어깨를 짚고는 호통을 치기 시작했다.

"숨기지 마라!"

갑작스러운 호통에 초란이 놀랐는지 뒷걸음질을 치자 허형은 다시 다그쳤다.

"고민하지 말고 숨기지 마라! 지금 네가 뭔가를 숨기기 위해 머리를 쓰고 있는 것이 아니냐. 무엇으로 덮거나 변형시킬 생각 말고 당장 떠오른 사람을 말하거라. 어서!"

허형이 초란을 몰아세우자 초란은 울 것 같은 표정으로 입을 열었다.

"하나 그 이름을 말해도 되올는지 알 수가 없으니……."

"여기 현감께서 네 안위를 지켜주실 것이다."

그제야 초란은 겨우 입을 열었다. 띄엄띄엄 입에서 흘러나오는 그 이름은 바로…….

"임해군 대감이 분명하외다."

허균이 매섭게 되물었다.

"그 말이 틀림없으렷다."

"제가 어찌 거짓을 아뢰겠나이까."

"임해군을 언제 어떻게 보았느냐?"

"임해군 대감께서는 한 달 전 쌍가마를 타고 함열 시내를 행차하며 유배를 오셨으니 이는 저만 본 것이 아니라 함열 백성 전체가 보았나이다. 그렇지 않은가?"

초란은 사람들 사이에 가려져 있던 찬모를 가리키며 물었다. 찬모 역시 고개를 끄덕였다.

습관처럼 나는 죽은 자의 외형을 살피다 관자를 확인했다. 이전에 애생을 죽인 숙수의 위장에서 발견한 것과 똑같았다. 나는 관자를 떼어내어 허형에게 가져갔다.

"정말 임해군이란 말인가. 죽은 지 얼마나 된 것 같으냐?"

"글쎄요. 색으로만 보면 사흘은 지난 듯도 하고……. 모르겠습니다. 겨울이니 어쩌면 일주일 정도 되었을 수도 있겠지요."

그 말에 주위 사람들이 모두 가벼운 한숨을 내쉬었다. 안심한 것이다. 나 역시 마찬가지인데 적어도 나는 두 가지 이유로 안심하였다.

첫째로 이 시체는 야광귀가 아니며, 둘째로 이곳에 범인이 있는 것은 아니다. 시체와 함께 있는 것은 참을 수 있어도 살인범과 함께 있는 것은 참을 수 없는 일이다.

"지금 내아에 있는 사람은 하인을 포함하여 이게 답니까?"

허형이 물었다. 현감은 멍청한 얼굴로 고개를 끄덕였다.

"그렇습니다. 대보름 휴가인지라······."

현감의 말에 허형은 심각한 얼굴로 사람들의 얼굴을 하나씩 쳐다보았다.

"죽은 임해군이 걸어온 것이 아니라면 제 방에 이 시체를 들인 사람이 이 가운데 있단 소리군요."

순간 공기가 빠르게 얼어붙었다. 사람들을 한 번씩 훑던 허형의 시선이 현감에게 오랫동안 머문 것도 바로 그때였다. 하긴 당연한 추론이다. 이곳은 함열 관아 내에 있는 현감의 내아다. 누구나 제멋대로 드나들 수 있는 공간이 아니란 소리다. 이 공간을 책임지는 것은 현감이니 어쩌면······. 나 역시 현감에게로 시선을 던졌다. 하나 현감은 자신은 아니라는 듯

땀을 뻘뻘 흘리며 손을 내저었다.

"저…… 저는 아닙니다!"

"범자들은 누구나 그리 말합니다."

허형의 말에 현감은 더더욱 끔찍한 듯 몸서리를 쳤다.

"선생께서는 탐정이시니 금방 제 결백을 밝혀내실 겝니다. 하니 나리, 부디 이 사건을 맡아 해결해주십시오."

현감이 읍소했다. 나는 허형이 고민도 없이 사건을 맡으리라 생각했는데 의외로 그는 거절하는 말을 했다.

"제가 어찌 이 사건을 맡을 수 있겠습니까. 저는 이곳에 죄인으로 온 것인데……."

"왕족이 죽었으니 이대로 보고를 올린다면 제가 죽습니다. 선생. 저 좀 살려주십시오."

하지만 이번에도 허형은 냉정한 얼굴로 선을 그었다.

"고을의 수사권은 현감에게 있는데 유배 온 죄인이 어찌 그런 중책을 맡겠소. 죄송하지만 거절하겠소이다."

두 번째 거절이다. 허형은 손으로 머리를 감싸 쥐고는 고개를 약간 숙여 표정이 드러나지 않게 했다. 겉으로는 몹시 괴로워 보였으나 나는 알고 있다. 저것은 너무나도 기쁜 나머지 남에게 이러한 감정을 알리고 싶지 않아 억지로 참느라 터져 나온 행동이다. 허균이란 작자는 본래 이상한 일이 일어날수록 기뻐 날뛰는 인간이다. 탐구욕에 온몸이 달아 있는 인간이라 이거다. 하지만 현감이 그것을 알 리가 있겠는가. 그는 몹시 난감한 듯 무겁게 입을 열었다. 두 번이나 거절했으니 아마 이번에는 무언가 달콤한 제안을 곁들이리라. 내 예상은 틀리지 않았다.

"만약 선생께서 이 일을 맡아주신다면 함열에 머무시는 동안 게와 가재를 아무 제한 없이 드리겠습니다. 또 지금은 겨울이니 방어가 제철이지요. 일이 끝나자마자 대방어를 한 마리 잡아 올릴 테니 제발……."

허형은 이번에야말로 입꼬리를 올려 웃었다. 어찌나 기분이 좋아 보이는지 거의 찡그리는 것처럼 보일 지경이었다. 그는 그렇게 이번 사건의 탐정이 되었다.

명 만력(萬曆) 39년이자 금상 3년의 귀신날, 나는 임해군으로 추정되는 시체를 목도했다. 마치 야광귀와 같은 꼴이었으나 목격자는 나를 포함하여 7인이나 되었으며 명탐정이 사건을 맡았으니 사건의 진상은 머지않아 백일하에 드러나리라.

현장 점검

검험부터 하자는 내 의견과 탐문 수사부터 하자는 작은년의 의견을 가볍게 무시하고 허형이 선택한 것은 현장 점검이었다. 허형은 호방을 시켜 관아에 있는 설피를 모두 내오게 했다. 우리 모두가 내아를 돌아다니며 혹 제삼의 범인이 숨어 있는지를 살펴야 한다는 것이었다. 만약 외부인이 정말로 시신을 가지고 왔다고 한들 그 흔적이 지금까지 남아 있겠냐며 현감은 반대했으나 허형은 완강했다.

"저를 탐정으로 세우셨으면 제가 하고자 하는 일을 따라주시지요."

범인이 혹시 무언가 단서를 남겼을지도 모른다. 하니 다 함께 조사를 해보자는 허형의 생각은 나로서는 납득할 만한 것이었으나 현감의 생각은 달랐다.

"양반이 어찌 직접 몸을 움직인단 말입니까. 그런 일은 아랫것들에게 맡기시지요."

그 '아랫것들'이란 아마 나를 이야기하는 것이겠지. 그럼 하는 수 없이 내가 다녀와야 하나, 하고 생각하였지만 허형은 그것만은 안 된다고 단호하게 못을 박았다.

"그럴 수는 없습니다. 사또께서 여기에 혼자 남아 계시다가 혹시나 숨어 있던 괴한에게 살해당한다면 저는 제 자신을 용서할 수 없을 겝니다. 그러니 함께 나가시지요."

허형이 그렇게까지 말하는 데야 현감은 더 거절할 수가 없었는지 입이 툭 튀어나온 채로 설피를 신었다.

하얗게 쌓인 눈 위를 걷는 우리들의 행색은 몹시도 우스웠다. 맨 앞에서 춘섬이 초롱불을 들고 초란의 앞길을 비추었다. 그 뒤로 호방과 현감이 따랐고 조금 거리를 두고 나와 허형이 그 뒤를 따랐다. 내가 초롱을 들어 허형의 발길을 비추었는데 앞서가는 사또는 설피가 낯선지 자꾸만 넘어지기 일쑤여서 우리는 천천히 이동했다.

"여기는 출입구가 몇이나 됩니까?"

허형이 묻자 현감이 이르기를 내아에는 출입구가 세 개라 하였다. 관아에서 내아로 드는 정문, 일꾼들이 드나드는 측문, 그리고 물건이 드나드는 후문이 있었는데, 후문은 부엌 창고와 가까워서 특히 유심히 보았다. 누군가가 들고 났다면 분명 후문을 이용했을 것이다. 하지만 이렇게 눈이 내린다면 먼젓번에 누가 왔든 간에 흔적을 찾기는 어렵다. 역시나 사람의 흔적도 수레의 흔적도 없었다. 측문 즈음에서 고양이와 날짐승의 발자국이 눈밭 위에 쫓고 쫓기는 자국을 만들어내어 마음을 잠시 흐뭇하게 만들었으나 그 이외의 것은 발견하지 못했다.

한 바퀴를 돌아 부엌에 이르렀는데 부엌은 일반적인 내아의 구조와는 달리 별채에 따로 만들어져 있었다. 가마솥이 올라간 아궁이가 넷이나 되었고 임시 화로가 여섯 개나 되었으며 우리 일곱 명이 모두 들어갔는데도 마주 보고 이야기할 수 있을 정도로 공간이 넉넉했다. 눈대중으로만 보아도 30파[*]는 넘는 것 같았다. 편리성을 위해서인지 부엌과 창고는 분리되어 있었는데 창고는 부엌의 두 배 정도로 더 컸다.

"범인이 누군지 아시겠습니까?"

내가 다른 사람에게 들리지 않을 정도로 작은 소리로 묻자 허형은 뭐 그런 쓸데없는 것을 묻느냐는 듯 시큰둥하게 대답했다.

"그런 하찮은 것은 곧 알아내도록 하지. 그보다 저것 보게."

허형이 하늘을 향해 손가락을 뻗었다. 눈이 오면서도 구름은 드문드문하여 하늘이 맑아 몇몇 별자리를 볼 수 있을 정도였다.

"하늘이 예쁘네요. 이렇게 보니 옛날 생각도 나는군요. 노숙도 참 많이 했었지요."

왜란 때는 늘 노숙을 했는데 형님과 형수님이 편하게 잘 수 있도록 밤마다 내가 불침번을 섰었다. 잠을 쫓기 위해 멀리 별자리를 보며 이야기를 떠올리곤 했다. 우애 좋은 일곱 형제가 어머니를 위해 다리를 놓아주는 그런 이야기 같은 것 말이다. 멀리 북두칠성이 기울어진 것이 보였다.

"그래. 재영이, 지금이 몇 시진쯤 된 것 같나?"

---

* 조선의 토지 측량 단위 중 하나. 약 열 평.

"각도를 보니 벌써 축시*는 지났나 본데요. 인경이 치지 않아 전혀 예상을 못 했……는데……. 어라?"

그러고 보니 인경이 치지 않았다. 전란 때를 제외하고 조선에서 인경이 울리지 않은 적이 있던가. 아무리 귀신날이라 한들 인경이 치지 않을 리는 없다. 내가 다급하게 눈으로 허형을 찾자 그는 얼른 나와 눈을 마주쳐주었다. 이제야 눈치챘냐는 듯 살풋 웃으면서.

"맞네."

"인경이 울리지 않는 것은……."

"함열의 행정이 완전히 마비되었다는 소리지. 저 새끼가 아무래도 그 원인이 아니겠는가."

허형이 손가락으로 가리킨 '저 새끼'는 멀리 설피를 신고 한 번 더 넘어지고 있었다. 대체 무슨 일이 일어나고 있는 것인가. 나는 이제야 뒤늦게 불안해지기 시작했다.

"저놈들이 멀쩡한 기생집 놔두고 굳이 관아에서 접대를 하는 이유가 있을 걸세. 동네 꼬맹이도 자기 골목에서 싸우면 반은 이기고 들어가는 법이야. 그러니 여인, 조심하게. 이곳에서 살아 나가려면 정신 바짝 차려야 하네."

허형은 그렇게 말하며 내 손을 꼭 쥐었다. 정신없이 술을

---

* 새벽 1~3시.

마시다가 시체 옆에서 일어난 사람이 할 말은 아닌 것 같지만 아무튼 그의 충고는 진심이긴 할 것이다.

검험

내아를 두 바퀴나 돌았으나 별 흔적은 발견되지 않았다. 쌀가루를 뿌려대는 것처럼 눈이 쌓이고 있었다. 눈이 모든 더럽고 불결하고 위험한 것들을 덮어버리고 있다. 그 아래에는 시체와 칼이 있으니 조심하지 않으면 넘어질 것이다. 우리는 명백히 위험에 빠졌으며 알 수 없는 음모 안으로 걸어 들어가고 있었다. 그런데도 허형의 뺨은 붉게 상기되어 있었는데 그는 이것들을 몹시 즐기고 있었다.

임해군으로 추정되는 시신을 검험하는 과정은 쉽지 않았다. 검시의 시작은 우선 안색을 살피는 것인데 검시라는 말 자체가 시체를 어찌 관찰하는가 하는 일이니 당연하다. 사람의 안색은 우선 죽음의 원인과 밀접한 관련이 있다. 한데 이번 경우에는 시신의 색이 일반적이지 않아 안색을 가늠하는 것이 어려웠다.

시신의 안색이 적색이라면 살해되었을 가능성이 높다. 청색이라면 질식사일 수가 있고 혹은 독살일 수도 있다. 그러나

황색이라면 나는 그가 병사했다고 추측할 것이다. 이렇듯 색깔로 사인을 판단할 수 있는데 망자는 그 모든 사례와 달랐다. 늪에라도 빠진 것인지 온몸에 짙은 풀 같은 것이 붙어 제대로 된 형체를 알아보기도 힘들었다. 얼굴 역시 변형이 심해 임해군의 얼굴을 아는 사람이라 해도 그를 알아보기는 힘들 것이었다.

우선 시신은 전신이 푸르죽죽했고 야위었으며 눈은 감았고 입은 다물었다. 두 손을 약간 쥐고 있었는데 발은 뻣뻣했다. 나는 그 모습을 일단 기록했으며 일차로는 시신에 숱지게 미를 덮었다가 물로 한 번 깨끗이 닦았고 이차로 독한 소주를 사용해 닦아냈다. 그래도 몸에서는 마늘 냄새가 가시지를 않았으며 초록색 피부는 영 다시 돌아올 줄을 몰랐다.

처음에 살펴봤을 때는 제대로 파악하지 못했으나 그를 씻으면서 보니 망자의 뺨과 옷에 토한 흔적이 있었다. 구토의 흔적은 독살의 예후와도 비슷했기에 나는 목구멍에 은비녀를 넣어 확인해보았으나 색은 변하지 않았다.

시신의 허벅지와 복부에도 두 군데 푸르게 부어오른 곳이 있었는데 이것을 독살의 증좌로 볼 수도 있었으나 사실 이 정도는 주먹으로 맞아서 상한 상흔과도 유사하여 확신할 수 없었다. 어쩌면 독이 이미 소화가 된 후에 작용한 것인지도 몰랐다. 나는 곡도(항문) 안에 은비녀를 대어 확인했으나 역시 색이 변하지 않아 일단 독살에 대한 생각은 보류하였다. 그럼 대체 어떻게 사망한 것이지? 질식사? 하지만 목에는 상흔이 없었고 만약 물에 빠뜨려 죽였다면 복부가 팽창했을 텐데 그렇지도 않았다.

대체 어찌 죽은 것이야. 나는 생각하기 위해 한 걸음 물러나 의자에 앉았다. 탁자 위에 누인 시신이 볼품없었다. 왕족으로 태어나 제멋대로 살던 사람이 이렇게 작아지다니. 참으로 인생이 무상하다. 향기로운 음식만을 먹었을 사람이 어찌 이리 말랐는가. 나는 윤기 없는 그의 피부를 손으로 문지르다 문득 그의 토한 흔적을 다시 확인했다. 어쩌면 설마…….

"작은년이야. 집게를 다오. 그리고 여기에 불을 비춰보아라."

작은년이 내 말대로 했다. 나는 망자의 목구멍에 불을 비추고 이리저리 고개를 디민 다음에 목구멍에 박혀 있던 고기 조각 하나를 빼낼 수 있었는데 이것이 어떤 요리였는지도 한 번에 알아볼 수 있었다.

우심적이다. 연회장에서 우리를 위해 준비되었던 바로 그 우심적 말이다. 튼튼한 치아를 가진 사람이라도 몇십 번이나 질겅질겅 씹어야 겨우 부드러워지는 우심적을 급하게 먹다가 목에 걸려 죽은 것이다. 하지만 마른 몸과 윤기 없는 피부는 아사의 징후와도 유사하다.

오랜 기간 곡기를 끊으면 몸의 오장육부는 더욱 예민하게 음식만을 원하게 된다. 그때 미음이나 묽은 죽을 주어 몸을 달래야 하는데 갑작스레 고기처럼 질긴 음식을 먹게 되면 온몸이 부글부글 끓게 되어 죽음에 이르는 경우가 있다. 내가 고민하는 동안 작은년이 다가왔다.

"도련님. 이것 좀 보씨요."

작은년이 시신의 몸을 닦으면서 복부에서 무언가를 발견한 모양이었다. 가서 확인했더니 익숙한 자상이 있었다. 이전에 본 것과 크기와 모양이 매우 유사했기에 나는 허형을 불러와 그 상처를 보여주었는데 그의 표정 역시 묘하게 일그러졌다.

"이것은……."

"예. 바로 그겁니다. 석 자 이상의 왜도."

애생 사건에서 보았던 것과 똑같은 상흔에 나는 처음엔 당황했으나 최대한 객관적으로 보기 위해 애썼다. 정말로 왜도가 맞는지 다른 무기가 아닌지 고민했으나 몇 번을 생각해도 결론은 같았다. 큰 칼날의 상흔은 상처의 깊이가 얕으면 좁고 상처가 깊으면 넓다. 이토록 깊고 넓은 상처는 왜도 정도가 아니면 만들어낼 수 없다. 확실하다. 하지만 자상으로 죽었다기엔 주변에 핏자국이 없었다. 내막이 뚫렸을 정도이니 살아 있는 상태에서 이 정도의 상처가 생긴다면 궤짝은 온통 피범벅이어야 한다. 하지만 그러지 않았다. 상처 역시 건조하고 흰 빛깔이 났으며 손으로 누르니 핏방울 대신 맑은 물이 나왔다. 그렇다면······.

"이 상처는 죽은 이후에 만들어진 것입니다."

"왜 이런 짓을 했을까. 원한 관계일까?"

"사인을 조작하려 했을지도 모릅니다. 검험을 전문으로 하는 자가 아니라면 이 상처 때문에 죽었으리라 생각했을 테니까요."

누구라도 충분히 그렇게 오해할 수 있었다. 상흔을 제대로 파악할 수 없을 만큼 시신은 더러웠으며 자상은 이렇게나 크고 깊으니 오작인이나 의생이 아닌 사람이 볼 때에는 자상으로 인해 죽은 시신이라 판단할 것이다.

"남들이라면 그랬겠지. 하나 내겐 자네가 있어. 자네가 있는 이상 이런 것에 속지 않아. 이것이 범인의 패착일세."

이런 일이 있을 때마다 굳이 나를 칭찬하는 허형의 말은 언제나 조금은 간지럽다. 나는 그가 그런 말을 할 때마다 어떤 표정을 지어야 할지 모르겠다. 하지만 허형은 그런 말 따위 별 부끄러운 일도 아니라는 듯이 다시 일에 집중했다.

"여인. 일단은 안색을 염두에 두지 말고 사망 추정 시각을 다시 확인해줄 수 있겠는가?"

"안색을 염두에 두지 말라니요. 검험이란 안색에 의존하는 것을 아시는 분이…….”

"하지만 안색이 조작되었으니 어쩔 수 없지 않나."

"그게 무슨 말씀이신지…….”

그가 내게로 가까이 다가왔다. 너무 가까운 것 아닌가 하고 긴장했을 무렵 그는 나를 안듯이 어깨를 짚어 내가 앉은 의자 등에 걸쳐둔 망자의 옷가지를 집었다. 아, 그것을 가져가려 한 것이군. 대체 무슨 싱싱을 한 게야. 스스로가 우스워졌으나 그는 내가 머릿속에서 어떤 생각을 품고 있는지에는 관심도 없다는 듯 옷가지를 얼굴에 푹 파묻더니 냄새를 맡았다.

"이상하지 않은가? 마늘이 없는데도 마늘 냄새가 너무 많이 나. 무슨 풀인지는 몰라도 마늘 성분이 있는 어떤 것을 누가 망자의 몸에 일부러 바른 것이 분명하다."

"어째서요?"

"쩌그…….”

나와 작은년이 동시에 말을 붙였으나 허형은 물론 내 말에 먼저 반응했다.

"시신의 안색을 바꾸려고 한 게지. 하지만 아무리 생각해도 이유를 모르겠어. 술 취한 내 옆에 칼에 상하여 죽은 시신을 놓을 거라면 죽은 지 얼마 안 되는 시신이어야 하거든. 그래야 나를 살인자로 몰 수 있을 테니까 말이야. 그런데 이렇게 공을 들여서 굳이 죽은 지 오래되어 보이는 시신을 놓은 이유는 대체 뭘까?"

"쩌그……."

작은년이 다시 허형을 불렀지만 이미 집중하고 있는 그의 귀에 작은년의 목소리가 들릴 리가 없었다. 나 역시 얼른 시신에게로 돌아와 망자의 관절들을 다시 만져보았다. 처음 만졌을 때는 말랑말랑했던 시신이 굳어가고 있었다.

시신이란 처음엔 말랑말랑했다가 혈류가 굳으면서 온몸이 뻣뻣해지는데 부패가 시작되면 다시 말랑말랑해진다. 그것을 시강(사후 경직)이라 한다. 나는 처음에 이 시신을 보았을 때 피부가 초록색이라 당연히 며칠 된 시신이라 생각했고 그래서 시신이 부드러운 줄로만 알았다. 한데 지금 시신을 만졌더니 이제야 뻣뻣해지고 있는 게 아닌가. 본래 시강이라 하는 것은 온도에 영향을 많이 받는다. 하지만 일주일이나 지나서야 몸이 굳는다는 것은 어불성설이다. 어쩌면…… 어쩌면…… 이 시신은 일주일 전이 아니라 좀 더 근시일, 혹은 근시간 내에 살해당했을지도 모른다. 등줄기에 땀이 흐르는 것이 느껴졌다.

"쩌그, 나리들. 지가 드릴 말씀이 있는디."

"형님. 어쩌면 말입니다."

이번에도 작은년과 내가 동시에 입을 열었고 허형은 물론 내 쪽을 바라보았다.

"그래. 뭔가?"

"어쩌면 이 시신은 죽은 지 얼마 안 되었을지도 모릅니다."

"얼마나? 대강이라도 좋으니 말해보게. 며칠이나 된 것 같은가?"

"날이 추우니…… 어쩌면 몇 시진 안 지났을지도 모릅니다."

"몇 시진이라고? 그러면 이자를 이렇게 만든 범인은……."

나는 하기 싫은 말을 억지로 해야만 했다. 범인은…….

"범인은 우리가 만난 사람 중에 있을지도 모릅니다."

"호오, 그렇단 말이지."

그것으로 끝이었다. 허형도 심지어 작은년도 아무렇지 않아 보였다. 작은년이야 원래 강심장이라 그러려니 하더라도 허형은 이해할 수 없다. 귀신 이야기는 무서워하면서 어째서 살인자는 괜찮은 것인가.

나는 살아 있는 사람이 무섭다. 오로지 살아 있는 사람 사이에서만 죽은 사람이 나오는 법이다. 임진년의 그 전쟁에서 나는 살아 있는 사람을 죽였다. 살아 있는 사람으로부터 죽임당할 뻔하기도 했다. 나는 수많은 죽음을 낳았다. 산 사람은 하나도 낳지 못했으면서. 아아, 어쩌면 나는 오늘 살아 있는 사람들 사이에서 죽을지도 모른다. 나는 사람을 죽였으니 나 역시 죽임당할 것이다. 지진이라도 난 것인가. 몸이 떨려왔다. 한데 주변을 둘러보니 오로지 나만 떨고 있었다. 허형은 그런 내 손을 자신의 손으로 덮더니 조용히 속삭였다.

"진정하게. 내가 여기 있어."

허형의 체온 때문인지 조금씩 떨림이 잦아들었다.

"자네는 망자에게 강하고 나는 산 자에게 강하지. 내가 옆에 있는 한 살아 있는 것들 중 무엇도 그대를 해할 수 없네."

그는 이상한 말을 많이 한다. 마치 내 머릿속을 들여다본 것처럼 내게 필요한 말을 잘도 해준다. 나는 그런 그가 조금은 믿음직스러웠으나 역시 내 손을 잡을 필요까진 없었다고 생각했다. 작은년이 보고 있지 않은가. 나는 조용히 손을 빼냈다. 한 걸음 뒤에서 작은년이 조용히 헛기침을 했다.

"인자 일 다 끝났으믄 지 말 좀 들어주씨요."

그제야 허형이 그쪽으로 시선을 주었다. 작은년은 몇 번 무시당한 것이 속상한 듯 입이 툭 튀어나와서는 얼굴에 짜증이 잔뜩 배어 있었다.

"그래. 무슨 일이냐?"

작은년은 소매에서 명이나물 잎을 하나 꺼내어 허형에게 보여주었다. 허형은 이걸 왜 주나는 듯 잠시 어리둥절해했다.

"이것의 이름이 뭔 줄 아씨요?"

"명이나물. 네가 알려줬잖느냐."

"이것에는 이름이 하나 더 있소. 산마늘이요. 이파리에서 마늘 맛이 낭께요. 그래가지구 지가 시체를 본 순간 얼른 이것을 생각해낸 것이지라."

"그게 무슨 소리야?"

허형과 내가 번갈아가며 자꾸 물으니 작은년은 답답하다는 듯 약간 짜증을 부리며 대답했다.

"밤중에 나리 방에 시체가 들어가는 것을 지가 똑똑히 봤다 안 허요. 근디 가만 봉께 이대로 뒀다가는 나리가 살인자로 몰릴 것 같아가지고 계속 깨웠는디 나리가 안 일어나시니 어쩌것소. 이것을 사용허는 수밖에."

나는 작은년이 무슨 말을 하는 것인지 한 번에 파악이 되지 않았으나 허형은 작은년의 말이 떨어지기가 무섭게 쿵쿵거리며 명이나물의 냄새를 맡더니 말릴 새도 없이 입에 넣어 씹었다. 맛이 썩 좋지는 않았는지 얼굴을 한참 찡그리다 삼켰다. 그 모습을 보던 작은년이 얼른 말을 덧붙였다.

"지난번 효종갱집 이야기가 생각이 나갖고요. 산마늘에도 마늘 성분이 있다믄 어쩌믄 갓 죽은 시체도 죽은 지 오래된 시체처럼 보일랑가 싶어가지고 지가 명이나물을 찧어다가 시체 위에 발라논 것이요."

"그럼 시체 옮기는 것을 네가 봤다는 게야?"

내 질문에 작은년이 뿌듯한 표정으로 고개를 끄덕였다.

"야. 지가 이 두 눈으로 똑똑히 봤어라."

"누구였느냐?"

작은년은 분명하고 또렷한 목소리로 대답했다.
"범인은 바로……."

5장

가짜와 진짜

"조선은 임금이 아니라 삼강(三綱)에 지배되는 나라야. 그대도 알겠지만 삼강이라 함은 '신하는 군주를 따르고 자식은 아비를 따르며 아내는 남편을 따르는 것'인데, 그것을 따르지 않는 것을 죄 중에서도 가장 무거운 죄라 하여 '강상죄'로 처벌한단 말이지. 그런데 그 강상죄가 사회 전반을 모두 지배하고 있지 않나. 이유를 막론하고 윗사람과 반목하는 아랫사람까지 모두 강상죄로 처벌하니 세상 모든 갈등의 결과가 이미 정해져버린다 이거야. 아내와 남편의 싸움에선 남편이 이기고 아비와 자식의 싸움에선 무조건 아비가 이기게 되지. 이것이 고착화되니 상명하복이 시대정신이 되어버려 혹 윗사람이 아랫사람을 해치더라도 관아에선 그것을 죄라고 보지도 않게 되어버렸네.

그것을 전복하여 보는 것이 바로 탐정의 시각일세. 아내와 남편의 갈등에서도 남편이 틀릴 수 있으며 아비와 자식의 갈등에서도 아비가 틀릴 수 있어. 모두가 틀릴 수 있음을 알고 바닥부터 시작하여 진실을 보는 것, 그것이야말로 시작점일세."

나는 허균의 말을 한참 동안 생각하다가 되물었다.

"그러면 임금과 신하의 관계에서도 임금이 틀릴 수 있다는 말입니까?"

그 말에 대해서는 허균이 대답하지 않았다.

탐문 수사

임해군의 시신을 검험한 후 반각 정도가 지났을까. 우스운 일이지만 우리는 전부 별채에 모여 해장국을 먹고 있었다. 별채는 사랑채와 스무 걸음 정도 떨어진 곳에 위치해 있는데 내가 어제 술을 마셨던 곳이기도 하다. 이곳은 2층으로 되어 누마루가 무척 아름다운데 지난밤에는 추운 것도 잊고 밖에서 술을 마셨을 정도다.

어제는 술을 먹었던 이곳에서 오늘은 해장을 한다. 다른 점이 있다면 시체의 유무뿐. 현감이며 호방이 허형에게 이것저것을 물어보았으나 허형은 어떤 말에도 대답이 시원찮았다. 도리어 별일 아닌 것으로 언성을 높였는데 남녀가 유별하니 식사를 따로 하자는 현감의 말에 허형은 절대 그럴 수 없다고 딴지를 걸었다.

"사람이 사람 죽이는 데 남녀유별이 어딨습니까? 누가 범인인지, 누가 범인과 관계있는 자인지 현감께서는 구분이 가십니까?"

하는 말에 현감이 반박하지 못했던 고로 우리는 한방에 모여 밥을 먹게 되었다. 물론 상은 나누어 차렸는데, 남자들은 각기 한 상을 받고 작은년과 초란, 찬모인 춘섬이 함께 상을 받았다.

밥을 먹기 전까지는 시도 때도 없는 허형의 밥 타령에 화가 날 지경이었지만 막상 해장국을 앞에 두니 그제야 내가 배고프다는 것을 깨달았다. 식욕이란 것은 추워서 온몸이 오그라들었을 때는 일지 않다가 조금 살 만한 때라야 찾아오는 모양이다. 해장국에도 여러 종류가 있지만 오늘 맞이한 것은 북엇국이었는데 들큰한 무가 살캉살캉하니 잘 익은 데다 달짝지근한 국물을 알알이 머금은 흰밥이 위장을 덥혀주어 그야말로 살 것 같았다. 영 씹는 맛이 없어 심심할 때쯤 달걀에 엉겨 붙은 북어가 잇속으로 기어들어와 반찬 역할을 톡톡히 했다.

"어제 연회 음식은 솔직히 그다지 맛있지 않았는데 북엇국은 아주 수준급이로군. 자네, 원래 찬모가 아니라 주모인가?"

허균의 말에 춘섬 대신 초란이 신기하다는 듯 대답했다.

"춘섬이는 본래 사거리에서 국밥을 파는 주모입니다. 어찌 아셨습니까?"

"정월이라 기방의 찬모를 빼올 수가 없어 주모를 찬모로 들인 모양이군. 자식은 유복자냐, 서자냐?"

허형의 말에 다들 숨을 멈추었다. 처음에는 허형을 신기해하던 초란도 이제 더는 웃음이 나지 않는 모양이었다. 현감은 얼굴이 빳빳해져서는 귀신이라도 본 듯이 어깨를 올렸으니 긴장한 것이 분명했다 허형을 마주하는 사람이라면 누구든 그런 순간을 겪는다. 그가 탐정이 아니라 박수무당이라도 되는 것처럼 느끼는 것이다.

"서자인디요. 근디 그것을 워찌 아신디야?"

"어찌 알긴. 국밥만 만들어 팔아도 주모 홀몸으로는 이문이 남을 텐데 찬모 일까지 하려 드는 걸 보면 돈이 부족하단 소리지. 아무리 남편이 시원찮아도 정월 대보름엔 집에 붙어 있기 마련인데도 이런 날 일을 하러 나온다는 건 남편이 없단 소린데 소매 끝동에 남색 천을 덧댄 것을 보니 아들이 있고. 남편 없이 아들을 기른다면 유복자가 아니면 서자일 것이 자명하지 않나."

허형은 별것 아니라는 듯이 남은 국물을 한번에 들이켜고는 몸을 일으켰다.

"아이고 잘 먹었다. 몸이 따뜻해지니 이제야 살 것 같구나."

사람들이 말없이 고개를 끄덕였다. 확실히 다들 안색이 나

아졌다. 긴장하여 불안에 떠는 기색도 없었다. 따뜻한 국물이란 것은 마치 보약과도 같은 효과가 있는 모양이었다. 하지만 허형은 이때를 기다렸다는 듯 한결 부드러워진 표정으로 이렇게 말했으니 그야말로 피도 눈물도 없는 탐정이라 하겠다.

"자. 그럼 한 사람씩 탐문 수사를 시작해볼까요?"

*

첫 탐문 수사를 할 때는 누구라도 거짓말을 한다. 눈물을 흘리며 자신은 절대 아니라고 항변하거나 아비와 어미의 이름을 들먹이며 혹은 어린 자식들의 이름을 대며 맹세하기도 한다. 하지만 사건 기록지를 토대로 '몇 시진에 넌 무엇을 했고 누구를 만났고 누구의 목에 올가미를 매어 당겼다, 그것은 사실이냐'고 물으면 그것에 대해서는 종종 인정을 한다. 자신의 죄를 절대 인정하지 않음에도 불구하고 구체적인 상황 속에 있는 각각의 혐의는 인정하는 것이다. 살인은 했으나 살인범은 될 수 없다는 것은 참 희한한 일이지만 사람의 마음은 그토록 복잡하다. 이렇듯 진심과 진실이 다른 경우는 숱하게 많으니 결국 믿을 수 있는 것은 오로지 사건 기록지 뿐이다. 그러므로 나, 여인 이재영은 다음 문답을 최대한 객

관적으로 적었음을 자부한다.

문답을 한 장소는 시신이 놓인 방인데, 급한 대로 시신 위에 깨끗한 이불을 덮어 일차로 가린 후 병풍으로 가림막을 만들었다. 혹 어떠한 이유로 진실을 숨기는 이가 있다 하더라도 피해자 앞에서 거짓말을 늘어놓기에는 마음이 편치 않을 거라는 허형 나름의 판단이 있었다.

우선 들어온 것은 현감 장현석이었다. 질문은 허균이 하였고 서기인 이재영이 기록하였다.

현감 장현석과의 문답

問 임해군이 사라진 것은 언제 알았습니까?
答 실은 파악이 늦었습니다. 교산 선생께서 오기 직전에야 겨우 보고를 받았어요. 담당 가리까지 사라져서 파악이 더 늦었다는데…… 아무래도 임해군을 지키던 군졸들 역시 죄를 받는 것이 두려워 자기들끼리 합심하여 찾다가 더는 되지 않아 제게 겨우 보고한 것 같았습니다. 혼날 것이 분명하니 정월 대보름에야 보고한 것이지요. 귀신날까지 이틀을 쉴 수 있으니 그쯤 사이를 두면 제가 화를 내지 않을 거라 생각했나 봅니다.

하긴 그 애들 욕할 것도 없습니다. 저도 임해군이 사라졌단 소식을 듣는 순간 앞이 깜깜했으니까요. 마침 교산 선생이 귀양을 오신다 하니 그것이야말로 저를 구해줄 부처님의 동아줄처럼 여겨졌지요. 선생은 탐정이시니 어떻게든 사건을 해결해주시리라 믿었습니다.

問 잠깐, 담당 가리가 사라졌다고요? 언제 사라졌습니까?

答 이방직을 수행하는 '깜돌'이라는 가리가 임해군 담당이었습니다. 임해군 대감이 위리안치당한 곳이 바로 깜돌이의 관할 구역이거든요. 한데…… 실은 며칠간 깜돌이를 보지 못했습니다. 정월 대보름 기간이라 일이 바빠서 보지 못했나 했는데 지금 생각해보니 임해군이 사라진 다음에 벌받을 것이 두려워 숨어버린 것이 아닌가 짐작할 따름입니다.

問 깜돌이는 이곳 출신입니까?

答 사실 저와 호방은 여기 부임한 지 얼마 되지 않아 잘 모릅니다. 춘섬이가 이곳 토박이이니 잘 알겠군요. 춘섬이에게 물어보시는 게 좋겠습니다.

問 현감 나리는 그렇다치고…… 호방이 토박이가 아니라고요?

答 호방은 전임 호방으로부터 호방직을 이어 수행하고 있을 뿐, 본래는 다른 지역에서 자랐습니다. 전임 호방의 조

카쯤 될 겁니다. 그래서 사실 함열에서 일어난 대부분의 일은 깜돌이의 힘을 많이 빌렸습니다.

問 정월에는 무엇을 했습니까?

答 동백각에서 초란이와 술을 마셨습니다. 아침까지 마신 것 같군요. 한데 선생께서 이리로 들어오신다는 소식을 듣고 급하게 관아로 와서 준비를 했지요. 미식가이신 선생 미음에는 차지 않았겠지만 저로서는 최선을 다한 것입니다. 한데 일이 이렇게 되어 송구하기 짝이 없습니다. 부디 꼭 범인을 잡아주십시오.

이것으로 현감 장현석과의 문답은 종료되었다.

*

"가리가 뭐데요?"

작은년이 물었다. 사실 일일이 설명해주는 것은 조금 귀찮았으나 이미 증명된 바 작은년은 통찰력과 판단력이 좋으니 우리는 이 사건에서 언제 어떻게 작은년의 도움을 받을 수 있을지 몰랐다. 그러니 그를 이해시키고 넘어가야만 했다. 나는 최대한 자세히 설명해주었다.

"가리란 임시 향리, 즉 가향리(假鄕吏)를 가리키는 말이다.

이방이나 호방 같은 전통적인 아전들 대신 글자를 아는 노비나 평민에게 임시직을 주어 일하게 하는 것이야."

"왜요?"

"그야, 일할 수 있는 아전들이 임진년 이후로 다 죽어버렸으니까."

"아……."

작은년이 힘 빠진 탄성을 냈다.

본래 이방이나 호방과 같은 아전들은 명예직으로서 대대로 같은 가문 사람들이 맡아왔다. 이 때문에 그들은 양반 같은 식자층이 아니면서도 글을 알았으며, 한 동리에서 몇 대를 걸쳐 살아왔으므로 동네 사람들의 신망도 두터웠다. 지방에서는 5년마다 한 번씩 왔다 가는 수령보다 향리들을 더 두려워할 정도다. 하지만 임진년 때 사람들이 많이 죽었고 향리들도 예외는 아니었다. 향리의 아들이 죽고 없으면 다음 아들이나 양아들이라도 그 자리를 대체해야 하는데 전쟁 통에 그런 원칙이 잘 지켜질 수 있었겠는가. 아들이고 양아들이고 아버지고 손자고 간에 다 죽어버린 경우도 있었으니 하는 수 없이 양인이나 공노비 중에서 글을 아는 이들에게 임시로 향리직을 주게 되었다.

"그라믄 좋은 거 아녀요? 상놈도 아전 일을 허게 된 것인디요."

작은년의 말에 허형이 헛웃음을 쳤다.

"아전과 같은 일을 한다고 아전처럼 취급해주는 사람이 있겠느냐? 가리란 정규직이 아니라 임시직이야. 그러니 일은 기존 향리들만큼, 아니 오히려 더 하면서도 대우는 그다지 좋다고는 할 수 없을 게다."

가리란 것은 이방이나 호방들과 하는 일은 같으나 대우는 못 받는, 빛 좋은 개살구인 셈이다. 함열에서는 깜돌이라는 가리가 현감을 도와온 것으로 보였다. 깜돌이에 대한 자세한 이야기를 듣고 싶었으므로 우리는 현감의 추천대로 춘섬을 불렀다.

*

춘섬은 문을 열고 들어온 순간부터 히익 소리를 내며 두려움에 떨었다. 만약 겁먹은 순서대로 용의자를 가린다면 춘섬이 제일 순위일 것이다. 춘섬은 도저히 병풍을 마주 보고는 이야기할 수 없겠다면서 도리어 병풍 쪽에 자신이 앉아 창호 쪽을 바라보며 대답하겠다고 말했다. 그쪽이 도리어 시신과 가까운 쪽이라고 말했지만 춘섬은 상관없다고 대답했다. 자신의 눈에 보이지만 않으면 된다는 것이다. 이에 탐정 허균은 허락했다.

처음에 춘섬은 아무 말도 하지 않으려고 했으나 이곳에는 우리밖에 없으며 여기서 나눈 이야기는 절대로 타인에게 공개하지 않을 것이라고 여러 번 설득했더니 겨우 입을 열었다.

춘섬과의 문답

問 이름이 뭔가.
答 지는 암것도 몰러요.
問: 질문을 잘 듣고 대답하게. 나는 지금 자네 이름을 물었네.
答 아. 이름. 이름이요. 지는 춘섬이요.
問 직업은.
答 주모…… 주모여요.
問 찬모가 아니라?
答 아…… 그게…… 쩌그 사거리 주막을 허긴 허는디……. 원래는 동…… 동백각에서도 일혔고…….
問 천천히 순서대로 말하거라. 원래는 동백각에서 일했다고?
答 야……. 동백각 찬모였다가 이번에 빚을 내서 쩌그 사거리에 주막을 냈어라. 근디 빚을 내서 주막을 내고 낭께 되려 돈이 더 읎어가지고 계속 일을 허고 있소. 아니 근디 지는 참말로 암것도 몰러요. 호방 나리도 그런 말씀

허셨소. 탐정 나리가 공사가 다망허싱께 씨잘데기없는 말은 허지 말고 딱 본론만 짧게 이애기허라고요.

問 쓸모가 있는지 없는지는 내가 판단할 테니 생각나는 것을 되는대로 다 말해도 좋다. 깜돌이에 대해 알고 있는가.

答 깜주부요. 아다마다요.

問 깜주부?

答 아이고…… 고것이 사실은 우리끼리 예전에 부르던 말인디 아직도 입에 붙어설랑은…….

問 자세히 이야기해보게.

答 깜돌이가 가리가 되기 전에는 우리끼리 '깜주부'라 불렀걸랑요. 본래 깜돌이는 부여 장 사또네 서자인디 집안서 버림받고 여그 함열까지 와서 거렁뱅이 생활 허던 애요, 갸가. 이름두 읎어갖고 얼굴이 새까맣게 깜돌이라 허자혀서 깜돌이라고 부르던기 어디서 구암 허준 선생 이애기를 들었능가 자기도 의원 허겄다고 의과 시험 칠 거라고 허질 않겄어라. 그랑께 우리끼리는 놀릴라고 깜주부라 불렀지라. 의과 시험에 합격하믄 종육품 주부가 되니께요.

근디 고것이, 이름도 읎던 것이, 인제 관청에서 일헌답시고 우리 위에서 고개 빳빳이 들고 다닝께 고것이 좀 가소로와가지고…… 우리끼리는 계속 깜주부라고 부르지라.

問 어제는 무얼 했나?

答 어제는 죙일 음식헸지라. 청소도 허고 환기도 허고요. 부엌이나 광이나 하루라도 환기를 안 시키믄 곰팽이도 잘 피고 그라요. 특히 광에는 쌀이랑 메주 같은 것을 보관헝께 사람들이 신경을 못 쓰는디 그래도 매일 한 번은 환기를 시켜줘야 된단 말요. 근디 사람들이 휴가 간답시고 온갖 문을 다 잠가놔서 그거 열러 다니는 것이 일이었소. 본래 두 사람 이상은 있어야 한나는 재료를 손질허고 한나는 요리를 허고 히야 되는디 혼자서 팔랑팔랑 다님시롱 이쪽 광에서 쌀 갖고 오고 저짝 광에서 생선 갖고 오고 헝께 속도가 영 나지를 않아브러서 힘이 들었어라.

問 혹 누구를 보지는 못했나?

答 ……나리. 실은 지가 야광귀를 본 것 같소.

問 야광귀를?

答 야. 아까 나리덜 오셔서 음식을 채려주고 인자 지는 뒷정리를 허고 있는디 누가 밖에 나다니는 소리가 나요. 우리 상순가 혀서 봉께 쩌그 대문으로 뛰어가던 야광귀가 나를 보고 다시 돌아오지 않것소. 비쩍 마르고 키가 커다란 야광귀였소.

問 신발을 신고 있던가? 무슨 옷을 입고 있던가? 키와 생김

새는?

答 도망치느라 정신이 읎었응께 그런 것은 기억이 나질 않어요. 다시 가보니 암것도 읎어가지고 지가 잘못 봤나 혔는디요, 난중에 비명 소리가 나서 봉께 사랑채에 누워 있지 뭐것소. 근디 그것이 야광귀가 아니라 임해군 대감이라믄 그것도 이상헌 것이 아니오. 시체가 일어나 걷다가 자기 발루 사랑채로 들어갔다는 것인디 그것이 말이 되는 소리요?

허균은 춘섬의 말에 아무 대답도 하지 않았으며 그것으로 춘섬과의 문답이 종료되었다. 허균은 세 번째로 호방 조만삼을 불렀다.

*

호방은 방에 들어오자마자 병풍을 걷어 죽은 임해군의 얼굴을 다시 확인하고자 했다. 물론 나는 거절했고 호방은 아쉬워하는 듯했는데 어째서 시신의 얼굴을 확인하고 싶어 하는 것인지 알 수가 없었다.

5장 가짜와 진짜

호방 조만삼과의 문답

問 자신을 소개해보라.

答 지는 조만삼이고 대대로 함열서 향리를 맡아왔습니다. 제 대에 와서는 호방을 맡고 있지라.

問 본래 여기 출신이 아니라면서?

答 엇다, 또 누가 씰데없는 소리를······. 야, 맞소. 실은 조씨 집안이 그래도 몇십 대 아전 집안인디 전쟁 후에 대가 똑 끊겨부렀응께 조카뻘 되는 지헌티도 기회가 왔지라. 여기 토박이 아니라고 다덜 나를 무시허지만서두 그래도 뭐 실무는 깜돌이가 허니께 어려울 것이 읎었지라.

問 깜돌이를 마지막으로 본 것은 언젠가?

答 일주일은 되았을라나······. 잘 모르것소.

問 깜돌이가 임해군을 죽이고 도망쳤을 가능성은?

答 깜돌이 고놈이 평소 조용한 성격이긴 헌디······ 열 길 물속은 알아도 한 길 사람 속을 워찌 안대요. 그래도 지 생각을 말씀드리자며는 지는 깜돌이가 범인이라고 생각허요. 쌍놈의 시키가 거둬주고 일 시켜준 은혜도 모르고 괜히 상급자헌티 화풀이헐라고 일 만드는 것 아니것소.

問 어제 무얼 했는지 말해보라.

答 아침에 일어났는디 사또 나리가 부리는 하인이 와 있는 것

이 아니것소. 이야기를 들어봉께 한양서 교산 선생 오신다고 빨리 나와서 접대 준비허라 혀서 바로 관아로 등청헸지라. 그 이후로는 나리께서도 아실 것 아녀요.

問 내가 술에 취한 이후의 일을 자세히 이야기해보게.

答 선생께서 술에 취하시고 저와 사또 나리, 그리고 이재영 도령은 별채로 옮겨 계속 술을 마셨어라. 오래도 안 마셨소. 한 반각 정도 먹었능가…… 그라고 서로 헤어졌는디 도령이 비명을 질러 쌌길래 바로 뛰어갔소. 암만 혀도 죽은 임해군 대감의 원한이 하도 깊응께 나리더러 범인을 찾아달라고 말헐라고 사랑채로 걸어 들어간 것이 아니것소?

問 죽은 임해군이 내게 걸어왔다고? 그게 지금 한 고을의 아전이 할 소린가?

答 귀신날에 뭔 일이 못 일어나것소! 한양선 그런 일이 없는가 몰라도, 시골에선 귀신도 종종 힘을 쓰는 법이요!

그것으로 호방과의 문답이 종료되었다. 우리는 마지막으로 초란을 불렀다.

초란과의 문답

問 자기소개를 해보겠는가.
答 저는 초란입니다. 원래 나주의 서희루 출신 기생이었으나 작년부터 동백각의 행수 기생을 맡고 있습니다.
問 나주의 서희루라면 애생이를 알겠군.
答 어찌 모르겠습니까. 좋은 집 작은 마님이 된다고 그리 자랑을 하더니만 그리 갈 줄은 꿈에도 몰랐습니다.
問 본래 어디 출신이기에 한양 말씨를 쓰지?
答 사실 저는 한양서 태어나 자랐으며 그곳에서 머리를 올렸습니다. 제 머리를 올려주신 분께서 지방을 자주 다니시는 고로 함께 내려왔지요. 부안으로 나주로 전주로……. 전라도에 안 다닌 데가 없을 지경인데 이번에는 함열로 내려왔을 뿐입니다. 그분께서 이번엔 이곳에 오래 머무실 것 같아 소녀도 뿌리 없는 기생 신세에서 벗어나 행수 기생 자리에 앉았답니다.
問 떠돌이 기생이 일약 행수 기생이 되었다면 네 정인이 상당한 재력가인가 보구나. 누구냐?
答 제 정인께서 남들 입에 오르내리는 걸 싫어하시니 대답할 수 없겠나이다.
問 임해군이 함열에 온 날 그를 보았다고 했다. 그때 일을

자세히 말해보라.

答 제 하루는 매일 같나이다. 아침에 일어나 다음 날 장사 준비를 하기 위해 기방 아이들을 불러 모아 조회하고는 식사도 하지 않고 매분구를 불러 치장한 다음 꼭 정오에, 그러니까 사내들이 밥을 먹기 위해 주막을 찾을 때를 즈음하여 시내로 나가 꼭 한 바퀴를 걷습니다. 제가 할 수 있는 한 가장 아름답게 치장하여 나가는데 그래야 사내들이 제가 있다는 것을 기억하고 그날 저녁에 기방을 찾기 때문이지요. 하나 한 달 전에 임해군 대감이 오셨을 때는 완전히 공을 치고 말았나이다. 임해군 대감의 귀양 행차가 있었으니 아무도 저를 보지 않더군요.

問 귀양을 왔는데 행차라 할 수 있나?

答 그것이 행차가 아니라면 무엇이겠습니까. 두 필의 말 사이에 가마를 걸고서 앞뒤로 여섯 명의 하인들이 말을 끌었는데 그렇게 화려한 쌍가마는 처음 보았나이다. 가마 위로는 호랑이 가죽을 덮었고 가마 뒤로는 하인이 줄줄이 서서 그를 보필했으니 유배가 아니라 유람을 온 듯하였어요. 평소라면 잠시 잠깐 구경하고 말았겠지만 워낙에 드문 구경거리였기에, 대감께서 관아로 들어갈 때에 내리시는 것까지 보고 왔으니 그의 옷차림을 기억하기에 충분했나이다.

問 얼굴은 보지 못했고?
答 키가 훤칠하였으나 거리가 멀어 얼굴은 보지 못했습니다.
問 깜돌이에 대해 알고 있는가.
答 가리에게까지 접대할 정도로 제가 급이 떨어지는 기생은 아니옵니다. 사또 나리를 접대할 때에 수행자가 있던 것은 기억합니다만 초라한 두루마기까지 기억할 수는 없지요.
問 어제는 뭘 했는지 말해주게.
答 그제가 대보름이라 동백각에서 늦게까지 일을 했고 어제 아침에도 늦게 일어났사옵니다. 본래 아무 일이 없었기에 쉬려고 했으나 사또 나리께서 부르시어 귀한 손님이 있다 하시기에 부랴부랴 치장하고 왔나이다. 이후로는 아시는 대로입니다.

그것으로 모든 문답이 종료되었다.

두 그릇의 승기야기

"대체 이게 무슨 냄새입니까?"
탐문 수사를 끝낸 우리를 기다린 것은 은은하게 풍겨오는 고기 냄새였다. 다시 시간을 돌려 연회를 하는 것만 같았다. 도저히 배가 고파 안 되겠다는 허형의 불평을 현감이 그냥 넘어가지 않은 탓이었다.

이 새벽에 닭이라도 잡은 것인지 기름지고 눅진한 냄새가 별채에 가득 찼다. 하지만 당연하게도 식욕 같은 것은 조금도 일지 않았다. 방금까지 시체 앞에 서서 죽은 피부를 만지다가 밥상 앞에 앉아 또 죽은 고기를 마주하라는 건가. 고역이었다. 위장이 움츠러들어 뭘 먹고 싶지도 않았다. 음식을 준비한 춘섬도 힘들었을 것이다. 사람이 죽은 곳에서 음식을 대체 어떻게 만든단 말인가. 하지만 호방이 자랑하듯 하는 말에는 조금 호기심이 동했다.

"나리들께 귀한 음식 대접허려고 승기야기를 준비혀고 있응께 쪼까 기다려주시요잉. 지난번에 임해군께서 오셨을 때 이 음식을 대접혔는디 을매나 좋아허시던지."

임해군이 승기야기를? 그 말에 허형은 얼른 부엌으로 발걸음을 돌렸고 나 역시 그 뒤를 따랐다.

내가 맡은 냄새가 정확했는지 과연 닭 두 마리가 가마솥에서 부글부글 끓고 있었다. 육수를 내는 것이리라. 춘섬이 온갖 야채를 손가락 길이로 썰고 있는데 현감이 그 앞에 서서 춘섬에게 이래라저래라 훈수를 놓고 있었다. 그때 허형이 얼굴을 들이밀며 물었다.

"숭어는 쓰지 않소?"

하지만 현감은 이상하다는 듯 되물었다.

"숭어……요? 글쎄요. 승기야기에 숭어가 들어갑니까?"

허형 역시 현감의 대답에 병찐 듯한 표정이었다.

"그럼 숭어가 안 들어가면 뭐가 들어갑니까? 도미?"

"승기야기에 대체 왜 생선이 들어갑니까?"

나는 허형만큼은 아니지만 승기야기를 꽤나 먹어본 적이 있기에 그 말은 무척 이상하게 들렸다. 승기야기란 생선전을 기본으로 하는 음식이 아니던가. 하지만 현감이 하는 말은 내가 아는 조리법과는 완전히 달랐다.

"승기야기를 만들 때는 닭이 필요하지요. 살찐 닭의 두 발을 잘라 없애고 내장도 꺼내 버린 뒤, 그 속에 술 한 잔, 기름 한 잔, 좋은 식초 한 잔을 쳐서 대꼬챙이로 찔러 박오가리, 표고버섯, 파, 돼지 비계를 썰어 많이 넣고 수란을 까 넣어 먹는 것이 승기야기 아닙니까. 이것은 본래 왜관 음식이니 선생께서 모르시는 것도 당연합니다만 모르시면 모른다고 하면 될 것을 생선을 넣어 먹는다느니 하면서 거짓말하실 필요는 없습니다."

현감의 말에 허형의 자존심이 완전히 긁혀버렸다. 그러니까 이 사람에게 음식을 가지고 뭘 모른다고 하는 것은 조상을 욕하는 것보다 더 큰일인 것이다. 허형은 눈을 부릅뜨고

서 제법 격양된 목소리로 대답했다.

"승기야기는 말입니다, 제 선조이신 양천부원군 허종 선생께서 직접 이름 붙인 음식이외다.

성종 대왕 때에 변방 오랑캐들이 함경도의 국경을 제집 드나들 듯하였는데 조정에서는 허종 어르신께 국경 수비를 맡겼지요. 물론 어르신께서는 그 일을 잘 해내시어 오랑캐를 그 땅에서 완전히 몰아내셨어요. 그러자 의주 사람들이 고맙다는 뜻으로 음식을 대접했다고 합니다. 그 음식은 한양에서는 먹어보지 못한 맛이었는데 이름을 묻자 백성들이 대답을 하지 못했다 하는군요. 어르신을 위해 처음 만든 음식이니 이름이 없었던 것입니다. 그리하여 어르신께서는 그 요리에 직접 이름을 지어주었는데 술이나 기녀들보다 더 훌륭한 음식이라 하여 '승기악탕(勝妓樂湯)'이라 이름 붙이셨어요. 그것을 이제 요즘 사람들이 '승기악탕', '승가기탕', '승기야기' 이렇게 부르는 것이지요."

"그럼 그 요리는 어찌 조리해서 먹습니까?"

현감의 물음에 허형은 잠시 눈을 감고 마치 지금 그 음식이 앞에 있는 양 황홀해하며 설명을 이었다.

"승기악탕을 만들 때에는 먼저 채소가 필요합니다. 무를 잘게 채치고 숙주나물은 씻어 꼬리를 따놓지요. 황화채 불린 것과 미나리를 한 치가량씩 잘라놓습니다. 그뿐이겠습니까.

표고버섯과 목이버섯을 같은 크기로 자르고 달걀도 흰자위와 노른자위를 따로 부쳐서 같은 크기로 썰어둡니다. 그리고 큰 접시에 재료들을 모양 있게 담았으면 이제 생선을 손질할 차례입니다. 생선은 숭어도 좋고 도미도 좋은데 각 계절에 맞는 커다란 생선이면 됩니다. 비늘을 잘 긁고 내장을 뺀 뒤에 생선 몸에 드문드문 칼집을 내어 양념장을 발라 굽습니다. 그리고 냄비에 담아 양념에 재운 고기를 넣고 한참 끓이다가 채소를 넣어 익혀 먹는 것입니다. 그러면 한 입만 먹어도 향기가 입안에 가득하여 참으로 음악보다 낫다는 소리가 절로 나온답니다."

이야기만 들어도 군침이 나올 것 같았다. 하지만 이번에는 현감의 표정이 좋지 않았다. 그는 나쁜 소식이라도 들은 사람처럼 눈썹을 꿈틀거리더니만 이렇게 말했던 것이다.

"실례지만 그것은 승기야기가 아닙니다."

승기야기가 승기야기가 아니라니 그게 무슨 소리인가. 이제까지 마냥 상냥하고 사람 좋은 얼굴로 일관했던 현감은 이것만큼은 양보할 수 없다는 듯 불퉁하게 나왔다. 매사에 놀라는 법 없는 허형 역시 그 태도에 조금 놀란 듯 보였다. 현감은 단호했다.

"선생의 말이 '정말로' 사실이라면 선조이신 허종 어르신께서 승기야기라는 맛있는 음식이 어딘가에 있다는 소리를 풍문으로 들으시고서 그 이름을 훔쳐오신 걸 겁니다."

"지금 제 조상님을 모욕하시는 겁니까!"

평소 잘 화내는 법이 없는 허형도 이 말에는 화가 났는지 목소리를 높였다. 가문의 음식이 가짜라는 평을 들었으니 화를 내는 것이 당연하겠지만 애초에 나는 승기야기라는 음식이 그리 흔한 것도 아닌데 숭어가 들어가니 닭이 들어가니 하고 싸우는 것이 신기하기만 했다. 결국 음식일 뿐인데 그게 대체 뭐 그렇게 중요한 문젠가 싶었지만 두 사람의 눈빛을 보니 결사 항전이라도 할 기세였다.

"기악보다 나은 음식이라면 당연히 육고기가 들어가야지요. 숭어 따위로 무슨 맛있는 음식이 나오겠습니까."

현감의 도발에 허형은 목청을 높여 누군가를 불렀다.

"작은년이야!"

갑자기 자기 이름이 나오자 작은년은 어찌나 놀랐는지 깜짝 놀라 켁켁, 하고 기침까지 할 정도였다. 하지만 허형은 그 가엾은 꼬맹이를 그냥 놔두지 않았다.

"우리 사또 나리께 승기야기 좀 맛보여드려야겠다. 할 수 있겠느냐?"

여기서 할 수 없다는 말을 했다가는 허형은 죽을 때까지 작은년을 용서하지 않을 것이다. 물론 제대로 된 승기야기를 만들지 못해도 마찬가지고. 작은년은 혹시나 내가 말려줄지도 모른다는 기대감으로 슬쩍 나를 보았으나 내가 고개를 가로젓자 한숨을 쉬며 고개를 끄덕였다.

"야. 그러겠어라."

작은년은 비척비척 일어나 문을 열었다. 그 작은 어깨가 축 처져서는 눈 쌓인 신발을 툭툭 털어 신으며 조그맣게 중얼거리는 소리를 나는 들었다.

"아유. 하루라도 평범하게 자시는 날이 없어. 대충 자시지 좀."

들릴 줄 모르고 한 소리였겠지만 나는 분명히 들었기에 조금 웃을 수밖에 없었다. 내 말이 그 말이다.

사실 우리는 그간 수많은 접대를 받았다. 온갖 요리를 많이도 먹었으니 오늘 하루쯤 그냥 넘어갈 수도 있었을 것이다. 하지만 허형의 마음은 그렇지 않으리라. 그에게 있어 음식은 삶이고 자존심이며 인간의 영혼이었다. 그리고 지금 그 영혼이 진짜인가 가짜인가 하는 중대한 기로에 있던 것이다. 작은년은 허형의 마음을 전부 이해하지는 못했겠으나 아랫것의 눈치로 이것이 얼마나 중요한 일인가는 아는 듯했다.

"그라믄 오늘은 두 그릇의 승기야기를 먹을 수 있겠구먼이라. 기대가 되는디요."

호방이 들뜬 얼굴로 말했다. 기분이 좋지 않은 두 분 나리가 어떤 마음이든 그는 큰 상관이 없는 모양이었다. 이러저러한 일들이 벌어지는 사이, 춘섬이 조리하고 있던 현감의 승기야기가 완성되었다. 춘섬은 사랑채에 들어와 상을 차려주었는데 이전과 같은 각상이 아니었다. 커다란 상에 나무 그릇을 올려두어 동그랗게 앉아 먹을 수 있게 하는 형식이었으니 참으로 희한한 광경이 아니라 할 수 없었다.

나는 승기악탕을 이전에 먹어본 일이 있었지만 현감이 가져온 승기야기 같은 것은 처음 먹어보기에 몹시 낯설었다. 이 음식은 나무로 된 상자에 닭과 고기는 물론 버섯과 채소 등 온갖 음식을 넣어 잡탕으로 먹는 형식이라 희한하기만 하였다. 내가 먹기를 저어하는 것을 눈치챘는지 현감이 먹다 말고 나무 그릇을 톡톡 건드리며 말했다.

"이것은 제가 직접 만든 삼나무 그릇입니다. 왜인의 방언에 삼나무를 '승기'라 하고 '야기'는 굽는다고 하지요. 옛날에 왜인들이 삼나무 밑에서 비를 피하던 중에 배가 고파졌는데 각기 먹을 만한 것들을 모두 한 그릇에 넣고 삼나무에 불을 때어 익혀 먹었는데 그 맛이 매우 좋아 '승기야기'라 했다 합니다."

미식에 관심이 많은 사람인 줄은 몰랐는데. 이런 것을 일부러 준비한 현감의 기분을 맞춰주기 위해 "역시 맛이 남다르군요" 하고 칭찬했더니 그는 매우 좋아하며 삼나무 그릇을 다시금 손으로 톡톡 건드렸다. 그 꼴이 마치 쓰다듬기라도 하는 것처럼 보였는데, 나무 그릇을 가지고 자신이 칭찬받은 것처럼 좋아하는 꼴이 조금 우습기까지 했다.

젓가락으로 버섯 약간을 집어 먹어보니 생각보다 먹을 만했기에 이후로는 잠자코 젓가락을 부지런히 움직였다. 처음에는 닭 육수에 데친 버섯만 조금 먹다가 호방이 익은 재료들을 달걀노른자에 찍어 먹기에 따라 했더니 마치 들깻가루를 불려 만든 국물이나 콩국물처럼 점도가 있고 고소하여 먹기가 좋았다. 한참 먹다가 밥이 부족해질 즈음이 되자 춘섬이 국수를 넣어주었는데 그 또한 매우 별미였다. 사람들의 이마에 땀이 송골송골 맺혔다. 농어회를 먹을 때는 없던 훈기가 느껴졌다.

"옆방에는 시체가 누워 있는데 이 와중에 음식이 맛있다는 것이 우습지요? 이런 상황에서 음식이 들어가나, 싶으시겠으나 본래 이런 상황일수록 더 배가 고픈 법입니다."

허형은 배가 무척 불렀는지 벽에 등을 대고 기대어 있다가 현감의 말에 대답하기 위해 몸을 일으켰다. 한 식경 전보다 몸무게가 두어 근은 더 늘어난 것 같은 얼굴이었다. 현감 역시 배가 불렀는지 허리를 동여맸던 허리끈을 풀어 느슨하게 했다.

"한데 사또 나리께서는 승기야기를 어디서 드셔보셨습니까? 근자에는 조선 통신사의 길도 막혀 왜관 음식에 대해 아는 것은 있을 수 없는 일이지요."

처음 듣는 소린지 현감의 표정이 마치 석상처럼 뻣뻣하게 굳었다.

"거기서는 생선을 말려 나무토막처럼 만든 것을 갈아 국물을 냅니다. 짜고 달고 부드러운 맛이 나는데 아무래도 닭 육수와는 전혀 다르지요."

"하지만 제가 먹었던 승기아기는 분명 닭 육수였습니다!"

허형의 반박에 현감은 당황한 듯 말이 빨라졌다. 자신이 들은 말을 인정치 않는 것 같았다.

"그야 여기서는 왜장이 늘 쓰던 생선을 구하기 어려우니 흔한 닭을 써서 사또 나리께 대접한 것이겠지요. 조선에서 구할 수 있는 재료로 승기야기를 만들었을 테니 사또께서 드신 승기야기는 '진짜' 승기야기가 아니라 조선식으로 변형된 승기야기라 봐야 할 것입니다."

그 말을 들은 현감의 표정이 무척 볼만했다. 그는 이제까지 신줏단지처럼 소중히 하던 삼나무 그릇을 증오에 찬 눈으로 바라보았다. 마치 그 그릇이 그를 속이기라도 한 것처럼.

"그래도 뭐 음식이 맛있으면 그만 아니겠습니까. 하하하. 육수가 남아 있으니 마지막으로 죽이라도 끓여 드시지요."

허형은 남은 육수를 모두 붓고 밥과 달걀을 섞어 끓였다. 초란은 배가 불렀는지 처음에는 사양했으나 불어 흐물흐물해진 쌀알에 참기름까지 두르자 그 향을 참을 수 없었던지 결국 한 그릇을 먹고 또다시 몇 번을 청해 먹었다.

그때부터였던가. 현감의 표정이 조금 달라지기 시작했다. 숭기야기와 죽을 먹고 배가 따끈해지고 나자 조금 여유가 생겼다고나 할까. 마치 타지에서 고생하다 고향에 돌아와서는 기세등등해진 사람을 보는 느낌이었다. 그는 술도 거의 마시지 않았으면서 거의 밥에 취한 것처럼 얼굴이 불콰해져서는 아무 말이나 떠들어댔다. 언뜻 보기에는 정말로 취객 같았다. 아무도 원치 않는 말을 혼자 나불나불하는 것이 말이다.

"이런 말 하면 기분 나쁘다 생각하실 수도 있겠으나 사실 왜놈이라고 다 나쁜 것은 아닙니다. 도리어 배울 점도 있어요."

그게 대체 무슨 소린가. 순간 밥상이 조용해졌다. 다들 마음속으로 왜놈에게 죽은 가족과 친척 한둘 정도는 금방 떠올렸으리라 짐작한다. 집안의 원수도 미워할진대 나라의 원수를 두고 배울 점이 있다니 어찌 이런 망발을 한단 말인가. 한데 현감은 그런 분위기는 읽지 못했는지 그 잘난 입을 떠벌렸다.

"그놈들은 말입니다, 조선인들과 다르게 의리가 있고 군신에 대한 예의가 있어요. '가게무샤'라고 아십니까?"

"가갸거겨?"

내가 낯선 단어를 들은 대로 따라 하자 현감은 내 우스운 꼴이 즐거운지 싱글거리며 웃었다.

"가-게-무-샤. 왜인들의 방언으로 '그림자 무사'라는 뜻입니다. 왜국에선 장군 옆에 똑 닮은 그림자 무사를 하나 더 두어 평시에도 똑같이 입히고 먹이고 어디에나 따라다니게 합니다. 그러다가 전쟁이 일어나면 가게무샤를 진짜 장군 대신 죽게 하는 것이지요. 참으로 아름다운 풍습이 아닙니까. 군신유의를 주창하는 명에서도 우리 조선에서도 이런 미담은 흔히 들을 수 있는 것이 아니지요. 하지만 왜놈들은 그렇게 합니다. 자신의 목숨을 버려서까지 주군을 지키려 든단 말입니다. 한데! 조선 놈들은 어떻습니까."

현감은 주먹으로 밥상을 쾅 하고 내리쳤다. 그릇들이 절그럭 소리를 내며 한 뼘은 위로 튀어 올랐다가 다시 떨어졌으나 현감은 그런 것에는 신경도 쓰지 않았다.

"틈만 나면 윗사람을 배신하려고 눈을 시퍼렇게 뜨고 있지 않습니까. 조선인은 근본부터 잘못되었어요. 나라가 이 모양이 꼴이 된 것도 당연한 일이지요."

사람이 약간 이상한 이야기를 들으면 금방 반박을 할 수가 있다. 하지만 이 정도로 이상한 이야기를 들으면 이게 고도로 돌려 말한 농담인지 아니면 어떤 해학인지 알 수 없어 도리어 머리가 멍해진다는 것을 나는 이번에 처음 알았다. 대체 현감은 뭘까. 조선 놈을 욕하는 걸 보면 왜놈인가 싶다가도 왜놈치곤 조선말을 너무 잘하지 않는가. 분위기가 험해질 때 즈음하여 작은년이 들어왔다.

"승기야기 들었습니다."

너무 늦었다. 이제 나는 배가 다 차버렸다. 더는 먹지 못하겠다고 말하려는데 그래도 허형은 "맛이라도 봐야지" 하며 두 번째 승기야기를 떠서 사람들에게 직접 나누어주었다.

작은년이 가지고 온 승기야기는 전번 것과 맛의 계열이 완전히 달랐다. 다시마와 무, 표고버섯을 넣어 푹 끓인 육수에 통째로 넣은 생선의 맛이 어우러져 상당히 담백했다. 양념장이 배어든 생선 살은 마치 두부처럼 입안에서 산산이 흩어졌는데 살짝 데친 미나리가 이전의 진한 승기야기로 기름진 혀를 말끔하게 씻어주었다. 사실 나는 고기를 즐기지 않으므로 이 승기야기가 더욱 입맛에 맞았다. 현감 역시 처음에는 이런 가짜 따위 먹지 않겠다고 맞서더니만 냄새에 굴복했는지 결국 자신도 한 국자 떠서 먹고는 놀란 듯 눈을 끔뻑끔뻑하는 것이 모르긴 해도 이 요리가 마음에 드는 것 같았다.

"맛이 좋지요? 사실 나는 승기야기라 하면 이런 조리법으로만 알았는데 사또 나리 덕에 닭으로 만든 승기야기의 맛도 알았으니 함열에 와서 무엇 하나는 배워가는 셈입니다."

그 말에 현감의 눈썹이 꿈틀거렸다.

"무엇이 진짜인지 가리셔야지요."

하지만 허형은 그 도발에 걸려들 마음이 없어 보였다.

"요리에 진짜 가짜가 어딨습니까. 맛있으면 장땡이지."

그때 한참 가만히 있었던, 순진하고 어리숙해 보이기까지 했던 현감이 표독스러운 얼굴로 숟가락을 탁, 하고 내려놓았다.

"왜 진짜 가짜가 없습니까! 명명백백히 가려야지 어째서 뭉개려고 하십니까!"

하지만 허형은 그에게 휩쓸리기보다는 승기야기를 한 입 더 먹는 쪽을 택했다. 후루룩, 하고 국물 떠먹는 소리에 나까지 전의를 상실할 지경이었다. 허형은 자신의 그릇에 물을 부어 한 바퀴 돌린 뒤 단번에 마셨다. 마치 발우 공양이라도 한 듯 깨끗해진 그릇을 앞에 두고 만족스럽게 캬, 하고 작은 탄성을 뱉더니만 이제야 이야기할 기분이 든다는 듯 현감을 뚫어지게 바라보았다.

"궁금한 것이 있습니다."

"말씀하시지요."

"종놈들이 사또 나리와 동생을 묶어 왜놈의 장군에게 넘겼다고 하였지요. 한데 왜 둘째는 넘기지 않았습니까?"

"둘째요?"

현감이 되물었다.

"예. 삼 형제였다 하지 않았습니까. 둘째는 어디 갔지요?"

5장 가짜와 진짜

현감은 말하기 싫은 것을 억지로 말하듯 눈썹을 찡그리더니만 겨우 대답했다.

"그때 둘째는 집에 없었습니다."

"출가라도 한 겁니까?"

"그때 둘째는 왜놈들과 싸우기 위해 집을 떠나 있었어요. 그놈이 집을 비운 틈을 타 종놈들이 나와 내 동생을……."

현감이 다시 흥분하기 시작하자 허형은 얼른 그 말을 끊었다.

"아아. 알겠습니다. 장남은 대를 이어야 하니 안전한 집에 있고 막내는 어리니 집에 있어야 하겠지요. 그러니 차남이 싸우러 간 것이군요. 그 사이에 왜놈들이 와서 납치를 한 것이고요."

그리 요약하는 것이 마음에 들지 않았는지 현감의 얼굴에 증오의 빛이 떠올랐다. 그것이 말을 자른 허형에 대한 것인지 아니면 순간 떠오른 둘째에 대한 것인지 구분이 가지 않았다. 그는 자기 손으로 술을 따라 마시고 잔을 거칠게 놓았다.

"그놈은 어릴 때부터 그렇게나 가식을 떨었지요. 그때도 집안을 위한다는 핑계로 자처하여 전쟁터로 떠나더니만 결국 장남인 나를 제치고 후계 자리를 이었으니 조조 같은 놈이 아닙니까. 만석꾼 집안도 이제 끝입니다."

허형은 이제까지는 흥미롭게 현감의 말을 듣더니만 표정을 싹 바꾸고 진지한 얼굴로 그의 말꼬리를 잡았다.

"왜 만석꾼 집안이 끝이 났다고 생각하십니까?"

"그야 가짜가 후계를 이었으니……."

"가짜는 아니지요. 부친의 정기를 형님과 동등하게 이어받은 동생이잖습니까. 심지어 그 동생은 왜적과 싸울 정도로 용기가 있으니 앞으로도 집안을 번창시킬 것입니다."

현감의 얼굴이 험상궂게 변했다.

"요즘 성균관에서는 장유유서도 가르치지 않습니까? 지금 동생이 장남을 제치고 대를 잇는 것이 정당하단 소리로 들립니다."

금방이라도 싸움이 날 것처럼 분위기가 험악해졌는데도 허형은 아무렇지도 않은 듯이 대꾸했다.

"당연히 정당하지요. 광해군이 임해군을 제치고 왕위에 올랐다 하여 그를 정당하지 않다고 누가 말할 수 있겠습니까. 임해군 대감 본인이라면 뭐, 정당하지 않다고 말할 수도 있겠습니다마는."

현감의 얼굴이 동백꽃만큼이나 새빨갛게 변했으나 그 옆에 앉은 호방의 얼굴은 시체처럼 파랗게 질렸고 초란과 춘섬의 얼굴은 백지장처럼 새하얬으니 안색이란 참으로 신비하다 아니할 수 없다. 현감은 당장이라도 눈으로 허형을 죽일 듯이 노려보았지만 허형은 갈등이 생기면 생길수록 기뻐하는 성미라 자기도 모르게 입꼬리를 조금 올려 웃고 있었는데 그것이 현감을 더욱 화나게 한다는 사실은 모르는 것 같았다. 그가 화를 내든 말든 그런 것에는 관심이 없는 것인지도 모르고.

"수수께끼를 모두 풀었으니 이만 들어가십시다. 드릴 말씀이 아주 많소이다."

허형은 기분 좋은 얼굴로 배를 두드리며 말했다. 하지만 단언컨대 우리 중에 기분이 좋은 것은 오직 허형뿐이었다.

모란의 진실

범인을 알아냈다는 허형의 말에 따라 나는 시체가 있는 방의 중문을 열어 공간을 텄다. 사랑채는 이제 하나의 큰 방처럼 보였다. 허형은 사람들을 동그랗게 모아 앉히고서는 중앙에 섰다. 그의 등 뒤로 천을 덮어 봉긋하게 솟은 시체가 보였다. 그간 먹고 떠들었던 것이 모두 거짓말 같았다. 아니, 실은 알고 있었다. 이곳에 시체가 있다는 것을 잊기 위해 괜히 그 많은 음식을 먹고 쓸데없는 이야기를 했던 것인지 모르겠다. 마음이 껄끄러웠다.

"이번 사건은 희한합니다. 시체는 하나인데 없어진 사람은 둘이에요. 깜돌이도 임해군도 모두 증언으로만 존재하지 실제로는 어떤지 알 수가 없지 않소."

사람들이 무의식적으로 시체가 있는 방 쪽으로 시선을 던졌다. 나는 그 와중에도 허형의 모습을 눈으로 좇았으나 허형은 이제 내 쪽은 보지도 않았다. 그의 눈은 허공 속 어디에 있었다. 어쩌면 보이지 않는 자신의 두뇌 속 어딘가를 더듬고 있으리라.

"임해군 대감은 평범한 유배객이 아니었습니다. 그는 임금님의 형님이며 현 왕실에서 가장 높은 위치에 있지요. 대감께서 쌍마차를 끌고 왔을 정도라면 그 권세를 보지 않아도 알 것 같군요."

그때 현감이 허형의 말을 끊었다. 그는 긴 사설 따위 궁금하지 않다는 듯 다소 빠른 말투로 이야기했다.

"그건 됐소. 임해군을 죽인 대역죄인이 대체 누군지, 그리고 그를 옮긴 사람은 또 누구인지부터 말해주시오."

하지만 허형은 더욱 느릿하게 말투를 바꾸었다. 사람 속을 뒤집어놓는 데는 재주가 있는 양반이다.

"여기서 사또직을 수행해보지 않은 사람은 모르겠지만 사실 자기 관할에 그런 높은 사람이 귀양 오는 것은 사또 입장에선 무척 귀찮은 일입니다. 왕족이라면 귀찮음을 넘어서 끔찍하지요. 쌍가마를 끌고 오는 왕족? 아이고…… 천금을 주고서라도 사양하고 싶을 겁니다.

"일찍이 노산군*이 영월로 유배되었을 때의 일을 아십니까. 그때는 노산군이 유배 가는 것을 보고 눈물을 흘린 백성들까지 잡아다가 곤장을 때렸어요. 노산군에게 수박을 올리려던 노비 하나는 장 백 대를 맞았고 노산군의 시신을 수습한 엄흥도라는 관리는 결국 삭탈관직 되어 죽을 때까지 초야에 묻혀 살았지요. 아무튼 유배 오는 왕족과 엮이면 담당 사또의 목숨은 바람 앞의 등불과도 같습니다. 허술하게 모셨다간 왕족을 홀대한다는 평계로 혼이 나고 너무 극진하게 모셨다간 왕족을 유배 보낸 임금의 마음을 거슬러 파직당한단 말씀이지요."

허형은 본래도 바로 답을 이야기해주지 않고 딴청을 한껏 부리는 것을 좋아했지만 오늘은 특히나 심했다. 나도 숨이 넘어갈 것 같은데 다른 사람들은 오죽하겠는가. 현감이 시뻘겋게 달아오른 얼굴로 인내심을 발휘하는 것이 안쓰럽기까지 했다.

"그러니까 범인이 대체……."

"어쩌면 함열 사또께서는 화근을 빨리 제거하고 싶었을지도 모릅니다. 어쩌면 호방과 합심하여 임해군을 죽이기로 도모했을지도 모르겠군요."

---

* 단종. 삼촌인 수양대군에 의해 열일곱 살에 영월로 유배 갔다가 사망했다.

현감과 호방은 하도 기가 막혀 말도 나오지 않는 모양이었다. 현감은 분노로 손을 떨며 허형을 향해 삿대질을 했다.

"그게 무슨 소리요. 내…… 내가…… 내가 사건을 의뢰하였는데 내가 범인이라고? 지금 나를 음해하는 게요?"

"일단 들어보시지요."

두 사람의 기혈이 너무 흥분되어 있기에 나는 얼른 그들을 자리에 앉히고 손목의 혈을 잡아 진정시켰다.

"일단 마음을 먹기만 하면 임해군을 없애는 것 자체는 어렵지 않았을 겁니다. 두 사람이 한 사람에게 술을 많이 마시게 하여 취하게 하는 것은 열여섯 살 먹은 어린애라도 할 수 있어요. 조금 더 신경을 쓴다면 술에 무언가를 타서 먹였을 수도 있었겠지요. 약간의 귀비탕*이면 충분했을 겁니다. 그러고 나서 사또 나리의 방에 장식되어 있는 왜도로 그어버린다면……."

허형이 검을 쥐고 베는 시늉을 하자 현감과 호방의 얼굴이 분노로 터질 것처럼 달아올랐다.

"내가 임해군을 시해했단 말이오? 그 말 책임질 수 있소?"

허형은 가볍게 웃으며 덧붙였다.

"그것이 제가 생각한 첫 번째 안입니다. 물론 두 번째 안도

---

*　신경 쇠약, 불면증 등의 치료에 쓰던 수면제.

있습니다. 어느 것이 진짜일지, 한번 들어보시겠습니까?"

"어서 말해보시오!"

허형은 천천히 자리를 옮겨 시신의 머리 쪽으로 가더니 천을 목까지만 벗겼다. 시신의 얼굴은 초록색으로 변한 데다 보기에 무척 참혹했으므로 여인들은 물론 남자들까지 곧바로 고개를 돌렸다. 허형은 다시 천으로 얼굴을 덮었다.

"두 번째 안을 말씀드리려면 그 전에 다른 질문이 필요합니다. '이 사람은 정말로 임해군이 맞을까?'"

그러자 호방이 딴지를 걸었다.

"초란이가 분명히 임해군 대감인 것을 확인해주지 않았어라."

사람들이 고개를 끄덕였다. 그래. 초란이 분명 증언하지 않았던가. 그가 틀림없는 임해군이라고 말이다. 나 역시 그의 관자놀이에서 이전의 임해군이 패용했던 것으로 짐작되는 모란 무늬 관자를 확인했다.

"먼저 말해두자면 초란이는 얼굴을 보지 않고 증언했소이다. 그 말은 저 옷이 임해군의 것이라는 말 이외에 무엇도 증명하지 않지요. 옷은 임해군이되 사람은 임해군이 아닐 수 있다는 소리입니다."

"그럼 누구란 말입니까?"

현감이 재촉했지만 허형은 대답하지 않고 이번엔 시체의

머리가 아닌 하체 쪽으로 이동했다. 그리고 유류품을 모아둔 곳으로 향했는데 가위로 잘라 벗겨둔 버선을 잡았다. 이리저리 때가 묻고 초록색 풀 즙이 물든 그것은 누가 보아도 더러운 하품의 버선이었다. 허형은 그것을 들어 보였다.

"초란이 말대로 망자는 평양 외올망건에 산호 동곳, 호박 풍잠에 관자는 도리옥, 갓끈은 유리알을 써서 멋을 부렸습니다. 위에 걸친 두루마기도 쪽을 여러 번 염색하여 자수로 모란을 수놓은 아주 멋진 것이지요. 하지만 이 버선을 보십시오. 평범한 무명천으로 만든 버선일 뿐, 이렇게 눈이 올 정도로 추운 날씨에 누비지도 않았습니다. 명나라 비단으로 만든 두루마기를 걸친 자가 이렇게 초라한 버선을 신겠습니까? 이 시신은 임해군이 아닙니다."

"말도 안 되는 소리!"

호방이 벌떡 일어나 말했다.

"고것만으로 망자가 임해군이 아니라 허기엔 증좌가 부족허지 않것소. 그저 임해군이 원래 버선꺼정 신경을 쓰지 않는 사람일지도 몰르는디."

호방이 딴지를 걸었지만 허형은 자신의 의견을 굽히지 않았다.

"그럼 임해군의 신발은 어디 있단 말인가. 여기 있나? 아니면 여기?"

허형은 연극적으로 주위를 둘러보았으나 유류품을 정리해 둔 곳에서 신발은 확인할 수 없었다.

"야광귀에게 신발을 도둑맞으면 그해에 재수가 없다지. 여기 누워 있는 망자는 임해군에게 이름까지 도둑맞았으니 이를 어쩐다."

 허형은 자신을 쳐다보는 사람들을 한 사람씩 훑어보면서도 서두르지 않았다. 그는 생선을 먹을 때도 가시를 하나나 다 바른 다음에 한꺼번에 먹는 사람이다. 그는 반발을 하나하나 제거한 뒤에야 답을 내놓을 심산이었다.

"임해군이 이곳으로 온 것은 한 달 전이지요. 난생처음 유배 길에 오른 임해군 대감께선 처음엔 그리 심각하게 생각하지 않았을 것입니다. 쌍가마를 타고 뒤에는 자신을 모실 시종들과 하인들, 그리고 어쩌면 사병까지 줄줄이 데리고 왔을 테니 이전과 별다를 바 없다 생각했겠지요. 하지만 막상 와서 보니 탱자나무 울타리란 것이 장난이 아니거든. 해도 들지 않고, 행동반경에 제약도 생기니 이렇게 계속 살 수 없겠다 싶었던 대감은 얼른 유배를 끝내고 싶었을 겁니다."

 유배를 끝낼 방도가 있나? 나는 곰곰이 생각해봤지만 잘 떠오르지 않았다. 유배에서 벗어나는 방법은 임금이 불러주는 길밖에 없지 않은가. 허형은 내 표정을 읽은 듯했다.

"정석대로라면 유배에서 벗어나는 방법은 임금이 불러

주는 방법뿐입니다. 하지만 한 가지 방법이 더 있지요. 바로……."

허형은 잠깐 숨을 멈추더니 다시 말을 이었다.

"죽어버리는 것입니다. 그럼 유배지에서 벗어날 수 있으니까. 그래서 임해군 대감은 자신을 죽이기로 했습니다."

모든 사람이 할 말을 잃었다. 아니, 정확히 말하자면 할 말이 너무 많아 무슨 말을 해야 할지 몰라서 말문이 막혔던 것이다. 하지만 우리 허형은 입을 쉬지 않았다. 그래. 그는 할 말이 있어야만 한다. 지금 말을 멈춘다면 그는 왕실을 모독한 사람이 될 뿐이지만 계속 떠벌린다면 어쩌면 진실에 가까이 다가간 사람이 될 수도 있었다. 아니면 헛소리를 늘어놓는 사람이 될 수도 있고.

"어려운 일도 아닙니다. 한 명을 일단 죽이고 그에게 자신의 옷만 입혀둔다면 누가 알아채겠습니까. 하지만 양반을 죽일 순 없지요. 아무래도 위험 부담이 있으니까요. 그리하여 임해군은 이 세상에 존재하지 않는 깜돌이를 죽이기로 했습니다. 그편이 아무래도 안전하지요."

존재하지도 않는 깜돌이라니. 그럼 깜돌은 없는 사람이란 말인가. 허형의 말에 작은년이 반박했다.

"암만 그래도 깜돌이란 사람이 읎을 것 같지는 않은디요."

나 역시 그렇게 생각한다. 어찌 없는 사람을 만들어낸단 말인가. 기구한 사연을 가진 서자로 태어났다가 가리가 된 깜돌을 갑자기 만들어낼 수가 있다고? 그럼 이 모든 사람이 연기를 했다는 소린가. 그것은 말이 되질 않는다. 허형은 내가 생각한 것을 마치 꿰뚫어 보듯이 말했다.

"없는 사람을 만들어내는 것은 힘들지. 하지만 원래 있던 사람의 이름을 지우는 것뿐이라면 어떤가."

이건 또 무슨 말인가. 나는 오늘따라 그의 말을 잘 이해할 수가 없었다. 허형은 대체 무슨 말을 하는 것인가.

"춘섭이의 말에 따르면 깜돌이의 별명은 깜주부입니다. 자기 주제도 모르고 의술을 배운다고 했다지요. 그런데 이렇게 생각해보면 어떻습니까? 깜돌이가 정말로 의과에 합격한 겁니다. 그래서 종육품 주부가 된 것이지요. 요즘은 사람이 없어 종육품 주부 정도 되면 지방 수령직을 주어 관리를 맡기기도 합니다."

"그 말은……."

"깜돌이는 함열 현감이 된 겁니다."

순간 침묵이 감돌았다. 깜돌이 현감이라니. 우리는 모두 현감의 얼굴을 보았으나 현감은 당황한 듯 아무 말도 하지 않았다.

"깜돌이는 서자였소. 서자가 워찌 고을 수령이 된단 말여요."

호방이 얼른 반박했으나 허형은 흔들리지도 않았다.

"아까 춘섬이가 하는 말을 들으니 깜돌이는 서자고 아버지는 부여의 사또였다 하더군. 서자 깜돌이가 정말로 과거에 합격할 정도로 뛰어난 성과를 거두었다면 아버지의 인정을 받았을지도 모르는 일이지. 아버지란 족속들은 늘 똑같아. 멍청한 자식에겐 관심이 없지만 입신양명을 해오는 자식이라면 그제야 자신을 닮았다고 말한단 말이야. 특히 본처의 자식이 없거나 일찍 죽었을 경우에는 더하지. 깜돌이가 멍청한 서자라 생각했을 땐 관심이 없었더라도 급제를 했다고 한다면 뒤늦게나마 자신의 성씨를 준 것이 이상하지 않아. 서자를 적자로 만드는 일은 요즘 세상에 어려운 일도 아니잖은가."

서자가 적자가 되어 돌아온다라. 나는 금방 변양걸의 사례를 떠올렸다. 허형의 말대로 요즘은 그런 일 따위 비밀도 아니었다.

"하지만 양반에게는 새 이름이 필요한 법이지. 그래서 깜돌이는 새 이름을 지어야 했을 거요."

허형은 금방까지 버섯을 찍어 먹던 간장 종지에다 손가락을 푹 담그더니 바닥 위에 글씨를 썼다.

깜돌

"깜돌. 이건 '검은 돌'이라는 뜻이고. 그리고 그것을 한자로 하면……."

허형은 깜돌이란 이름 옆에 간장으로 다시 글씨를 썼다.

玄石

바로 현감의 이름이 아닌가. 장현석. 사람들이 웅성웅성하며 자기들끼리 자그맣게 탄성을 자아냈다.

"본래 자신의 고향으로는 발령 내지 않는 법이지만 아버지의 고향이 함열은 아닌 고로 깜돌이는 자신의 고향, 함열로 발령받고 말았네. 자신의 비천했던 과거를 모두 알고 있는 고향 사람들에게로 던져진 것이야. 아무리 신분이 바뀌어 양반이 되었다고는 하나 사람들은 모두 깜돌이의 어린 시절을 기억하고 있었을 걸세."

깜돌은 서자로 태어나 적자가 되었으나 결국 깜돌이란 이름과 결별하지 못했다. 그는 언제까지나 서자 깜돌일 뿐이었다.

"서자 깜돌이. 나에게 빌빌댔던 깜돌이가 한순간에 고을의 수령으로 온다고 했을 때 누가 그 사실을 받아들일 수 있겠나. 춘섬이, 자네라면 받아들일 수 있겠나?"

"아니 지는……."

"없었겠지. 그러니 아직도 그를 깜주부라 부르는 것이 아닌가. 그대는 사또 깜돌이보다 죄인 임해군의 말을 듣는 것이 더욱 기꺼웠을 거야. 그는 왕족이고 깜돌이는 거렁뱅이니까."

춘섬은 아무 말도 하지 않았다. 춘섬은 온몸을 부르르 떨며 그 자리에 주저앉았으나 허형은 춘섬에 대한 관심이 끊겼다는 듯 그에게서 등을 돌렸다. 마치 그 뒤에 아무도 존재하지 않는 것처럼.

"시체를 만들었으니 시체를 죽인 범인도 만들어야겠지요. 누가 좋을까요. 일면식이 없는 데다 인망이 없는 자라면 좋을 것 같군요. 이전에도 임해군과 악연이 있으면 더없이 좋을 테고요. 오, 마침 그런 사람이 이리로 오고 있지 않습니까. 바로 이 교산 허균 말입니다."

허형은 검지손가락으로 관자놀이를 만지작거리다가 문득 방향을 틀어 자신의 가슴 쪽을 겨누었다.

"이 역시 어려운 일이 아니지요. 환영회다 뭐다 하여 취하게 한 다음 방 한구석에 밀어 넣고 손에 칼 한 자루를 쥐여 준 후에 시체를 밀어 넣는다면 아침에 일어난 이 교산 허균은 왕자를 살해한 극악무도한 살인범이 될 겁니다. 그러면 다음 날 오후쯤에는 이 목에 칼을 씌울 수 있을 거고 어쩌면 즉결 처분을 할 수도 있겠지요. 그래서 임해군 대감께서는 제가 올 때까지 깜돌이를 살려두어야만 했습니다. 싱싱한 시체를 만들기 위해서요."

하지만 현감이 즉각 반발했다.

"선생께서는 작년에 한양을 출발했으면서도 겨우 오늘에야 함열에 도착했으니 선생이 대체 언제 올 줄 알고 그런 수를 쓴단 말입니까."

허형은 코를 실룩거렸다. 그의 오류를 고쳐주는 것도 귀찮은 모양이었다.

"제가 이곳에 왔을 때 사또께서 직접 하신 말이 아닙니까. '귀양인이 들어오면 바로 연통하라고 성문 문지기에게 말해두었다'고. 한데 궁금한 것이 있습니다. 어느 성문으로 하인을 보내셨습니까?"

"어느 성문이냐니······."

"제가 도착하면 말해달라고 어느 성문의 문지기에게 말해두었냐 이 말입니다. 함열은 금강 아래 호남평야 여러 지역과 면이 닿아 있습니다. 북쪽으로는 임천, 한산, 홍산이 있고 남쪽으로는 임피, 김제, 만경과 연결되는 도로가 있는 데다 금강의 조운창과 한양의 경창까지 바닷길로 연결이 되니 제가 올 수 있는 경로가 한둘이 아니라 이겁니다. 저는 배를 타고 함열 아래에 있는 만경까지 갔다가 다시 올라왔는데도 사또께서는 제가 언제 올지 정확히 알고 계셨으니 함열, 임천, 한산, 홍산, 임피, 김제, 만경과 금강의 나루터에까지 모두 전령을 보내셨단 말이 됩니다. 한데 대체 누가 귀양다리를 맞이할 때 그렇게까지 한단 말입니까. 사또께서는 제 동향을 끊임없이 파악하고 계셨습니다. 제가 언제 이곳에 올지를 정확히 아셔야만 했어요. 그래야 장현석을 제때에 죽일 수 있을 테니까요."

이제 현감은 화도 내고 있지 않았다. 그는 어디까지 하나 보자, 하는 얼굴로 허형의 이야기를 듣고 있었다. 허형은 숨도 쉬지 않고 말을 이었다.

"일주일 전, 당신들은 고을 현감 장현석을 납치하여 내아의 광에 가두었소. 한데 두 사람은 실수를 하고 맙니다. 사람을 납치하고 감금할 줄만 알았지 살려둘 줄은 몰랐던 겁니다. 이를테면, 사람은 음식과 물을 먹고 사는데 그것조차 생각을 하지 못했습니다. 당신들은 장현석에게 일주일간 물도 음식도 주지 않고 그저 내버려두었어요. 너무하지 않소. 그대들은 사람을 사람으로 보지도 않았던 겁니다. 하지만 변수가 생겼습니다. 춘섬이 말입니다."

자신의 이름이 들리자 춘섬은 화들짝 놀라 허형을 바라보았다. 하지만 허형은 춘섬 쪽에는 눈길도 주지 않았다. 그는 이제 허형의 관심 밖이었다. 허형의 눈은 현감에게 고정되어 있었다.

"춘섬이가 들어와 환기를 한답시고 온갖 곳의 문을 다 열어두었어요. 덕분에 장현석은 탈출할 수 있었습니다만 눈이 왔으니 맨발로는 갈 수 없었지요. 그래서 그는 창고에서 가장 가까운 별채의 섬돌에서 재영이의 신발을 훔쳐 신었습니다…… 도망치려고 보니 부엌에서 음식 냄새가 납니다. 일주일간 굶었던 그는 자신도 모르게 부엌으로 걸음을 옮기다 춘섬이를 만났지만 춘섬이는 장현석을 야광귀로 착각하여 도망치고 말았습니다. 부엌에는 춘섬이가 만들었던 음식이 남아 있었어요. 바로 이것입니다!"

허형은 넓은 소매에서 무언가를 꺼냈다. 가제 손수건이었는데 그 안에 무엇이 들어 있는지 나는 알고 있었다. 허형은 그것을 펼쳐서 보여주었다. 그냥 봐도 알 수 있었다. 딱딱하게 굳은 우심적이었다.

"일주일 굶은 사람에게 이건 하늘의 천도복숭아로 보였을 겁니다. 하지만 건강한 사람이 튼튼한 이로 씹어도 고생인 이 고기를 일주일 굶은 사람이 먹었으니 그것이 어찌 목구멍 안으로 들어갈 수 있었겠습니까. 그는 괴로워하며 죽고 말았습니다. 이것이 야광귀의 정체입니다. 서자였다가 가리였다가 현감이 되었지만 결국 야광귀가 된 사람의 이름은 장현석이올시다."

"허지만 시체는 사랑채에서 발견되었잖아요!"

호방은 아직도 허형의 말이 틀렸을 것이라는 일말의 희망을 갖고 있는 듯이 보였다. 그는 거의 절규하고 있었으나 허형의 침착한 말투에는 높낮이조차 없었다.

"당연하지. 누군가 다가와 쓰러진 장현석을 발견하고 옷을 갈아입혀 사랑채에 들여놓았으니까."

"누가…… 대치 누가 그랬단 말여요!"

허형은 사람들을 한 번 길게 훑어보더니 초란을 향해 손을 뻗었다.

"음식을 나르기 위해 부엌과 사랑채를 계속 오갔던 초란이. 바로 자네야. 자네는 이 계획을 처음부터 다 알고 있었어. 자네는 시신을 사랑채로 들이고 왜도를 들어 허리를 벤 다음, 내 손에 칼을 쥐어주었네. 그것으로 모든 것이 잘 끝나리라 생각했겠지. 우리 똑똑한 찬모, 작은년이가 명이나물을 사용하여 사망 시각을 조작할 것이라고 상상도 못 했을 테니!"

초란은 그게 무슨 소리냐는 듯 뻔뻔하게 고개를 치켜올렸다.

"말도 안 돼! 제가 뭐 하러 그런 일을 돕겠어요!"

"그야 자네는 한양에서부터 임해군을 따라 전라도 곳곳을 누비다가 여기까지 온, 임해군의 여인 아닌가."

허형은 초란에게 다가가더니 한 번에 그의 비녀를 뽑아버렸다. 그러자 굵게 땋은 머리카락을 굽이굽이 머리 위에 이었던 가체가 풀썩하고 떨어졌고 묶어두었던 초란의 진짜 머리카락만이 연약한 호를 그으며 뒤늦게 아래로 떨어졌다.

"모란은 화중왕이요, 해당화는 기생이로다."

초란의 비녀에 분홍색 장미석으로 만든 해당화가 꽂혀 있었다. 초란의 얼굴이 붉어졌다.

"이것은 그저 제가 좋아해서……."

"그렇지. 임해군은 모란을 좋아하고 초란이는 해당화를 좋아해야 맞지. 죽은 애생이를 기억하나? 자네와 함께 서희루에 있던 가여운 기생 말일세. 죽은 애생이의 머리통에는 비녀가 없어 봉두난발이었다네. 그 비녀가 어디 갔나 했더니 여기에 와 있었군."

허형은 자신이 뽑아낸 초란의 비녀를 치켜올렸다. 그가 비녀를 머리에 꽂았을 때는 몸체가 새까맣게 보여서 흑단으로 만든 것이라고 여겼는데 가만히 보니 얼룩덜룩하게 흰빛이 보이는 것이 은이었다.

"애생이는 머리를 맞아 죽었으니 은비녀엔 피가 묻어 있었을 터. 그것을 아무리 씻어도 변색을 막을 수는 없었겠지. 다른 여자의 머리에 꽂은 비녀를 재활용하는 남자라면 다시 생각해보는 것이 좋지 않겠나."

허형은 초란에게 비녀를 던졌으나 초란은 비명을 지르며 그것을 받았다가 다시 떨어뜨렸다. 쨍그랑, 하고 장미석이 바닥에 떨어져 깨지는 소리가 들렸다. 그리고 곧바로 현감은 도망가기 위해 몸을 돌렸다. 가만히 숨은 적을 잡는 것보다 도망가는 적을 잡는 것이 훨씬 쉬운 법이다. 나는 도망가려는 현감의 손목을 얼른 잡고 뒤로 꺾었다. 허형 역시 호방을 잡으려 했으나 그는 문밖으로 도망치고 말았다. 하나 아쉬운 대로 범인은 잡았으니 최악은 아니었다. 우리는 그를 잡으러 가는 대신 현감을 더욱 압박하였다.

"대감께서 어려서부터 광대들과 서역의 마술사들을 좋아하여 연극하는 것을 즐겨 하신다 들었는데 실제로 보니 더욱 놀랍습니다. 현감으로 둔갑하는 것 정도야 식은 죽 먹기보다 쉬웠겠군요, 임해군 대감."

현감은, 아니 임해군 대감은 웃었다. 이런 상황에서 어떻게 웃음이 나는지 모르겠다. 자신의 모든 패를 다 들켰음에도 임해군은 마지막 패 하나를 가지고 있는 사람처럼 여유가 있었다.

"그대는 참 똑소리가 나는군. 살면서 그대만큼 말 잘하는 사람을 보지 못했어. 그런데 말이야, 허균. 그대는 임해군에 대해 얼마나 알고 있는가?"

범인이 이렇게 나올 줄은 몰랐기에 나는 조금 당황했다. 이렇게까지 궁지에 몰린다면 틀림없이 울거나 무릎을 꿇고 잘못했다고 빌기라도 할 줄 알았는데 이렇게 당당하다니. 그가 추리한 내용 중에 틀린 것이 있던가. 하지만 허형은 흔들리지 않았다. 그는 턱을 내리고 등을 곧추세운 뒤 싸늘한 눈으로 임해군을 노려보았다.

"내가 뭐, 곧 죽을 사람의 성정까지 알아야 하나?"

"뭐?"

임해군이 주먹을 쥐었다. 두 팔이 묶여 있지 않았다면 아마 벌써 팔을 뻗어 허형의 얼굴을 때렸을 것이다. 하지만 허형은 멈추지 않았다. 설사 주먹질을 한다 해도 그 입까지 막을 수는 없으리라.

"대감께서 어찌 이리로 귀양을 오셨을지 생각해보셨습니까?"

"자네가 나를 기소했기 때문이 아닌가!"

"제가 아닙니다."

"그럼 누구 또 한 사람이 있는 게지. 그것도 아니면 금상의 어심을 뒤흔든 숨겨둔 증좌가 있을 테고."

하지만 허형은 코웃음을 쳤다. 허파에서 바람이 빠지는 소리가 유난히 크게 들렸다.

"증좌고 증인이고 그딴 것은 필요 없습니다. 대감을 기소한 것은 제가 아니라 주상 전하시니까요. 어심이 정해졌으니 어떤 변명도 소용없습니다. 하나 분명한 것은 대감은 지금 황천길로 가는 길목에 있다는 겁니다."

"네 이놈!"

임해군의 얼굴 근육이 꿈틀거리기 시작했다. 웃어야 할지 울어야 할지 모르는 사람처럼. 웃는 듯도 우는 듯도 고함치는 듯도 하게 얼굴 거죽이 움직이더니 순간, 오만하고 잔인한 표정이 드러났다. 사람이란 얼마간의 표정이 바뀌는 것만으로도 이렇게 얼굴이 달라질 수 있던가. 하지만 허형은 눈도 깜짝하지 않았다.

"무엇 하느냐! 당장 살인자 임해군 이진을 추포하지 않고!"

허형의 고함이 신호가 되어 사랑채의 문이 일제히 열렸다. 순간 차가운 바람이 들이쳤고 나는 이쪽을 향해 겨누어진 수십 발의 화살을 보고 경악할 수밖에 없었다.

"죄인 임해군은 순순히 오라를 받으라!"

아는 목소리였다. 낮고 우렁찬 목소리. 어디서 들었는지 한 번에 기억해낼 수 없어 당황하던 때에 그가 한 걸음 크게 내딛었다. 나는 그제야 그가 누구인지 알아차릴 수 있었다.

두꺼운 흉통, 정리가 안 된 숯검정 눈썹. 저 사람은 분명 경상도로 귀양을 갔다던 포도대장 변양걸 아닌가. 변양걸의 지휘 아래 관군들이 우리를 포위하고 있었다. 활시위를 당기고 칼을 뽑아 든 관군들이 허형의 신호만을 기다렸던 모양이다. 아까 우리의 손을 피해 도망갔던 호방 역시 관군들에게 잡혀 양팔이 묶여 있었다. 대체 언제부터 준비되어 있었던 것인가,

하는 물음이 머릿속을 맴돌았으나 멀리서 굵직하고 낮은, 익숙한 목소리가 한 번 더 들렸다.

"임해군 이진은 죄인의 몸으로 다시 죄를 범하였으니 이번만은 순순히 넘어가지 못하리라. 어서 항복하고 오라를 받으라!"

일이 해결되었음에도 복잡하고 답답한 마음을 금할 수 없어 허형을 바라보았는데 그는 자신만만한 얼굴로 입꼬리 한쪽을 씩 올려 웃고 있었으니 오로지 나만이 그를 진심으로 걱정하였구나. 이토록 오래 함께하였는데도 도무지 믿을 수 없는 이 사람을 어이할꼬!

6장

새로운 명

목숨의 무게

"이게 다 어떻게 된 겁니까?"

현감과 호방을 추포하여 한양으로 보낸 뒤, 우리는 늦은 아침 밥상을 앞에 두었다. 하지만 끝내 내가 수저를 들지 않자 허형은 내 눈치를 보며 하릴없이 물만 몇 번씩 마시더니만 결국 스스로도 숟가락을 내려놓았다. 내가 화가 나 있다는 자각은 있는 모양이지만 이번 일을 제대로 설명해주지 않는다면 이전처럼 구렁이 담 넘어가듯 얼렁뚱땅 용서하는 일은 없을 것이다.

"이렇게 될 줄 알았습니까? 언제부터요? 변양걸이는 언제 어떻게 불러온 겁니까?"

허형은 바싹 마른 입술에 침을 묻히며 더듬더듬 대답했다.

"사실은 말이야. 배 타고 만경에 갔을 때 상인들이 하는 소리를 들었네. 요즘 들어 함열에서 타종을 하지 않는다고 말일세. 그래서 함열에 무슨 일이 생긴 건 아닌가 의심하고 있었네. 그런데 여기 와서 함열 현감이란 사람과 인사를 하는데 자기 아버지가 도산서원 나왔다는 거야. 분명 관송 대감과 같은 서원 출신이라 했는데 관송 대감은 돈암서원 나왔거든."

겨우 그것 때문에? 나는 이해가 가지 않았다.

"도산서원이든 돈암서원이든 그게 왜요? 헷갈렸을 수도 있잖습니까."

"도산서원은 경상도에 있지 않은가. 전라도랑 경상도를 어찌 헷갈릴 수가 있나? 타종은 하지 않고 현감이란 자가 아버지의 출신도 모르는 것을 보니 이거 현감이 가짜일 수도 있겠다 싶었네. 그래서 얼른 서리를 보내 변양걸이를 불러오라 했지."

허형은 이제 해명이 됐냐는 눈으로 나를 보았는데……. 아니다. 허형은 다 말하지 않았다. 나는 아직도 할 말이 남아 있었다.

"거짓말."

"거짓말이 아니야."

"거짓말은 아니겠지만 전부 다 말씀하신 것도 아닙니다. 변양걸이가 군사들을 이끌고 와서 뭐라고 했는지 기억하십니까? '죄인 임해군은 순순히 오라를 받으라!' 했지요. 형님께서 이곳에 임해군이 있다는 것을 알고 있었어요."

허형의 눈동자가 빠르게 굴러갔다. 또 내게 변명할 어떤 말을 생각하고 있는 것이리라. 나는 그가 생각할 틈을 주고 싶지 않았기에 얼른 쏘아붙였다.

"변양걸이는 물론이고 서리도 알고 있던 것을 저만 몰랐습니다. 미리 귀띔이라도 해주었다면 이렇게까지 서운하지 않았을 겁니다. 대체 저는 옆에 왜 두는 겁니까? 시체 처리 맡기시려고요? 저를 못 믿어서 그런 겁니까, 아니면 그런 말을 해줄 가치도 없다 생각하셔서 그런 겁니까?"

"이번 일은 나리가 백번 잘못허셨소. 나는 읎던 애도 떨어질 뻔했당께요."

조기 반찬을 내오던 작은년 역시 불평 한마디를 보탰다. 허형은 처음에는 미안하다는 말을 할 듯하였으나 결국은 내가 왜 화를 내는지 모르겠다는 표정이었다.

"난 자넬 속인 적 없어."

"네. 속이신 적은 없습니다. 말하지 않았을 뿐이니까요."

그래. 그랬다. 그는 자신이 믿을 수 있는 것은 오로지 나 하나뿐이라는 달콤한 말로 나를 꼬드겨서는 바보 같은 분신사바하를 시작으로 끊임없이 나를 속여왔다. 그래. 속였다는 말은 적확하지 않다. 그는 아무 말도 하지 않았을 뿐이다. 하지만 그것은 기만이 아닌가.

"왜 그래. 잘 해결된 일을 두고."

"해결이야 잘됐지요. 하지만 전 형님과 함께 유배지까지 왔습니다. 그 정도는 알권리가 있었어요! 형님께선 망할 놈의 관송을 불러 유배를 어디로 갈지, 어떻게 갈지를 고민하는 동안에도 제게는 일언반구도 하지 않으셨습니다. 저를 이렇게 취급할 수는 없는 법입니다. 제가 형님 앞에서 사람이기는 합니까?"

허형은 한참 말이 없었다. 그가 이토록 내 말을 주의 깊게 들어주는 것은 처음이다. 하지만 저치가 정말로 내 말을 듣고 있는 것인지 그저 귀를 열어두고 있을 뿐 사실은 내 말을 듣지 않고 있는지 나는 이제 그것도 판단할 수가 없었다. 저 사람을 다 알고 있다고 생각했는데 모두 착각이었던 것 같다. 이제 나는 저 사람을 하나도 모르겠다. 우리 사이에 마음이 있고 정이 있다 생각했던 모든 일들이 헛되게 느껴졌다. 허형은 마치 울 것처럼 눈동자가 새빨갛게 변했지만 울지는 않았다. 대신 그는 "하지만……" 하고 말했다. '하지만, 그러나, 그렇지만, 그럼에도 불구하고' 나는 언제나 그다음 이야기가 듣고 싶었다. 어쩌면 그 뒤에 미안하다는 말이 들려올까 해서.

"말하는 건 어렵지 않아. 하지만 내가 모든 것을 털어놓는다면 자네는 또 나를 싫어하게 될 테지. 난 그런 것은 견딜 수 없어."

순간 머리를 얻어맞은 기분이었다. 이런 말을 기대한 적은 없었다.

"예전에 내가 애생이를 살해한 자가 분명 다음 사건을 저지를 것이다, 그러니 기다리자고 했을 때 자네는 내게 무척 실망했었지. 하지만 나는 이번에도 똑같이 했다네. 임해군이 사고를 칠 때까지, 그러니까 사람을 죽일 때까지 한참을 기다린 다음에야 출발했어."

"어째서…… 어째서 그런 일을……!"

"금상께서 원하셨네. 금상께서는 임해군이 저지른 죄의 한가운데에 내가 들어가 있길 바라셨어. 내가 탐정이자 증인이 되어야만 그를 확실히 옭아맬 수 있으니까. 나는 귀양을 간답시고 허송세월을 하며 시간을 보내다가 함열에 실종자가 생겼다는 전서구를 받고서야 함열에 입성했네. 이런 말을 자네에게 어떻게 할 수 있단 말인가. 난 정말이지 자네에게 미움받고 싶지 않아."

예상도 못 했다. 이런 말에는 뭐라고 대답해야 하는가. 손끝으로 인당혈을 찾고 있는데 그는 젓가락으로 조기 살을 집어 내 숟가락 위에 올려주었다.

"그러지 말고 밥부터 먹고 이야기하세. 다 식겠어."

정말로 이 사람은 아직도 내가 숟가락 위에 반찬만 하나 없어 먹여주면 기꺼이 모든 것을 용서해주는 다섯 살 어린애라고 생각하는 모양이다. 나는 이제 다 자랐고 더 이상 남이 반찬을 놓아주는 것만으로 마음을 홀랑 내어주는 일 따위는 하지 않는다. 그럼에도 불구하고 그가 주는 반찬을 먹지 않을 수도 없는 노릇이라 나는 입을 벌려 숟가락 가득 밥과 조기 살을 욱여넣었다. 그랬더니 이번에는 또 마늘종 하나를 입에 넣어주는 것이 아닌가. 기가 막힐 노릇이다. 억지로 밥을 씹고 있는데 옆자리에 앉은 변양걸이 헛기침을 하며 말을 걸어왔다.

"여보시게들. 제가 여기 있다는 것은 잊어버리진 않으셨겠지요."

변양걸은 질렸다는 듯한 표정이었다. 그래. 여기에 저런 사람도 있었지. 그를 무시할 수 없어 예의상 인사를 건넸다.

"그러고 보니 어찌 된 일입니까. 귀양을 갔다 들었는데 여기서 나오실 줄은……."

"귀양을 갔다 소문만 낸 것이오. 관송 대감의 묘수였다오."

관송 이이첨. 결국 그놈이 문제였구나. 변양걸도 그렇다. 나는 그가 강직하고 우직한 무인인 줄로만 알았는데 이이첨의 말대로 이리 갔다 저리 갔다 사냥감을 물어오는 보라매였을 줄이야.

"교산 선생이 함열로 온 것도 다 관송 대감과 이야기가 된 것이오. 임해군을 이리로 보내기로 작정한 뒤에 허형의 유배지를 이리로 정한 것인데 설마 이것도 말해주지 않으셨소이까."

허형은 변양걸의 말이 들리지 않는 척 후룩, 하고 물김치 국물을 마셨다.

금상이고 이이첨이고 다들 생각이 있는 것인가 없는 것인가. 임해군은 이제까지 몇 사람을 죽였는지도 모르는 흉악범인데 머리까지 근육으로 된 변양걸도 잡지 못한 것을 세 치 혀밖에 가진 것이 없는 허형에게 잡아오라고 하다니……. 게다가 허형은 또 어떠한가. 현감이 이상하다는 것을 눈치챘으면서도 그놈이 주는 술이며 밥을 죄다 먹어치웠다. 그 안에 무엇이 들었을 줄 알고 주면 주는 대로 다 처먹는단 말인가. 나는 유배 길의 숱한 밤들이 생각났다. 함열까지 오는 동안 우리는 제대로 묵을 곳을 구하지 못하면 산길에서도 큰 경계 없이 잠을 잤고 강가에서도 모닥불 하나를 피워놓고 잠을 잤는데 이제 보니 목숨을 아주 내어놓고 다닌 셈이었다.

마음이 번다해서 음식을 영 먹지 않고 있었더니 허형이 또 밥숟가락 위에 젓갈을 올려주었다. 미치겠군. 변양걸은 헛기침을 하더니만 소맷자락에서 서신을 하나 꺼내주었다.

"금상께서 주신 친서요. 일이 다 마무리되면 전해주라 하셨소."

허형은 서신을 받아 임금이 계신 쪽으로 사배를 하고는 봉투를 뜯어보았다. 무슨 말이 적혀 있을까 싶어 궁금했는데 허형의 입꼬리가 한껏 올라간 것이 나쁜 소식은 아닌 것 같았다. 그가 그렇게 원했던 도승지 자리라도 주시려나 하고 생각했을 찰나, 허형이 말했다.
"여인. 금상께서 자네를 보고 싶으시다는군."
"네?"
 나는 당황해서 씹던 음식도 뱉을 뻔했다. 금상이 대체 왜? 어째서? 당황한 나와는 달리 변양걸은 그럴 줄 알았다는 듯 미소를 띠었다.
"실은 그간 도령이 작성한 검험서를 금상께서 다 읽으셨소. 문장이 깔끔하며 사건을 제대로 이해하고 있다고 칭찬이 자자하셨다오. 그래 조만간 이런 일이 생길 줄 알고 있었소."
"금상이…… 나를?"
 나는 어안이 벙벙하였다. 대체 이게 뭐란 말인가. 과거 급제 이후 그토록 임금께 서얼허통[*]의 상소문을 올렸을 때에는 그림자도 볼 수 없더니만 갑자기 날 부르신다고? 허형은 그런 내 머릿속을 이미 열어본 사람처럼 웃으며 말했다.
"이번에 금상을 뵙고 직접 상소를 올릴 수 있다면 그보다

---

[*]   서얼도 관직에 나가게 허락해달라는 뜻.

더 좋은 일이 어딨겠나. 그대가 원하는 바를 직접 아뢰시게."

그리하여 나는 귀양다리를 수행하는 신세에서 벗어나 한양, 그것도 임금께서 계시는 경운궁으로 향하게 되었으니, 인생은 알 수 없는 일들투성이로구나!

변양걸이 되찾아준 신발을 신고 길을 나서니 야광귀가 훔쳐갔던 한 해의 운이 모두 돌아온 기분이 들었다. 하지만 한양으로 올라오는 긴 시간 동안 허형에게 그 말을 할 용기는 내지 못했다. 나 역시 그에게 미움받고 싶지 않노라고.

대체 잠도 없는 것인지 허형은 닭이 울기도 전부터 나를 깨워댔다. 평소에는 내가 먼저 일어나서 허형을 깨우는데 이번만은 반대가 되었다. 그는 대체 뭐가 그리 설레는지 아침 댓바람부터 나를 의걸이장 앞에 세우고 이 옷을 입어봐라 저 옷을 입어봐라 하며 난리였다. 그래봐야 어차피 금상을 만날 땐 사모관대 이외에 다른 선택지가 없는데도 대체 왜 이러는지 알 수가 없었다.

"그래도 기분이라는 게 있잖으냐."

그 '기분'이라는 것이 내 기분을 말하는 것인지 형님의 기분을 말하는 것인지 알 수는 없었지만. 어쨌든 나는 그가 하자는 대로, 온갖 무지개색의 두루마기를 입으라는 대로 다 입어본 다음에야 유록색의 흑단령을 입을 수 있었다. 지금은 관직이 없지만 일전에 과거 급제를 하였던 적이 있으니 어쨌

건 명목상으로라도 나는 금상의 신하인 것이다.

입궐할 때에도 나는 걸어가려고 생각하였는데 허형은 굳이 가마를 준비했다. 서자가 이런 것을 타고 간다면 당연히 사람들이 욕할 것이므로 몇 번 거절했으나 결국 허형의 고집을 꺾지는 못했다.

"임금께서 부르신 신하가 가마에 탄다는데 누가 욕할 것이냐?"

하며 엄포를 놓는 통에 결국 앞뒤로 한 사람씩 두 사람이 멘 죽교를 탔다. 그래도 그것이 나쁘지 않았던 까닭은 허형과 대화를 할 수 있었기 때문이다. 그가 가마를 타고 내가 걸었다면 숨이 차서 편안하게 이야기를 할 수는 없었을 것이다. 나는 가마가 낯설어서 자꾸만 몸이 흔들리는 것이 힘들었지만 허형은 몹시도 익숙한 듯 박자에 맞추어 몸을 자연스럽게 흔들어 보였다.

"금상은 어떤 분입니까?"

내가 묻자 그는 생각도 하지 않고 대답했다.

"좋은 분이시지."

그리고 아무 말이 없었다.

"끝입니까?"

"할 말이 너무 많아 도리어 말을 고르는 중이었네. 그분이야말로 내가 모실 만한 임금일세."

대체 어떤 분이시길래 저런 말을 하는지 나부터가 궁금하다. 금상이 왕좌에 오르고 나서 허형이 당한 일이라곤 파직을 당하거나 유배를 다녀온 일밖에 없었던 것 같은데 어찌 저리 금상을 믿고 있는 것인지 모르겠다. 그에게서 어쩌면 무엇을 보았던가.

 하지만 나는 금상에 대해서는 아직 확신할 수가 없었다. 나는 그분이 왕좌에 오른 이후로 여러 번, 정말로 여러 번 상소문을 썼으며 다른 서자들과 연합하여 연대 상소를 올리기까지 하며 서얼허통을 주창하였으나 임금께서는 그에 대해 아무런 답을 준 적이 없었다. 그분 역시 장자가 아니라 서자시니 내 마음을 알아줄 줄 알았는데 아무런 답변이 없는 것에 나는 큰 실망을 한 터였다. 하지만 허형은 나와는 영 다른 마음인 듯했다. 대체 왜일까. 그분이 그저 임금이라서? 임금이라면 신하들은 무조건 그를 사랑해야 하는가? 유배를 가서도 임금을 '님'이라고 부르며 〈사미인곡〉이나 쓰는 정철처럼? 머릿속이 복잡해질 무렵 허형이 말했다.

 "나는 그분께 걸었네."

 "이유가 뭡니까?"

 "그분은 나와 다르기 때문일세."

 나는 그에게 몇 마디 더 물어보고 싶었으나 우리는 곧 경운궁에 도착했으므로 대화는 더 이상 이어지지 않았다. 금상이 지척에 있었다.

"신, 허균 들었사옵니다."

"신, 이재영 들었사옵니다."

임금께서 계신 곳은 분명 웅장하긴 하였으나 궁이라고 부르기에는 무리가 있었다.

왜란 때 경복궁이 불탄 이후로 월산대군의 저택을 궁궐 삼아 경운궁으로 부른다고는 들었으나 이렇게나 열악할 줄이야. 단청도 칠하지 않은 나뭇결 그대로의 기와집에 들어가 절을 하고 나니 내가 양반집에 있는 것인지 아니면 궁에 있는 것인지 분간도 가지 않았다. 참으로 검소하신 분이구나, 하고 나는 머리를 조아렸다.

"아. 교산 왔는가. 편히 앉게."

마침 책을 읽고 있었는지 임금께선 비스듬히 앉아 계셨다. 이제껏 이렇게 높은 사람을 보는 것은 처음이라 긴장하고 있었는데 기껏해야 서른을 겨우 넘긴 모습에 나는 괜히 마음이 이상하였다.

물론 금상의 성수를 몰랐던 것은 아니다. 하지만 당연히 임금이라면 산신령처럼 흰 수염이 성성히 나 있고 얼굴엔 주름이 가득하여 노련한 지혜를 가졌으리라는 느낌이 늘 있었는데 이렇게 젊고 총명해 보이는 임금을 실제로 마주하니 그가 임금이라는 죽은 개념이 아니라 살아 있는 사람으로 느껴져 도리어 현실감이 없었다.

"금방 관송이 있다가 갔는데 엇갈렸군. 조금 빨리 왔으면 함께 만날 수 있었을 텐데."

"저런. 무척 아쉽사옵니다."

허형이 하나도 아쉽지 않은 목소리로 과장되게 대답하자 임금께선 가볍게 웃으셨다. 웃을 줄도 아는 사람이구나 싶어 마음이 조금은 녹았다.

"자네의 활약은 관송에게서 다 전해 들었네. 형님께서 아직도 임금 자리를 포기하지 않으셨을 줄이야. 화왕계라는 것의 정체도 신기했거니와 자네의 추리도 아주 대범하더군. 그리고 그…… 뭣이라 했지? 가갸거겨?"

"가게무샤 말입니까?"

"그래. 형님이 스스로의 가게무샤였다는 이야기에는 정말로 큰 충격을 받았네. 나주의 형방 허창욱과 전주의 간수 이동식, 함열의 현감 장현석이 모두 임해군이라니 자네가 아니면 누가 그런 것을 눈치채겠는가?"

그게 무슨 소리인가. 나주 형방 허창욱이 임해군이었다고? 사또와 옷을 바꾸어 입고 사또 행세를 한 것이 한 번이 아니라는 것인가. 그러면 나는 임해군을 몇 번이나 만나보았으면서 알아보지 못했다는 것인가. 그토록 끊임없이 이름과 얼굴을 갈아 치우며 살았다니. 그는 끔찍한 괴물인 동시에 대단한 배우로구나. 내가 토끼 눈으로 허형을 바라보자 그는 나중에 설명해주겠다는 듯 어색한 미소를 지었다.

"자네 덕분에 남록에게도 면이 서게 되었어. 남록은 형님의 스승이기도 하네만 과인의 스승이기도 한데 마지막이 그렇게 되어 마음이 늘 불편하였지. 대체 형님은 어째서 남록을 죽인 것일까. 내 알기로 그 둘은 사이가 나쁘지 않았는데."

임금께선 질문을 하신 후에 허형의 얼굴을 빤히 바라보셨는데 당연히 그가 답을 내놓을 것이라 믿어 의심치 않는 표정이었다. 허형은 잠시 눈동자를 굴리더니 임금의 기대를 저버리지 않고 입을 열었다.

"임해군은 스스로 모란, 즉 임금이라 자칭하는 역도입니다. 하지만 아무리 발칙한 생각을 한다 해도 스스로가 스스로를 섬길 수는 없는 법입니다. 그러니 인망 있는 신하를 얻고 싶었을 겁니다. 이를테면 자신의 옛 스승 말입니다. 하지만 남록 선생은 두 임금을 섬길 만한 분이 아니니……."

"거절을 했겠지. 그래서 죽인 것인가. 하지만 그렇다면 기생까지 죽일 필요는 없었잖나."

임금의 말에 허형은 잠시 쉬었다가 대답했다.

"사람은 어떻게 사는가보다 어떻게 죽는가가 중요한 법입니다. 기녀를 죽인 것은 오로지 추문을 만들기 위해서였을 것입니다. 기녀와의 치정으로 얽혀 있는 죽음은 명예롭지 않으니까요. 한데 전하."

허형은 거의 절망에 빠진 얼굴로 임금을 올려다보았다.

"이런 것을 어찌 제게 물어보십니까. 임해군에게 물어보면 될 일이 아니옵니까. 임해군은 어디에 있습니까?"

임금께선 한동안 아무 말이 없으셨다. 나는 석상처럼 가만히 앉아 고개를 숙이지도 들지도 못하고 굳어 있었는데 어디에 시선을 두어야 할지도 알 수 없었다. 그러다 문득 주전자가 끓는 소리에 화로를 돌아보았다.

"그러고 보니 아직 차도 대접을 안 했군. 내 직접 내려주지."

임금께서는 화로 위에 올려두었던 뜨거운 주전자를 직접 손으로 받아 차를 내려주셨다. 쪼르륵하고 물 따르는 소리가 침묵 위에 내려앉아 마치 폭포 소리처럼 크게 들렸다.

"형님께선 한양에 당도하지 못했네. 중간에 그를 이송하던 관리가 잠시 한눈을 파는 사이에 도망쳤거든. 아쉬운 일이야."

청천벽력과도 같은 말이었다. 어쩌면 금상 옆에도 임해군의 사람들이 있단 말인가. 임금의 최측근인 의금부조차 믿을 수 없다는 소리인가. 조선의 근간이 뒤흔들릴 만한 소리에 마음이 번잡하였다. 허형은 혼란스러운 듯 눈을 내리깔고 있었는데 겉으로는 조용했으나 그 내면이 얼마나 시끄러울지

나는 그의 마음을 들여다보지 않아도 알 것만 같았다.

차가 다 우려졌는지 임금께선 숙우에 차를 붓고 조금 식히시더니 찻잔 세 개에다 조금씩 차를 따르셨다. 궁녀 하나가 임금의 곁에 붙어 행동을 시중들다가 찻잔을 상에 받쳐 나와 허형 앞으로 가져다주었는데 허형은 임금께서 내리신 차를 받아들면서도 성은이 망극하옵니다, 하는 말 대신 고개를 치켜들고 물었다.

"전하께서 풀어주셨습니까?"

그 말에 임금께서 웃으셨다. 장난을 치다 들킨 소년 같은 웃음이었으나 그 내용은 하나도 귀엽지 않았으므로 나는 놀란 마음을 겨우 숨기고 있었다. 허형만이 절망에 빠진 얼굴이었다.

"어째서……"

임금께선 느긋하게 손으로 관자놀이를 지그시 누르더니 천천히 대답하셨다.

"다 그대 탓이야. 화왕계까지 찾아냈으면서 왜 벌써 형님을 잡아버린겐가? 조금 더 기다릴 수도 있었을 텐데."

"사람이 넷이나 죽었습니다!"

허형의 목소리가 높아졌지만 임금은 그 말에 흔들리지 않았다. 그의 목소리는 여전히 낮고 침착했다.

"넷밖에 죽지 않은 게지. 이제까지 형님께서 죽인 사람이 몇인데 거기에 네 명을 더 얹는다고 해서 뭐가 달라진단 말이야? 화왕계가 밝혀졌을 때 나는 드디어 적당한 명분을 찾았다 생각하여 기뻤네. 하지만 자네는 네 명도 견디지 못하고 그를 추포하고 말았어. 대체 왜 그리 인내하지 못한 겐가."

허형은 아무 말도 하지 못하고 고개를 숙였다. 나 역시 임금 앞에서 입을 다무는 수밖에 없었다. 임해군의 목숨은 얼마나 무겁기에 사람 넷으로도 저울질이 되질 않는 것인가. 하기야 그분은 임금님의 형님이시고 왕의 아들이시니 다르긴 다를 것이다. 그럼 몇 사람을 죽인다면 그와 목숨값이 비슷해질 수 있나. 40명? 아니 400명이면 되겠는가. 그럼 임금의 목숨값은 어떻게 될까. 임진왜란 때 죽은 백성들의 목숨을 모두 합하면 비슷하겠는가. 어쩌면 조선 전체의 목숨과 비길 수 있겠는가. 아니, 아니다. 이런 생각을 해서는 안 된다. 나는 그의 신하이고 그는 나의 임금이므로.

"그나저나 언제 한양을 떠날 생각인가?"

"네……?"

허형이 잘못 들었다는 듯 눈을 동그랗게 뜨자 임금께서 환하게 웃으며 반복하여 하문하셨다.

"조선 팔도에서 임해군을 알아볼 수 있는 것은 그대밖에 없어. 그러니 자네가 다시 수고해주는 수밖에는 없지 않겠나. 역도 임해군을 잡아서 다시 내 앞에 데려오게."

허형은 황망한 표정으로 임금을 바라보았지만 아무리 허형이라 할지라도 임금 앞에서 안 된다는 말을 할 수가 없었다. 그는 체념한 듯 고개를 숙이고 말했다.

"역도 임해군 말씀이옵니까."

임해군이 역모를 저지를 때까지 기다려야 한다는 뜻이렷다. 그것이 아니라면 그를 역도로 만들어야 한다는 뜻이겠지. 어떻게든 무엇으로든 말이다. 임금께서 원하셨으니 임해군은 역도가 되어야만 할 것이다. 허형은 어찌 말할 것인가. 그의 표정만 보아서는 대답을 알 수 없었다. 새하얗게 분칠한 각시탈이라도 쓴 것처럼 허형의 얼굴에선 아무 감정도 느낄 수 없었다. 잠시 망설이던 그가 입을 열었다.

"명 받잡겠나이다."

임금께선 그 말이 마음에 든 듯 미소를 지으시더니 앉으셨던 좌탁의 서랍을 열어 봉투 하나를 그에게 하사하셨다. 차를 한 잔 마시는 시간 동안 그분은 수많은 말씀을 하셨으나 내게는 한마디의 말도 걸지 않으셨다. 그것으로 끝이었다. 나는 밤을 새워 적어낸 상소문이 초라해 소매 안으로 숨겼다. 집으로 돌아오는 밤바람이 너무 차가워서 찔끔 눈물이 나올 정도였고 흑단령은 나를 부끄럽게 만들었다.

집으로 돌아오니 코에서는 맑은 물이 흐르고 손은 곱아 있었다. 몸 한가운데 얼음이라도 박힌 것처럼 추웠기에 허형은 얼른 하인들에게 술을 데워 오라 일렀다. 우리는 술이 데워지는 동안 사랑채에 들어가 나란히 붙어 앉아 솜이불을 덮어쓰고 몸을 덥혔다. 잠시 침묵이 흐르고 허형이 먼저 말을 꺼냈다.

"금상이 어떤 분인지 무척 궁금해했었지. 자네 보기에는 어땠나?"

허형의 질문에 나는 할 말이 그다지 많지는 않았다. 하지만 그가 믿는 사람을 내가 믿지 않을 수가 있을까. 나는 대답했다.

"형님은 그분께 걸었다고 했지요. 왜입니까?"

허형은 잠시 말을 멈추고 내 눈을 쳐다보았다. 할 말이 없어서 말을 멈춘 것이 아니라 할 말이 많아서 말을 고르는 것 같았다. 몇 번 말을 하려다 말고 하려다 말더니만 그는 천천히 입을 열었다.

"자네는 서자일세. 나는 양반인 데다 적자로 태어나 평생에 걸쳐 자네의 심정을 이해하고자 했으나 할 수 없었네. 태생이 그래. 하나 금상은 애초부터 서자로 태어나셨네. 서자가 왕이 되는 것은 조선 건국 후 처음 있는 일이 아닌가. 그분이야말로 자네를 구해줄 테니 내가 달리 누구를 섬기겠는가."

바보 같고 멍청한 허균. 임금에게 충성하는 이유가 오로지 그것 때문이라니. 그의 말과 행동 어디에 서자가 있던가. 그는 임금일 뿐 서자가 아니다. 하지만 허균의 멍청한 대답을 이 서자 놈이 어찌 싫어할 수 있겠는가.

"형님의 의견이 그렇다면 저 역시 형님을 따르겠습니다."

나는 임금을 신뢰하지 않는다. 하지만 허형만은 믿고 있다. 임금을 신뢰하는 허형을 나는 신뢰한다. 그러므로 나는 임금을 신뢰한다. 그가 어떤 임금이든 간에 그런 것은 이제 중요한 문제가 아니었다.

"그 말 책임질 수 있겠나?"

허형은 웃으며 봉투를 열어 보여주었는데 마패와 유척, 그리고 지명이 적힌 종이 한 장이 나왔다.

"암행어사로 임명받으신 겁니까?"

내가 놀라 묻자 그는 지긋지긋하다는 듯 유척을 들어 등을 긁었다. 몹시도 불손한 태도였지만 아무려면 어떤가. 여기는 우리 집이고 집에선 무엇이든 자유로운 법이다.

"그래. 그러니 오늘은 마시세. 내일부턴 다시 거렁뱅이 생활이라네."

형님은 모르겠지만 그것이야말로 내가 바라는 것이다. 우리가 함께 거렁뱅이가 되어 오로지 길바닥을 헤맨다면 그것도 아마 나쁘지 않을 것이다. 윗물에선 함께 있을 수 없으나 아랫물에서라면 언제까지라도 함께일 테니. 하지만 이런 마음은 형님에게 절대 말할 수 없다.

허형은 데운 술을 잔에 따라주었는데 우리는 합환주를 마시듯 술 한 잔을 나누어 마셨다. 내가 먼저 한 모금을 마시고 형님이 이어서 마셨다. 우리는 대화를 하듯이 한 잔의 술을 서로의 입에 넣어 마셨고 그렇게 술병 서너 개를 비운 후 이제는 익숙한 목소리와 함께 아침을 맞이했다.

"죄인 허균을 추포하라!"

금위대장의 외침에 금군들은 강강술래를 하는 아낙들처럼 허형을 완전히 둘러싸더니 그대로 그를 수레에 넣어버렸고 나는 신발도 신지 못한 채로 그를 따라가며 외치는 수밖에 없었다.

"죄목이 뭡니까!"

금위대장은 그 거만한 콧수염을 말아 올리더니만 이렇게 대답했다.

"나라에 큰 가뭄이 들어 온 백성이 자중하는 이때에 금주령을 어기고 쌀을 낭비하였으니 이 죄를 어찌 가볍다 하겠는가!"

금주령이라니. 이번엔 그런 식이란 말인가! 조금 더 평범한 여행을 원했거늘 아무래도 이번 여행 역시 내 맘대로 되지 않을 모양이다.

*

 우금령을 어긴 죄로 귀양을 갔던 허균이 한양에 복귀한 지 이레 만에 이번에는 금주령을 어기고 말았으니 조정의 대소 신료들은 그에게 엄벌을 내릴 것을 강력하게 주청하였다. 그러나 임금께서는 그의 재주 있음을 아까워하시어 다시금 그를 감싸주셨으니 허균이 오늘날 목숨을 부지한 것도 오로지 임금의 은혜라.
 남들이 보지 못하는 것을 보고 듣지 못하는 것을 듣고 설명하지 못하는 것을 이미 안다 할 정도로 비상한 머리를 가졌기에 명탐정으로 불리면서도 허균은 그 식탐과 방탕함을 이유로 번번이 좌천당하였다. 한양 사람들이 이러한 허균의 탐욕을 기억하여 일컫기를 '식탐정 허균'이라 하였으니 그의 활약은 이후로도 계속되었더라.

작가의 말

이 이야기는 2020년에 단편소설로 시작했으나 2023년이 되어서야 지면을 얻어 잡지 《미스테리아》를 통해 공개될 수 있었다. 이후 수많은 사건·사고들을 거쳤으나 결국 장편소설로 독자분들을 만날 수 있게 되어 대단히 기쁘다.

작품은 작가에게 자식과도 같다는 이야기를 많이 한다. 처음에 나는 그것이 부모가 자식을 낳듯이 작가가 작품을 쓴다는 의미인 줄로만 생각했으나 부모의 역할이란 자식을 낳으면서부터 겨우 시작된다는 것을 간과했다. 이야기를 낳은 다음 그것이 제대로 된 창구를 통해 독자를 만나 세상의 평가를 받을 때까지 그 뒤를 든든히 받쳐주는 것까지가 작가의 역할인 것을 이제야 깨닫는다.

반드시 이 이야기를 장편소설로 쓰라 말씀해주셨던 임지

호 편집자님과 기꺼이 출판해주신 래빗홀 관계자분들—김수현, 최지인 편집자님, 그리고 대표님께 깊은 감사의 마음을 전한다.

다음 책에서 허균의 귀환을 기다려주시기를 부탁드리며.

2025년 7월
맥주, 커피, 네로, 순이, 돌이,
그리고 나의 자준과 함께 아직도 집필 중인
현찬양

추천의 말

 허균은 눈물이 많다. 식탐도 당연히 많다. 하지만 그 무엇보다 바른 것을 탐하는 마음이 많다. 단편소설로 처음 만난 조선의 탐정 허균의 전체 이야기를 드디어 책 한 권으로 읽게 되다니 눈물 나게 반갑다. 전란 이후 민중의 시대에 활기 넘치게 활약하는 셜록 허균과 왓슨 재영, 그리고 대체 불가한 작은년의 이야기가 방방곡곡 많은 이에게 읽히길 바란다.

—정지인(드라마 〈정년이〉, 〈옷소매 붉은 끝동〉 감독)

식탐정 허균 화왕계 살인 사건
현찬양 장편소설

초판 1쇄	2025년 7월 30일
지은이	현찬양
발행인	문태진
본부장	서금선
책임편집	김수현　　　　래빗홀 최지인 이은지
기획편집팀	한성수 임은선 임선아 허문선 이준환 송은하 김광연 송현경 이예림 원지연
마케팅팀	김동준 이재성 박병국 문무현 김윤희 김은지 이지현 조용환 전지혜 천윤정
저작권팀	정선주
디자인팀	김현철 이아름
경영지원팀	노강희 윤현성 정헌준 조샘 이지연 조희연 김기현
강연팀	장진항 조은빛 신유리 김수연 송해인
펴낸곳	㈜인플루엔셜
출판신고	2012년 5월 18일 제300-2012-1043호
주소	(06619) 서울특별시 서초구 서초대로 398 BnK디지털타워 11층
전화	02)720-1034(기획편집)　02)720-1024(마케팅)　02)720-1042(강연섭외)
팩스	02)720-1043
전자우편	books@influential.co.kr
홈페이지	www.influential.co.kr

ⓒ 현찬양, 2025

ISBN 979-11-6834-301-6 (03810)

- 이 책은 저작권법에 따라 보호받는 저작물이므로 무단 전재와 무단 복제를 금하며, 이 책 내용의 전부 또는 일부를 이용하려면 반드시 저작권자와 ㈜인플루엔셜의 서면 동의를 받아야 합니다.
- 잘못된 책은 구입처에서 바꿔 드립니다.
- 책값은 뒤표지에 있습니다.
- 래빗홀은 ㈜인플루엔셜의 문학 전문 브랜드입니다.
- 래빗홀은 독자를 환상적인 이야기로 초대합니다. 새로운 이야기가 있으신 분은 연락처와 함께 letter@influential.co.kr로 보내주세요.